Peter Gerdes

Der Fluch der goldenen Möwe

Inselkrimi

LEDA

Für Heike

1.

Wie das Rollen eines Schiffes in bewegter See. Wie das Schwingen einer Schiffschaukel, so einer ganz großen, mit diesem Schwung und diesem Fallen und diesem Rauschen des Fahrtwinds in den Ohren. Dieser Druck und die Schwere am tiefsten Punkt, und dann wieder empor, mit Macht, dieses unwiderstehliche Steigen, diese erwartungsvolle Anspannung, und dann dieser unbeschreibliche Moment der Schwerelosigkeit am höchsten Punkt, diese Lust …

Und dann das.

Schmerzen, rasend und reißend wie tausend stumpfe Sägen … solche Schmerzen kann es nicht geben. Darf es nicht geben. Hat er das nicht immer geglaubt? Und gesagt? Dass er dieser Schmerzen Herr werden kann, dass er der Herr dieser Schmerzen ist? Und doch, und trotzdem … unmenschlich … unerträglich … unvorstellbar grausam.

Sind sie weg? Nein, die Schmerzen sind nicht weg, nur er war weg, war abgetaucht, weit unten drunter, unterm Schmerz. Aber da ist er noch, der Schmerz, und kaum dass er wieder denkt, wieder daran denkt, ist er auch schon wieder mitten drin. Diesmal hört er sich stöhnen, hört er sich gurgelnd brüllen wie ein Tier. Und dann wieder … aus.

Auf und ab. Er steckt im Fahrstuhl zwischen samtiger Ohnmacht und wahnsinniger Tortur. Irgendwer drückt immer wieder die Knöpfe, reißt ihn stets aufs Neue heraus aus der gnädigen Besinnungslosigkeit. Jedesmal kommt er dem Schmerz ein Stückchen näher. Jetzt kann er schon ans

Wachwerden denken, sich davor fürchten, er malt sich aus, was ihn erwartet. Aber er will nicht, er will doch nicht!

Nur: Was will er dann? Gibt es eine Alternative?

Die nächste Ohnmacht ist nur noch eine halbe, ist nur ein schadhafter Filter aus Rauschen und Sirren, durch den sich die Realität schubweise Bahn bricht. Beim nächsten Auftauchen wird er endgültig die Oberfläche durchstoßen, das weiß er. Und er hat eine Höllenangst davor.

Mit der Angst aber kommt die Wut. Verdammt, wer hat da so gepfuscht? Wer hat ihm das angetan, ausgerechnet ihm? Ihm tut man so was nicht an. Jedenfalls nicht ungestraft. Er ist es doch, der alles im Griff hat, der am längeren Hebel sitzt. Immer. Na warte, denkt er. Das wirst du büßen. Lass mich nur erst …

Jetzt ist er wach, endgültig, die Augen noch geschlossen, aber doch wach. Jetzt brüllt ihm der Schmerz direkt ins Gesicht. Aber jetzt kämpft er, jetzt will er es wissen, und er kann kämpfen, oh ja, er weiß, wie das geht. Er schreit und stöhnt und windet sich, aber er hält stand. Bleibt oben, bleibt bei Bewusstsein. Röchelt und keucht, bezwingt auch seinen Atem, holt tiefer und gleichmäßiger Luft. Gleich, gleich ist er so weit. Und dann sollen sich die, die das hier verbockt haben, bloß warm anziehen.

Er schlägt die Augen auf. Es ist dunkel, und es bleibt dunkel. Außerdem ist es kalt. Er liegt, mehr auf der Seite als auf dem Rücken, und zwar hart. Bewegen kann er sich nicht.

Er schließt seine Augen wieder, reißt sie erneut auf, vergewissert sich, dass er wirklich wach ist. Der Schmerz hilft ihm dabei. Also war das hier keine OP, denkt er, kein mühsames Erwachen danach. Das hätte doch gepasst. Bloß, welche denn auch?

Es sei denn … ist da etwas gründlich schiefgegangen? Haben sie ihn womöglich … in den Keller geschoben, dahin, wo die Kunstfehler zwischengelagert werden?

Dunkel, kalt und hart. Das würde passen.

Wieder keucht er, sein Herz rast, er bäumt sich auf. Zerrt und reißt und wundert sich. Und lässt sich wieder zurücksinken. Nein, denkt er, das passt doch nicht. Tote werden nicht gefesselt.

In seinen Adern pocht es, sein Schädel dröhnt, Adrenalin, denkt er automatisch. Innere Hitze presst ihm den Schweiß aus den Poren. Ein leichter Luftzug kühlt seine nasse Stirn.

Luftzug? Wieso Luftzug?

Eine Tür muss geöffnet worden sein.

Eine Ahnung. Eine Erinnerung. Und dann weiß er es plötzlich wieder. Was, und wann.

Bloß nicht: wer … und warum.

Etwas knirscht. Schritte, die sich nähern. Jemand geht neben ihm in die Hocke. Beugt sich weit herunter. Warmer Atem auf seiner feuchten Wange, an seinem Ohr. Das Kitzeln der Härchen darin dringt sogar durch den Schmerz. Der plötzlich gar nicht mehr das Schlimmste ist.

»Na, mein Lieber, sind wir wieder bei uns?« Eine leise Stimme, sanft wie das Schnurren eines Tigers. »Alles gut, alles klar? Wir wollen ja nichts verpassen, oder.« Eine Hand tätschelt seine Wange, Finger fahren leicht über seinen Hals, seine Kehle, seinen freiliegenden Brustkorb. »Dann können wir ja jetzt zur Sache kommen.«

Gänsehaut. Und ein Stich. Eine Injektion. Noch eine. Und wieder.

Er schnappt nach Luft, gierig, als gäbe es gleich keine

mehr. Er tötet mich, denkt er, er bringt mich um. Dass einer so vorgeht, hätte er nicht gedacht. Das ist für ihn das eigentlich Überraschende.

Lichtflecken huschen über sein Gesicht. Aha, denkt er, irgendwo in einer kleinen Blase seines Verstandes, der ansonsten von heulender Panik geschüttelt wird, aha, er will es sehen, er will sich das nicht entgehen lassen. Das Licht blendet, aber er kann seine Augen nicht mehr schließen. Auch das Luftholen wird immer schwerer. So ist das also. Nein, ein schöner Tod wird das nicht.

Das Licht erlischt. Hat er genug gesehen? Wieder der Atem, das Kitzeln am Ohr.

»Du glaubst, dass du stirbst?«, raunt die Tigerstimme. »Nein, mein Lieber, Sterben ist noch nicht dran. So einfach geht das nicht.«

2.

Fassungslos starrte Renko Heidergott auf das Instrument in der Hand seines Gegenübers. »Ein Messer?«, schnauzte er dann. »Das ist doch kein Messer!« Mit einer blitzschnellen Bewegung seiner hornigen Linken schlug er Heiko Grendel das Ding aus den Fingern. Mit der anderen Hand hielt er ihm eine blitzende Klinge unter die Nase. »Siehst du? *Das* ist ein Messer!«

»Au! Sag mal, spinnst du?« Maulend rieb sich Heiko Grendel die schmerzende Hand. »Musst du immer gleich überreagieren? Außerdem ist das kein Messer, was du da hast.«

»Ach nee?«

»Nee! Das ist ein Fischmesser.«

»Klugscheißer.« Renko Heidergott warf das Instrument zurück in den Besteckkasten. Es klingelte satt und silbern. »Wenigstens bekommen meine Gäste etwas Anständiges in die Hand. So, wie sich das gehört. Nicht so 'nen Plastikmüll, wie du dir vorstellst.« Die Hand des stämmigen Mannes, dessen breites Gesicht von einem struppigen Bart eingerahmt war, wedelte verächtlich in Richtung des Kunststoffmessers, das auf dem altersfleckigen Parkettboden in der Tat nach nichts anderem aussah als nach Müll. Heidergotts Blick irrte zwischen Grendels glattem, jungenhaftem Gesicht und dem Einwegbesteck hin und her, offenkundig unsicher, aus welcher Richtung mehr Kontamination drohte.

»›Wie sich das gehört‹! Mein Gott, Heidergott, wenn ich das schon höre!« Heiko Grendel setzte sich an den nächstbesten Tisch und verschränkte bockig die Arme. »Tradition und Konvention, das ist alles, was ihr kennt und könnt, du und die anderen Betonköpfe hier. Das ist schon immer so gewesen, das haben wir schon immer so gemacht – als ob man heute noch so Geschäfte machen könnte! Mensch, Renko, die Zeiten ändern sich. Ständig! Neue Generationen, neue Moden, neuer Geschmack. Die Jugendlichen von heute sind unsere Kunden von morgen. Ach Quatsch, heute schon sind das unsere Kunden!«

Grendel kam in Fahrt, löste seine Arme aus ihrer Blockadehaltung und begann zu gestikulieren. »Und was haben wir denen zu bieten? Nichts als den gleichen Quark, den wir schon ihren Großeltern aufgetischt haben. Und dann deine ganze Ausstattung hier, dieses altmodische Mobiliar, dieser maritime Krempel überall an den Wänden! Tinnef! Glaubst du etwa, dass wir die jungen Leute damit begeistern können?«

»Guck dich doch um, es sind doch jede Menge junge Leute auf der Insel.« Heidergott hatte Grendel gegenüber Platz genommen. Er klang immer noch barsch, aber doch deutlich defensiver. Jetzt war es an ihm, die muskulösen Arme vor der Brust zu verschränken.

»Na klar sind die das. Aber warum?« Grendels richtete seinen gereckten Zeigefinger auf Heidergotts Brust wie der zuvor das Fischmesser auf seine. »Weil sie müssen! Ihre Eltern schleppen sie mit in den Urlaub, da werden die Blagen doch gar nicht gefragt, und dann sind sie hier auf Langeoog und können zwei, drei Wochen lang schlicht und einfach nicht mehr weg. Also bleiben sie hier, ob sie wollen oder nicht, und essen, was wir ihnen vorsetzen. Aber mit was für langen Zähnen!«

»Das stimmt doch gar nicht.« Renko Heidergott, seines Zeichens Chefkoch, Besitzer und Betreiber des Speiselokals *Seestern*, das sich selbst als ›Familienrestaurant‹ anpries, ließ deutlich erkennen, dass Grendels Bemerkungen ihm gegen die Berufsehre gingen. »Die jungen Leute essen doch auch bei uns.«

»Na logo, was bleibt ihnen auch anderes übrig«, höhnte Grendel. »Die Alten zahlen ja auch!« Er angelte nach einer der Speisekarten, klappte den schweren Kunstledereinband auf und blätterte darin, ohne hinzugucken. »Und was? Labskaus, Brathering, gedünsteten Seelachs im Gemüsebett. Glaubst du etwa, das haut die vom Hocker?«

»Wir haben aber doch auch etwas für die Jugend im Angebot«, widersprach Heidergott. »Da hinten zum Beispiel, die Kinderteller …«

»Hinten! Kinderteller!« Grendel hieb seine flache Hand auf die klarsichtumhüllten Seiten der Karte. »Das ist natürlich genau das, was Teenager wünschen! Das Anhängsel sein, ganz hinten, und Verlegenheitsessen kriegen. Fischstäbchen mit Kartoffelsalat vielleicht? Frikadelle? Oder Putenschnitzel mit Pommes? Mann, Alter, wo lebst du denn!« Er klappte die Karte zu und wischte sie beiseite. »Die Jugend von heute hat ihre eigene Esskultur. Und sowie es hier auf Langeoog ein Restaurant gibt, das ihnen genau das bietet, was diese Esskultur ausmacht, werden sie auch genau dort hingehen. Und ihre Eltern werden mitgehen, jedenfalls hin und wieder, denn wer will schon den ganzen Urlaub über Familienkrach – wetten?«

»Esskultur, ja?« Heidergott schob seine breiten Schultern nach vorne. »Du redest von Burgern, richtig?

Fertighack in weichen Brötchen. Pommes aus der Tüte. Chicken Nuggets, panierte Hähnchenreste aus der Fritteuse. Oder undefinierbare Fleischpampe querbeet von Pferd bis wer weiß wohin! Natürlich frittiert. Überhaupt alles frittiert, am besten auch gleich die Cola! Klebrige Fertigsaucen. Lasche Normsalate, bei denen die Verpackung mehr wiegt als der Inhalt. So was meinst du doch, richtig? Gefrierzeugs, das man sich mit Plastikbesteck reinschaufelt oder gleich mit den Fingern! Und das nennst du Esskultur?«

Grendel zuckte die Schultern. »Was willst du? Das ist die Zukunft. Genau genommen ist das ja auch schon die Gegenwart. Bloß habt ihr das noch nicht mitbekommen, du und deinesgleichen. Weil ihr es nicht mitbekommen wollt. Weil ihr hier in der Vergangenheit lebt, abgeschottet gegen alles, was neuer ist als hundert Jahre! Leute wie du stehen dem Fortschritt im Weg, ist dir das klar?«

»Was willst du?« Heidergott breitete seine kräftigen Arme aus. »Das ist eben unser Stil hier. Und wir fahren doch sehr gut damit.«

Grendel hob den Zeigefinger: »Noch, mein Lieber, noch. Aber nur mangels Konkurrenz! Weil ihr hier in einem Ghetto lebt, abgeschottet von der Realität. Aber nicht auf ewig, glaube mir! Sowie hier auf der Insel ein modernes Burger-Restaurant aufmacht, ist es damit vorbei.«

Heidergott verzog geringschätzig den Mund. »Klar. Wenn sich das Klima weiter erwärmt und der Meeresspiegel weiter steigt, dann ist Langeoog weg, dann ist es hier mit allem vorbei. Aber wann wird das sein? Morgen nicht und übermorgen auch nicht, so viel steht fest.«

Grendel lehnte sich zurück, ein selbstgefälliges Grinsen

im Gesicht. »Sei dir da mal nicht so sicher. Das kann schneller gehen, als du denkst. Sehr viel schneller.«

»Wie? Das mit dem Klimawandel?«

»Nee, du Torfkopp! Das mit der Konkurrenz. Du wirst schon sehen.«

Grendels Grinsen erlosch wie ausgeknipst, als Heidergotts tellergroße Hand auf ihn zuschoss und ihn am Hemd packte. »He, Alter, was soll das, drehst du schon wieder ab? Das mit dem Torfkopp war doch nicht böse gemeint. Stell dich nicht so an und lass mich gefälligst los!«

Heidergott aber dachte nicht daran. »Was weißt du?«, zischte er. »Gibt es da etwa schon Pläne für so einen Schnellfress-Tempel? Was für welche? Und von wem?«

Statt einer Antwort packte Grendel Heidergotts Handgelenk und zerrte daran. Der Koch hielt eisern fest. Ein stummes Kräftemessen begann, untermalt nur von unterdrücktem Keuchen und Knurren. Schon standen beide auf den Füßen, ihre Stühle kippten nach hinten, Lehnen schlugen auf das Parkett, knallende Aufschläge hallten wie Schüsse durch den leeren Saal. Grendel war zwar schmäler und weitaus leichter gebaut als sein Gegenüber, aber fast ebenso groß und wild entschlossen.

Die Eingangstür öffnete sich mit vertrautem Schleifgeräusch. Die Türglocke schepperte. Ein fröhliches »Moin!« durchdrang die Kampfgeräusche.

Heidergott ließ als Erster los, ohne aber Grendel aus dem Sperrfeuer seiner bösen Blicke zu entlassen. Auch Grendel ließ die Arme sinken und funkelte grimmig zurück. »Wir haben noch geschlossen, haben Sie das Schild nicht gesehen?«, rief Heidergott über die Schulter. Dann erst drehte er sich um. »Ach, du bist es, Bea.«

Bea Wulff lachte das Lachen einer nachsichtigen Grundschullehrerin, die ihre zwei wildesten Rangen zum wiederholten Male beim Balgen erwischt. »Na, habt ihr euch wieder richtig lieb?«, rief sie und stemmte die Fäuste in ihre ausladenden Hüften. »Kinder, Kinder, wenn man euch mal fünf Minuten alleine lässt!«

»Komm, Bea, jetzt tu mal nicht so.« Heidergott klang weniger beleidigt als beschämt. »Du weißt doch gar nicht, worum es hier geht. Das ist nämlich eine wirklich wichtige Sache, die der Heiko da …«

Eine neue Lachsalve schnitt ihm das Wort ab. Wenn Bea Wulff lachte, dann tat sie das mit ihrem ganzen walkürenhaften Körper. Dagegen kam niemand an. »Heiko? Etwas Wichtiges? Und überhaupt – eine *Sache*? Das wäre ja mal ganz was Neues! Als ob der Heiko überhaupt jemals irgendetwas hingekriegt hätte! Von wichtig mal ganz zu schweigen.« Bea Wulff strahlte über sämtliche Sommersprossen; ihre blonde Mähne wogte vergnügt.

Heiko Grendel lief krebsrot an. »Was bist du wieder fies«, krächzte er empört. »Genau wie Renko hier, dieser Ignorant. Haltet euch für wer weiß wie klug und könnt dabei noch nicht mal über euren eigenen Tellerrand gucken. Verbohrt, rechthaberisch und selbstgefällig! Aber irgendwann werdet ihr feststellen, dass die Zeit nicht stillsteht, schon gar nicht euretwegen. Dann ist es zu spät, und ihr könnt nur noch große Augen machen. Ich werde euch schon zeigen, wie es geht. Wartet's nur ab.«

Große Augen machte Bea Wulff bereits; so kannte sie Heiko Grendel gar nicht. Ihr Blick suchte den von Renko Heidergott. »Ich versteh kein Wort. Hast du eine Ahnung, wovon er spricht?«

»Nee«, erwiderte Heidergott, ebenso bass erstaunt. Dann aber schien ihm etwas zu dämmern. »Soll das etwa heißen, dass du … du selbst …?«

»Und wenn?« Heiko Grendel verlor jede Beherrschung, brüllte durch den Saal, dass die Kronleuchter klirrten. »Und wenn? Glaubt mir: Was ihr könnt, das kann ich schon lange! Nur weil 'ne olle Körnertante und ein überlagerter Fischonkel mir nichts zutrauen, muss das noch lange nicht stimmen. Andere trauen mir etwas zu, oh ja, allerdings! Ihr werdet noch staunen. Staunen werdet ihr!«

Er ließ Heidergott stehen und stürmte zur Tür. Wenn Bea Wolff ihm nicht mit einer schnellen Körperdrehung ausgewichen wäre, hätte er sie angerempelt.

»Damit kommst du nicht durch!«, rief Heidergott ihm hinterher. »Hier kann doch nicht jeder machen, was er will. Es gibt Regeln, an die muss man sich halten. Auch du!«

Heiko Grendel, die Hand schon an der Klinke, drehte sich noch einmal um. »Ja, es gibt Regeln«, sagte er, jetzt wieder scheinbar ruhig. »Die kenne ich alle. Und ich *komme* damit durch.« Weg war er.

Bea Wulff starrte auf die sich langsam schließende Tür. »Bitte sag mir, dass Heiko jetzt endgültig spinnt«, sagte sie leise, an Renko Heidergotts Adresse gerichtet. »Dann ruf ich gleich Sina an, die ist vom Fach, die kümmert sich um ihn.« Als keine Antwort kam, drehte sie sich langsam zu dem Hausherrn um. »Er spinnt doch, oder?«

»Normalerweise spinnt er, klar«, erwiderte Renke Heidergott. »Aber es gibt ja immer Ausnahmen. Und wenn dies hier eine ist, dann steht eine Menge Ärger bevor.«

»Ärger für wen«, fragte Bea Wulff, »für ihn oder für uns?«

Heidergott nickte. »So sieht's aus«, sagte er ernst.

3.

Das geht zu leicht, dachte Stahnke. Viel zu leicht. Das wird sich rächen.

Trotzdem behielt er die Richtung bei. Was denn auch sonst – auf Langeoog gab es für ernsthafte Radtouren nur zwei Richtungen, nämlich westwärts oder ostwärts. Im Augenblick rollten sie ostwärts. Und es ging viel zu leicht.

Dabei fuhr er mitnichten sein geliebtes eigenes, leichtgängiges Trekking-Rad, sondern ein schwerfälliges Miet-Dings mit Ballonreifen und ganzen fünf Gängen. Eindeutig unter seiner Würde, fand Stahnke, und außerdem viel zu teuer. Seit sie spontan und übermütig wegen des unverhofft strahlenden Sonnenscheins beim erstbesten Fahrradvermieter im Ortszentrum zugeschlagen hatten, waren sie an einem gefühlten Dutzend weiterer Verleiher vorbeigekommen – und überall waren die Räder günstiger gewesen. Leute wie wir, dachte der Hauptkommissar, sind eben eine Freude für jeden Abzocker.

Seine Selbstkritik aber fiel nicht bitter, sondern heiter aus. Für Bitterkeit war dieser Frühlingstag einfach zu schön.

Und außerdem war ja Sina dabei.

Gerade wurde der Weg wieder einmal breiter, und schon schoss Sina wieder von hinten heran, ließ ihr Rad mit sirrendem Freilauf neben seinem rollen. Ihr rotwangiges Strahlen, eingebettet in einen wirren braunroten Schopf wie in ein Osternest, zeugte von Wohlgefühl und Gastgeberstolz. Ja, mittlerweile sah sie Langeoog als ihre Insel an, auf der sie zwar nicht geboren war, aber immerhin lebte und arbeitete. Stahnke war der Besucher, der Gast. Ein Teilzeit-Insulaner, bestenfalls. Immer mal wieder auf Stippvisite im gemachten Nest. Diesmal über Ostern.

Sagte das irgendetwas über ihre Beziehung aus?

»Mensch, lach doch mal!«, rief Sina. »Ist doch herrlich heute! Und das Radfahren geht ganz leicht.«

Ja, viel zu leicht, das wird sich rächen, wollte Stahnke sagen. Aber da gab es schon wieder Gegenverkehr, und Sina fuhr ein paar Meter voraus, um Platz zu machen.

So dachte Stahnke die Worte nur. Und er dachte darüber nach. Wer machte es sich zu leicht, was würde sich rächen?

Die entgegenkommenden Radler sahen übrigens ziemlich abgekämpft aus, fand er. Ja, so war er, der Wind an der Küste. Kam er von hinten, dann spürte man ihn kaum, und man fühlte sich gut und schnell und überschätzte sich total. Bis es in die Gegenrichtung ging. Der Wind hatte seine Kraft dann noch.

Dafür, dass es erst kurz vor Ostern war, tummelten sich schon ziemlich viele Touristen auf der Insel, fand Stahnke. Gut, die Sonne schien, und für die nächsten Tage war kein Regen angesagt. Trotzdem war es immer noch ziemlich kalt, ohne dicke Jacke ließ es sich nur an sonnigen und windgeschützten Plätzen aushalten, und die Strände gehörten nicht dazu. An Badeurlaub im klassischen Sinne war also nicht zu denken. Umso erstaunlicher, dass die Feriengäste trotzdem bereits jetzt in Scharen einfielen. Na, dachte der Hauptkommissar, die Insulaner wird's freuen, dass sich die Saison immer weiter verlängert. Schon jetzt galten ja höchstens noch Januar und Februar als »tote Zeit«. Den Rest der Zeit rollte der Rubel.

Sina verlangsamte ihr Tempo ein wenig und ließ Stahnke aufholen. »Gleich kommen wir zur alten Meierei«, rief sie ihm zu. »Ich hätte wohl Lust auf einen Milchkaffee. Wie sieht's mit dir aus?«

Stahnke bestätigte lebhaft nickend, dachte dabei jedoch nicht an Kaffee, sondern an ein schönes Weizenbier. Das erste des Jahres, denn die Lust auf Weißbier kam bei ihm erst mit der Sonne hervor.

»Na also, jetzt lachst du ja endlich!«

Die alte Meierei sah aus wie ein typisch friesischer Bauernhof, massig und backsteinrot in die Dünen geduckt. Davor eine frisch gemähte Wiese, davor und daneben lange Zäune – und daran lehnend Fahrräder. Hunderte von Fahrrädern, wie es aussah. Die Saison auf Langeoog hatte wahrlich schon früh begonnen. Und zumindest hier nahe der Ostspitze, fand Stahnke, boten sich in Sachen Touristengeschäft noch deutliche Steigerungsmöglichkeiten, denn längst nicht alle durstigen Radler, die nach Plätzen in oder vor der Ausflugsgaststätte in der alten Meierei Ausschau hielten, wurden auch fündig. Einige Ausdauernde standen Schlange, viele aber zogen unverrichteter Dinge wieder ab. Stahnke sah seine Hoffnungen auf das erste Weißbier des Jahres schwinden.

»He, guck mal, da hinten!« Sina hopste und winkte aufgeregt, ließ ihr Fahrrad ins Gras fallen und rannte los. Von ganz hinten winkte jemand zurück. Ein Grüppchen war dort im Aufbruch, und an dem Tisch, wo gerade ein paar Stühle frei wurden, saß Marian Godehau, Redakteur des Langeooger *Inselboten*, und verteidigte zwei dieser Plätze gegen die sofort nachdrängenden Wartenden. Dass die heranstürmende Sina sich direkt in seine Arme warf, schien ihn hinreichend gegen die Proteste der empörten Touristen abzuschirmen.

Stahnke gab genau das einen Stich. Immer noch, immer wieder. Marian war nun einmal Sinas Ex, und das würde er immer bleiben. Okay, derzeit befand er sich bei Alina Thormählen in festen Händen. Trotzdem musste Stahnke jedesmal, wenn sie sich trafen, aufs Neue einen Anflug von Eifersucht niederkämpfen. Was, bitteschön, sagte das nun wieder über Sinas und seine Beziehung aus?

Mit einiger Verzögerung erreichte auch der Hauptkommissar Marians Tisch. Zum Glück brachen noch weitere Radlertrüppchen in kurzer Folge auf, so dass die Murrenden schnell anderweitig unterkamen. Ein paar missbilligende Blicke noch, dann war das allgemeine Interesse an der Dreiergruppe erloschen.

Sina und Marian waren längst in ein Zwiegespräch vertieft. Wie sich herausstellte, hatten beide über Ostern Dienst, Sina in der Klinik *Haus Waterkant*, Marian in der Redaktion des *Inselboten*. Seine Freundin Alina war ebenfalls beruflich eingespannt, allerdings auf dem Festland. Stahnke, offenbar der Einzige weit und breit, der über die Feiertage frei hatte, fühlte sich prompt ausgeschlossen. Zwecks Kompensation konzentrierte er sich darauf, eine Bedienung heranzuwinken, was sich als anspruchsvolle Aufgabe erwies.

»Und, Sina, was hast du so zu tun übers Wochenende in der Klinik?«, fragte Marian. »Essenausgabe überwachen bei den Hungerhaken, damit die sich nicht die halbe Ration in die Ärmel schieben? Oder machst du etwa Happy-Hippo-Schwimmen mit den Fettsäcken?« Er stieß Stahnke den Ellbogen in die Rippen und lachte. Stahnke lachte nicht mit. Zwar fühlte er sich momentan ziemlich fit, sein Muskelkorsett war trainingsgestählt, und sein Bauch verdiente kaum noch diese Bezeichnung, aber die Erinnerung an übergewichtigere Zeiten war noch präsent und würde es immer bleiben.

Sina verzog den Mund: »Essstörungen sind nicht witzig.« Sie kniff Marian in die Speckrolle, die sich unter seiner offenen Jacke oberhalb des Gürtels wölbte. »Und nein, mit Anorektikern habe ich momentan nur am Rande zu tun. In erster Linie mit Traumapatientinnen.« Sie seufzte. »Kein leichter Job. Aber auch kein Thema für hier und jetzt. Erzähl uns lieber, was die Skandalpresse in den nächsten Tagen so zu bieten hat!«

Marian grinste. »Wenn du jetzt glaubst, ich würde diese deine Bezeichnung als respektlos und unpassend zurückweisen, dann hast du dich geschnitten. Ich weiß nicht, ob es im Journalismus schon mal die Bezeichnung *Osterloch* gegeben hat, aber selbst wenn – in diesem Jahr ist es gut gefüllt. Jedenfalls auf Langeoog.« Er griff nach seiner Teetasse und prostete in die Runde.

»Ach nee, da sitzt aber einer auf dem ganz hohen Ross. Willst uns wohl auf die Folter spannen.« Sina gab sich betont desinteressiert. Um im nächsten Augenblick herauszuplatzen: »Na los, sag schon, was ist denn deine große Skandalgeschichte?«

Marian lehnte sich selbstzufrieden zurück und malte mit gespreizten Fingern eine monströs fette Schlagzeile in die Luft: *»Restaurantbetreiber alarmiert: Kommt McDaisy's nach Langeoog?«*, zitierte er sich selbst. »Na, was meint ihr? Wenn das kein Hammer ist!«

Stahnke zuckte die Schultern: *»McDaisy's*, ach ja? Burger und Fritten und so? Ist nicht so mein Fall. Von mir aus sollen die sich hier niederlassen. Ich geh da sowieso nicht hin.«

»Tja, mein Lieber, da bist du sicher nicht der Einzige«, kommentierte Sina, »jedenfalls in deiner Altersgruppe ... Tut mir ja echt leid, dir das sagen zu müssen, aber in dieser Hinsicht verläuft eine Grenze zwischen dir und mir. Und die auf meiner Seite der Grenze, glaube mir, *die* gehen zu *McDaisy's*! Je jünger, desto lieber. Und die ganz jungen sogar fast ausschließlich, jedenfalls, wenn sie die Chance dazu haben. Diese Chance haben sie bis jetzt auf Langeoog ja nicht.« Sie schlug sich erschrocken die Hand vor den Mund: »Ach herrje, jetzt begreife ich erst die Tragweite! Wenn das stimmt, dann wird sich ganz schön was verändern hier in der Restaurant-Szene, nicht wahr?«

»Allerdings, das stimmt. Sehr viel wird sich verändern. Eine regelrechte Revolution steht uns da bevor.« Er lächelte Sina dankbar an, ehe er Stahnke einen strafenden Blick zuwarf: »Mensch, du bist ja so was von hinterm Mond! Verstehst die Brisanz solch einer Entwicklung einfach nicht. Hast mir schon einen Schreck eingejagt, von wegen ich könnte daneben liegen mit meinem morgigen Aufmacher.« Wieder der Blick- und Mienenwechsel Richtung Sina: »Aber die jüngere Generation versteht mich ja, zum Glück.«

Wieder dieser Stich, diesmal an einer Stelle, die ewig schmerzen würde. Dass Sina jemals wieder etwas mit Marian anfangen könnte, war eine vollkommen unsinnige Befürchtung, geschuldet allein seiner eigenen Angst vor der eigenen Unzulänglichkeit. Und diese Angst wiederum fußte auf einer Tatsache, die sich zwar zeitweise verdrängen, aber niemals aus der Welt schaffen ließ. Die fast zwanzig Jahre Altersdifferenz zwischen ihm und Sina waren einfach Fakt.

Es war Sina gewesen, die entschieden hatte, dass diese Jahre aktuell nicht von Bedeutung waren. Vielleicht würde sie es auch sein, die eines Tages anders entschied. Verhindern konnte und wollte er das nicht. Aber vielleicht beeinflussen?

Jedenfalls nicht, indem er mit ihr zu *McDaisy's* ging.

»Ich finde ja, diese Hamburgerschmieden werden völlig überschätzt«, sagte er. »Das Essen dort taugt doch nichts. Einheitlicher Fertigfraß, der nur nach Sauce schmeckt, mit zu viel Fett und Ketchup und Softdrinks mit zu viel Zucker. Nicht nur ungesund, sondern auf die Dauer auch richtig langweilig. Kein Wunder, dass die dermaßen viel Werbung schalten müssen, um den Leuten das Gegenteil einzureden.«

Stahnke verstummte, als er bemerkte, dass Marian sein Besserwisserlächeln lächelte. Er wusste, dass jedes weitere Wort sinnlos war, wenn Leute erst einmal angefangen hatten, so zu lächeln. Nur, warum nicht weitaus mehr Morde passierten, weil Besserwisser andere Leute mit diesem Lächeln bis aufs Blut gereizt hatten, das wusste er nicht.

»Kinder«, setzte Marian zu dozieren an, »lieben Wiederholungen. Das weiß jeder, der schon einmal Kindern vorgelesen oder mit ihnen gesungen hat. Wehe, man verändert auch nur ein Wort oder einen Ton! Das mögen die Kleinen gar nicht. Das Bekannte ist das Vertraute, von dem keine Gefahr ausgeht, auf das man sich verlassen kann. Das liegt alles in unseren Instinkten verankert. Etwas Neues bedeutet immer auch Risiko – aber was wir schon kennen und was uns bisher nichts getan hat, das tut uns auch künftig nichts. Und weil gerade Kinder und junge Leute besonders verletzlich sind, sind sie auch ganz besonders konservativ. Am besten, alles ist wie immer, dann ist auch alles gut. Und gerade Fastfood-Essen ist immer wie immer, darauf achten die sehr, das ist geradezu Geschäftsprinzip. Das kommt an, das ist weltweit erprobt! In Fastfood-Restaurants können Kinder sicher sein, keine Überraschungen zu erleben. Darum gehen sie dorthin. Unfehlbar.«

»Wat de Buur nich kennt, dat frett he nich«, knurrte Stahnke. »Sind doch längst bekannt, deine Weisheiten! Gibt es sogar als Sprichwort. Demnach hängt solches Essverhalten aber mehr mit mangelnder Bildung und Weltgewandtheit zusammen.«

»Na und? Passt doch auch.« Marian ließ sich nicht beirren. »Wenig gebildet und unerfahren sind Kinder und Jugendliche doch ganz zwangsläufig, jedenfalls gemessen an Erwachsenen – einfach auf Grund ihres geringeren Lebensalters. Wer mehr weiß, traut sich auch mehr. Wer aber wenig weiß, ist unsicher und hält sich eisern an das, was er kennt.«

»Auf alle Fälle trifft das zu«, unterstützte ihn Sina. »Hab ich doch selbst oft genug erlebt, während meines Schulpraktikums im Studium vor ein paar Jahren. Da sind wir mit dem Bus durch Holland und Belgien gefahren. Per Bordmikro habe ich die Schüler auf alle möglichen Sehenswürdigkeiten hingewiesen. Glaubt ihr, das hätte auch nur eine Laus interessiert? Aber kaum tauchte irgendwo ein *McDaisy's*-Schild auf, gingen ein Jauchzen und ein wohliges Stöhnen durch den Bus. Da brauchte keiner etwas zu sagen, das sahen die alle sofort.«

»Home is, where *McDaisy's* is«, sagte Marian mit versonnenem Blick.

Stahnke verschränkte die Arme. »Dann wollt ihr also sagen, dass die Jugend von heute schon rettungslos auf die Fettfressketten abgerichtet ist?«

»Nicht mit diesen Worten, sicher auch nicht hundertprozentig alle, und rettungslos klingt jetzt auch ein Stück weit sehr negativ – aber ansonsten: ja, durchaus«, antwortete Marian.

»Und wenn die Jugendlichen solcher Burger-Tempel sehen, dann rennen sie hin, ganz egal, was sonst noch im Angebot ist?«

Marian nickte.

»Die Eltern lassen das zu, um ständigen Streit zu vermeiden, oder sie gehen gleich selber mit hin?«

Kopfnicken.

»Und jetzt will jemand hier auf Langeoog, wo es so was bisher nicht gibt, eine Kettenburgerschmiede eröffnen?«

»So sieht es aus«, bestätigte Marian.

»Das wird die hiesige Restaurantszene ganz schön in Alarm versetzen«, sagte Sina. »Gegen solch eine neue Konkurrenz wird sich manches Traditionslokal nicht halten können.«

»Bin mal gespannt, ob sich die anderen Wirte das so einfach gefallen lassen«, ergänzte Marian, dem man die Vorfreude auf kommende Schlagzeilen ansehen konnte.

»Vielleicht kann die Gemeinde ja vermittelnd eingreifen, und man einigt sich irgendwie«, sagte Sina.

»Und wenn nicht?«, fragte Marian.

»Dann gibt es hier Mord und Totschlag«, sagte Stahnke.

4.

»Moin mitnanner!« Mit lautem Ächzen ließ sich Bodo Schmidt auf die Bank fallen. Die Sitzbank ächzte zurück, und die drei anderen alten Männer, die schon vorher auf ihrer angestammten Bank am Langeooger Bahnhof gesessen hatten, wackelten mit den Köpfen. Das konnte als stumme Begrüßung gedeutet werden, oder auch als Zeichen altersbedingter Muskelschwäche, was aber nur auf Harm Bengen zutraf, dessen Kopf allein schon von seiner überschweren Brille nach vorne gezogen zu werden schien. Tatsächlich aber lag das allgemeine Wackeln daran, dass Bodo Schmidts Kugelbauch in den zurückliegenden Wintermonaten noch weiter angeschwollen war.

»Moin«, erwiderte Ocko Onken als Einziger und mit Verspätung. »Und herzlichen Glückwunsch!«

»Wieso Glückwunsch? Bei mir gibt's doch nichts zu feiern«, sagte Schmidt verdutzt.

»Und ob!« Onken, der mit seinem schlohweißen Vollbart und der verbeulten Schiffermütze wie ein Klischee-Ostfriese aus dem Fernsehzoo aussah, griente breit: »Nämlich dass Walfang heutzutage verboten ist!«

Klaas Reershemius, ein Hutzelmännchen mit spitzem, vorstehendem Kinn, krähte los vor Vergnügen, Harm Bengen kicherte wie irre, und Onken, der ebenso wie sein Banknachbar schon auf die achtzig zuging, würdigte seinen eigenen Witz mit einem heiseren Glucksen. Auch Schmidt lachte mit. Übelnehmen galt nicht, nicht in dieser Runde, nicht auf dieser Bank. Als Mitglied der Langeooger

Viererbande war man hart im Nehmen. Und im Austeilen noch härter.

»So ein Wal, der hat doch ’n Klütjeleben«, krächzte Reershemius. »Dauernd im Tran und die meiste Kraft im Schwanz. Bloß Haare hat er keine. Was, Bodo?« Mit seinem Handstock deutete er auf Schmidts Glatze, in der sich die Frühlingssonne spiegelte.

»Jau, dor sechst du wat«, rief Schmidt durch das erneut aufbrandende Gelächter. »Darum wäre Harm ja auch gerne ’n Wal geworden. Aber als Zahnwal isser ja durch die Prüfung gefallen – mangels Masse. Und Barten wollen ihm auch keine mehr wachsen.«

»Tja, Harm, so sücht dat ut! Jetzt bleibt dir vom Wal bloß noch der Fischgeruch!«, sekundierte Onken.

Harm Bengen, der so an seinem fleckigen hellblauen Oberhemd hing, dass er es kaum jemals wechselte, verschlug es für einen Moment die Sprache. In einem seltenen Anflug von Verlegenheit nahm er seine dicke Brille ab, spuckte auf beide Gläser und begann, die Schlieren darauf mit einem Zipfel des besagten Oberhemds zu verreiben.

Bodo Schmidt grunzte. Den üblichen Frontalangriff, mit dem jedes Mitglied der Viererbande unfehlbar rechnen musste, das als Letztes zu den vormittäglichen Sitzungen auf der Bahnhofsbank erschien, hatte er elegant abgebogen. Jetzt konnte das Tagesgeschäft beginnen. Zufrieden warf er sich mit vollem Gewicht gegen die Rückenlehne. Wieder wackelten alle Köpfe bis auf seinen.

»Und?«, fragte Schmidt, »was gibt’s Neues? Wieder allerhand buntes Volk aus Deutschland eingetroffen?«

»Hou!«, erwiderte Reershemius. Dieses Wort – wenn

es denn eines war – konnte grundsätzlich alles bedeuten. Eine echte ostfriesische Allzweckwaffe.

»Da kannste einen drauf lassen«, übersetzte Harm Bengen. »Ischa nu Ostern. Da kommen sie wieder alle angehoppelt.«

»Die Alten wie die Jungen«, fiel Ocko Onken ein. »Vor allem die Jungen, hordenweise. Man fragt sich, wo die alle herkommen.«

»Wo die Jungen herkommen?« Reershemius beugte sich vor, stützte sich auf seinen Stock und leckte sich die blassen, schmalen Lippen. »Das weiß du nicht?«

»Nicht mehr«, keckerte Harm Bengen. »Zu lange her, was? War wohl noch vorm Krieg, dein letztes Mal, was?«

»Erster Weltkrieg oder Zweiter?« Bodo Schmidts Wampe wogte vor Lachen.

»Dann müssen wir den jungen Mann wohl mal ein bisschen aufklären.« Klaas Reershemius konnte sich nur mit Mühe auf der Bank halten, trotz seines Stocks.

»Als ob du noch wüsstest, wozu das kleine Ding gut ist, das du jede Nacht beim Pieseln dreimal in der Hand hältst«, feuerte Bodo Schmidt von der Seite. Reershemius verschluckte sich.

»Und als ob du dein Ding seit dreißig Jahren überhaupt noch mal gesehen hättest, außer im Spiegel«, attackierte Onken. Damit war er den Schwarzen Peter wieder los. Und Bodo Schmidt, eben noch so guter Dinge, hockte wieder im Zentrum des erneut aufbrandenden Hohngelächters.

Ein Schrilles Pfeifen unterbrach das Lachen und Lästern. Der Inselzug mit seinen bunten Waggons näherte sich vom Fährhafen her. Erwartungsvoll beugten sich die Mitglieder der Viererbande vor.

Das Ritual war immer dasselbe. Kaum dass der Zug zum Stehen gekommen war, quollen die Touristen über die offenen Plattformen aus den Wagen, liefen ein paar eilige, ziellose Schritte, blickten sich suchend um und hasteten dann auf die große Glastür des Bahnhofsgebäudes zu. Jedenfalls die Neulinge taten das. Die Erfahreneren jedoch, die, die schon einmal oder öfter auf Langeoog Urlaub gemacht hatten, schlenderten in aller Ruhe den Bahnsteig entlang zur Seitenfront des Gebäudes, dorthin, wo die kleinen Containerwagen mit dem Reisegepäck abgestellt wurden, die auf einem flachen Waggon mitgereist waren. Dann allerdings kamen auch die Erfahrenen in Wallung. Die Bahnbediensteten lösten nur noch schnell die seitlichen Verschlüsse der Containerwagen, dann brachten sie sich in Sicherheit, und die Reisenden fielen auf der Suche nach ihren Koffern über die Wagen her. Ob es nun die Neulinge oder die Inselroutiniers waren, die dabei ihre Ellbogen beherzter einsetzen, war schwer zu entscheiden.

»Lernen die eigentliche keine Zahlen mehr heutzutage?«, meckerte Reershemius. »Die Gepäckwagen haben Nummern dran, die kann man sich doch wohl merken.«

»Sind aber teilweise zweistellige Zahlen«, gab Onken zu bedenken. »Und diese Leute da kommen vom Festland.«

»Aus Deutschland«, korrigierte Bodo Schmidt.

»Auch wieder wahr«, gab Reershemius zu.

»Vielleicht merken die sich heutzutage auch nichts mehr, weil die ja meist alle verstöpselt sind«, ließ sich Harm Bengen vernehmen, die flaschenbodendicke Brille wieder auf der Nase. »Das lenkt ja ab, sagt man.«

»Verstöpselt?« Allein dieses Wort klang aus Bodo

Schmidts Mund lüstern und schmierig. »Meinst du wirklich?«

»Ja, sicher.« Harm Bengens Kopf wackelte noch eifriger als sonst. »Kann man doch sehen, wie denen überall die Schnüre raushängen.«

»Ich glaube, die merken nicht nur *sich* nichts mehr, die merken überhaupt nichts mehr«, knarzte Onken. »Die mit den Stöpseln, die können ja schon mal nicht mehr hören, was um sie herum vorgeht. Und die mit diesen Spielzeugtelefonen in der Hand, wo sie dauernd draufgucken, die sehen nichts anderes mehr. Die könnteste statt nach hier auch nach München schicken, die würden den Unterschied nicht merken.«

»Oder nach Gifhorn auf 'n Rübenacker«, behauptete Harm Bengen.

»Oder in die Wüste«, steigerte Klaas Reershemius.

»Oder nach Norderney«, sagte Bodo Schmidt.

Allgemeines Gestöhne und Kopfschütteln. »Nee, das nun doch nicht«, widersprach Ocko Onken. »Langeoog oder Norderney, das kann ja wohl selbst ein Blinder mit Krückstock unterscheiden.«

»He«, maulte Harm Bengen und plierte durch seine Brille. »Nu' mal fein vorsichtig hier. Pass auf, was du sagst.«

»Genau, vorsichtig«, warnte Klaas Reershemius und rammte seinen Stock auf den Boden. »Selber Krücke.«

»Was seid ihr denn plötzlich alle so empfindlich?«, wunderte sich Ocko Onken.

»Ja, stimmt. Was ist denn mit euch?«, pflichtete Bodo Schmidt bei.

»Du sei mal schön still, oller Pottwal«, grummelte Harm Bengen. Klaas Reershemius nickte stumm.

»Ist euch eigentlich schon aufgefallen, dass die Kinder nie was tragen?« Ocko Onken wechselte das Thema. »Ich meine, Koffer, Taschen oder so. Das lassen die alles schön die Alten machen.«

»Wie denn auch«, sagte Klaas Reershemius. »Rundrücken, Übergewicht und zu doof zum Geradeauslaufen. Tragen ist da nicht mehr drin.«

»Ach, so doof können die gar nicht sein«, widersprach Harm Bengen. »Lassen ihre Ollen für sich schleppen, das ist doch clever.«

»Und wenn die doch mal mit anpacken sollen, dann können die das nicht, weil sie ja die Hände voll haben. Mit ihren Spieltelefonen«, sagte Klaas Reershemius.

»Das sind Handys«, korrigierte Ocko Onken.

»Nee, die heißen i-Pods.« Bodo Schmidt wusste es besser.

»Ei-Pott? So was gab's früher schon. Zum Eierkochen. Für sechs Stück. Mann, hab ich mich an so was mal verbrannt, Teufel auch!«, krächzte Harm Bengen.

»Wieso wollen kleine Jungs denn Eier kochen?«, wunderte sich Klaas Reershemius.

»Na ja, ist ja nu Ostern, vielleicht deswegen.« Harm Bengen zuckte die Achseln.

»Als ob kleine Jungs mit ihren Eiern nichts anderes anzufangen wüssten.« Das war natürlich Bodo Schmidt.

»Ostern.« Aus Ocko Onkens Mund klang das wie ›Themawechsel‹. »Geht ihr denn dieses Jahr auch wieder zum Osterfeuer?«

»Ach, ich weiß nicht«, quengelte Klaas Reershemius. »Ist ja immer alles voller Touristen. Da kommt unsereiner an die Bierbude ja kaum noch ran.«

»Du meinst wohl ans Klohäuschen«, stichelte Bodo

Schmidt. »Eins trinken, zwei pieseln, so sieht's doch bei dir aus. Also ich geh auf jeden Fall wieder hin. Notfalls deponiere ich mir vorher mein Bier unter den Bahnschienen.«

»Trotz all der Touristen?«, wunderte sich Harm Bengen.

Bodo Schmidt grinste lüstern: »Nicht trotz, sondern wegen! Und zwar wegen der Touristinnen.«

»Stehst wohl auf Walkühe«, kicherte Klaas Reershemius.

Ocko Onken machte eine wegwerfende Handbewegung. »Mach dir bloß keine Hoffnungen, dass es was zu sehen gibt. Ist noch viel zu kalt, die Weiber haben einfach viel zu viel an.« Er deutete auf den Bahnhofsvorplatz, wo sich die letzten frisch eingetroffenen Inselgäste verliefen, begleitet vom mehrstimmigen Quietschen der überforderten Rollkofferräder. »Darum haben wir hier ja auch nur den halben Spaß.«

»Außerdem ist da bestimmt wieder alles voller Kinder«, schob Klaas Reershemius nach. Er hatte sein Hassthema des Tages gefunden; anscheinend ging ihm die Überalterung der Gesellschaft noch viel zu langsam. »Toben da rum und kreischen, oder sie stehen überall im Weg und glotzen auf ihre Spielzeugtelefone, oder von mir aus auf ihre Ei-Pott-Kocher. Und dauernd kriechen sie einem zwischen den Beinen durch und suchen nach ihren Eiern.«

»Ha! Nach ihren, meinst du? Oder nach deinen?« Auch Bodo Schmidt hatte sein Thema, aber das war längst nichts Neues mehr.

»Ohne diese Kinder wäre es beim Osterfeuer auf jeden Fall schöner.« Harm Bengen pflichtete Reershemius bei. »Man müsste die irgendwie da weghalten. Kann man Kinder zu Ostern nicht einfach verbieten?«

Die anderen drei wiegten zweifelnd die Köpfe. »Da

hat die Kurverwaltung bestimmt was gegen«, mutmaßte Ocko Onken. »Nee, verbieten geht nicht. Aber weglocken vielleicht.«

»Wie denn weglocken?«, fragte Harm Bengen hoffnungsvoll.

»Na, wo stehen die denn drauf?«, fragte Ocko Onken. »Fernsehen. Oder Computer.«

»Oder dieses Fertigfutter«, mutmaßte Klaas Reershemius. »Diese weichen Brötchen mit Ketchup und so 'ner platten Boulette drauf und geschmolzenem Scheiblettenkäse, wie heißen die noch?«

»Schiet«, krächzte Harm Bengen. »So wie das klingt, kann das doch nur Schiet sein.«

»Na und? Computer sind auch Schiet. Und im Fernsehen kommt auch kaum noch was anderes.« Reershemius klang schon wieder beleidigt.

»Hamburger«, erläuterte Schmidt wichtig. »Du meinst Hamburger.«

»Hamburger? Nee, das ist ja 'n büschen weit weg«, erwiderte Reershemius. »Von wegen, zum Kinderweglocken.«

»Blödsinn!« Schmidt lachte, dass sein Speckbauch einen Wellengang entwickelte, der ihn fast von der Bank warf. »Hamburger sind was zum Essen, das weiß doch jedes Kind! Die gibt's nicht nur in Hamburg, die gibt es überall.«

»Bei uns aber nicht«, stellte Ocko Onken fest.

»Und das ist auch gut so«, ergänzte Harm Bengen.

»Wieso das denn? Für dich und Klaas ist das doch direkt bedauerlich. Weiches Brötchen und dünne Frikadellen sind doch gut, von wegen für ohne Zähne. Die könntet ihr doch lutschen!« Schmidts Bauch kam überhaupt nicht mehr zur Ruhe. Er waberte sogar so stark, dass die Spitze von Klaas Reershemius' Stock ihn glatt verfehlte, als der Alte wütend zustieß. Schmidt lachte nur noch lauter.

»Hamburger sind Schiet«, beharrte Harm Bengen. »Alles Fertigfraß, mit Chemie drin und ohne Vitamine. Die Pommes dabei sind schieres Fett. Und was die dazu trinken! Nix als Zucker mit Wasser und Kunststofffarbe. Igitt, kann ich da nur sagen.«

Ocko Onken staunte: »Seit wann interessierst du dich denn für gutes Essen? Und woher weißt du das alles?«

»Von Bea.« Seine Augen hinter den flaschenbodendicken Brillengläsern bekamen einen verliebten Ausdruck. »Die Kleine hat doch jetzt dieses Restaurant, wo es so viel Gemüse gibt, bloß dass das anders heißt. Die ist toll, die kennt sich aus.«

»Bea Wulf?« Bodo Schmidt fiel fast der Unterkiefer weg. »Sag bloß, die Lady ist dein neuer Schwarm! Donnerwetter, hätt ich ja nicht gedacht, dass sich in deinem alten Gerippe noch was regt. Bea Wulf, mein Lieber, na, du traust dich was! Das ist 'ne Frau von Format, ich kann dir sagen, die wär ja eher noch was für mich!«

Einen Moment lang herrschte Schweigen auf der Bank; Onken und Reershemius schauten Bengen von der Seite an. Erst als der schallend losprustete, lachten sie laut mit. Und Bodo Schmidt guckte verdutzt.

»Von wegen neuer Schwarm. Bea ist doch seine Enkelin!«, klärte Onken ihn auf.

»Genau.« Bengen nahm die Brille ab, um sich die Lachtränen wegzuwischen. Seine Augen schienen plötzlich in Faltenfächern verschwunden zu sein. »Bea ist klasse. Die weiß Bescheid. Und darum ist es auch gut, dass es solche Hamburgerschmieden hier auf Langeoog nicht gibt.«

»Noch«, sagte Bodo Schmidt leise.

»Weiß gar nicht, warum du die und ihren Laden so toll findest. All das Grünzeug, das die einem vorsetzt, das ist doch mehr was für Hasen!«, stichelte Klaas Reershemius. »Als ob du nicht selber auch lieber zu Renko gehst und dir einen schönen gebratenen Rotbarsch vorsetzen lässt.« Er hielt inne, legte den Kopf schief, schien in sich hineinzuhorchen. »Wieso ›noch?‹«, fragte er dann.

»Ja, genau.« Auch Onken hatte etwas gemerkt. »Wieso ›noch‹?«

Bengen sagte nichts, obwohl sein Mund offen stand.

»Keine Zeitung gelesen heute früh?«, fragte Bodo Schmidt zurück, seinen Wissensvorsprung genüsslich auskostend. Die Wal-Witze auf seine Kosten schrien nach Rache.

»Klar«, gab Reershemius zurück. »Wie jeden Morgen. Aber da stand nichts. Bloß was von Merkel und Bohlen und so 'n Zeug.«

»Kein Wunder«, sagte Ocko Onken trocken, »du liest ja auch die *Bild*.«

»Na und? Die kann man wenigstens lesen!«, schnauzte Reershemius.

»Jedenfalls die Überschriften«, stimmte Harm Bengen zu. Sein Kopf wackelte bestätigend. »Die sind groß genug.«

»Ach, ihr guckt euch doch sowieso nur die Bilder an«, lachte Bodo Schmidt und leckte sich die Lippen. »Nackte Weiber zum Frühstück, als ob das bei euch noch was nützen würde!«

»Jetzt aber raus mit der Sprache!«, fuhr Onken dazwischen. »Von welcher Zeitung redest du? Und was stand da drin?«

»Vom *Inselboten*«, rückte Schmidt endlich heraus.

»Und da stand drin, dass wir vielleicht bald doch einen *McDaisy's* nach Langeoog kriegen.«

»Einen was?«, krähte Reershemius. »Ich dachte, der heißt McAllister! Oder er hieß so, jedenfalls, bis sie ihn abgewählt haben.«

»*McDaisy's*, Mensch! So ein Fettfutter-und-Zuckerbrause-Laden, mit Hamburgern und Pommes und so. Nicht dieser christdemokratische Halbschotte.« Ocko Onken war von Herzen Sozialdemokrat; warum, das wusste er zwar schon lange nicht mehr, aber gegen die Konservativen war er aus Prinzip. Irgendwie.

»Ein *McDaisy's* kommt hierher?« Harm Bengen sprach ungewohnt laut. Sein Kopf saß gerade und bewegungslos auf seinem faltigen Hals. »Das kann überhaupt nicht sein. Ist doch bestimmt verboten, hier so was aufzumachen.«

»Ist es nicht!«, triumphierte Bodo Schmidt. »Ja, ja, hättet ihr mal doch den *Inselboten* gelesen, da steht das nämlich alles drin. Dieser Redakteur, wie heißt der noch, Gottverhau oder so ähnlich, der hat nämlich unseren Bürgermeister genau das gefragt. Tja, und der Bürgermeister meint, dass er da überhaupt nichts zu verbieten hat.«

»Was?« – »Unmöglich!« – »Kann ja gar nicht.« – »Hier darf doch nicht jeder, wie dass er glaubt, dass er meint!« – »Also früher, da hätte es das hier nicht, ich meine ...« – »Hat dieser Bürgermeister denn überhaupt keinen Mors in der Buxe?« Die anderen drei Mitglieder der Viererbande zeterten wild durcheinander. Bodo Schmidt grinste nur. Endlich schwamm er wieder obenauf. Wie Walspeck.

Dann zog er eine zerknitterte und wieder aufgerollte Zeitung aus einer der vielen Taschen seiner Weste. »Wenn jemand hier auf der Insel ein Gebäude ankauft oder pachtet, das bereits als Restaurant konzessioniert ist, dann kann er darin auch ein Restaurant betreiben«, zitierte er, ohne die Zeitung aufzuschlagen; er hielt sie vielmehr wie ein Ausrufezeichen vor sich in die Luft. »Darauf, was für eine Art Restaurant das dann ist, hat die Gemeinde keinerlei Einfluss, sagt der Bürgermeister.«

»Dat giff't ja wol nich.« Ocko Onken war die Entrüstung pur. »So wenig haben die zu sagen? Dafür machen die aber ganz schön viel Wind.«

»Anders sieht es aus, wenn es sich um einen Neubau handelt. Dann ist eine Genehmigung natürlich notwendig«, deklamierte Schmidt weiter.

»Na also, wusste ich's doch. Dann können die dem also doch ins Frittenfett spucken, diesem *McDaisy's*.« Siegessicher entblößte Harm Bengen sein Zahnfleisch.

»Von wegen.« Wieder wusste es Bodo Schmidt besser. »In solchen Fällen ist nämlich nicht die Gemeinde zuständig, sondern der Landkreis. Und diese Herrschaften sitzen ja bekanntlich drüben in Deutschland.«

»Der Landkreis? In Deutschland? Sag bloß, die dürfen entscheiden, was wir hier zu essen kriegen!« Das empörte Klaas Reershemius noch mehr als jeder Norderney-Vergleich.

»Musst ja nicht hingehen, auch wenn die hier aufmachen«, widersprach Schmidt. »Außerdem verkaufen die sowieso nix in Schnabeltassen.«

»Na, von wegen!« Ocko Onken lüpfte seine Schiffermütze und rieb sich erregt die spärlichen Haarstoppeln. »Wenn dieser Laden, dieser Imbiss, also dieser *McDaisy's* wirklich hier aufmacht, dann rennen alle Kinder und Jugendlichen hin, darauf kannste einen lassen.«

Klaas Reershemius zuckte die Achseln, stieß seinen Stock aufs Pflaster und kreuzte die Hände über dem Griff. »Na und? Dann sind die Blagen alle gut aufgehoben, und wir anderen wissen, wo wir *nicht* hingehen müssen, um unsere Ruhe vor denen zu haben.«

»Oh nee. Nee nee!« Harm Bengen fuchelte aufgeregt mit dem Zeigefinger. »So einfach ist das nicht. Weil, wenn die Jungen alle zu diesem Burgerladen gehen, dann gehen ein paar von den Alten sicher mit. Im Urlaub muss ja Familie sein, nicht? Geht ja nicht anders. Und diese Gäste, die jungen wie die alten, die fehlen dann den anderen Lokalen! Dann sind die nicht mehr ausgelastet. Und weil die doch alle so knapp kalkulieren müssen, hat mir Bea erzählt, werden die das nicht lange verknusen können. Und dann ...«

»Dann machen die dicht«, unkte Ocko Onken mit Grabesstimme.

»Und dann musst du wirklich zu *McDaisy's* gehen, wenn du noch mal auswärts essen willst«, sagte Harm Bengen zu Reershemius. »Weil es die anderen Restaurants nämlich nicht mehr gibt.«

»Was für ein Quatsch!«, widersprach Bodo Schmidt, obwohl auch seine Augen vor Schreck gerundet waren. Er ließ die aufgerollte Zeitung fallen. »Es machen hier doch nie und nimmer alle Restaurants dicht, nur weil ein einziger *McDaisy's* eröffnet wird! Das ist doch pure Schwarzmalerei. Guckt euch doch bloß mal um, wie viele verschiedene Fressläden es hier gibt!«

»Klar, das stimmt«, antwortete Onken. »Natürlich gehen nicht alle ein. Sondern nur einige. Nur weiß man vorher nicht, welche das sein werden. Vielleicht Renko

Heidergott mit seinem Fischlokal? Oder vielleicht … Harms kleine Bea?«

»Bea ist zäh, die gibt so schnell nicht auf«, verkündete Harm Bengen mit brüchiger Stimme.

»Mag sein. Aber kämpfen wird sie müssen. Weil auch die anderen kämpfen werden, kämpfen wie die Kanalratten!«, sagte Onken. »Harte Bandagen. Ein paar werden dabei hopsgehen. Und bei den anderen wird nachher auch nicht alles so sein wie vorher, weil sie ja versuchen müssen, diesem *McDaisy's* die Kunden abzujagen. Dabei werden sie sich denen wohl ein bisschen anpassen müssen.«

»Anpassen?«, fragte Reershemius. »Du meinst – überall weiche Brötchen und Fettpommes?«

»Musste mit rechnen.«

»Oh Gommes nee!«

Einen Augenblick lang herrschte Schweigen. Dann fragte Harm Bengen: »Wer ist es denn nun eigentlich? Also der, der hier so 'nen Laden aufmachen will? Ich mein, dieser Herr Meckes selbst isses ja wohl nicht.« Er runzelte die Stirn. »Daisy. Ist das nicht überhaupt ein Frauenname?«

»Ihr werdet es mir nicht glauben.« Wieder schickt Bodo Schmidt sich an, seinen Wissensvorsprung genusssüchtig auszukosten. Angesichts dreier finster blickender Augenpaare jedoch verzichtete er lieber darauf. »Also gut, es ist Heiko Grendel. Was sagt ihr nun?«

»Heiko? Ha!« Ocko Onken lachte kurz und freudlos auf. »Dann haben wir ja nichts zu befürchten. Heiko kriegt doch nie was gebacken.«

Harm Bengen lachte nicht. »Heiko Grendel alleine?«, hakte er nach.

»Nee«, sagte Bodo Schmidt. »Wo soll der denn das

ganze Geld hernehmen, das er dafür braucht? Die Zeitung schreibt, dass er noch zwei Leute hinter sich hat. Investoren nennt man so was.«

»Aha«, grummelte Klaas Reershemius. »Zwei aus Deutschland, stimmt's?«

»Stimmt«, bestätigte Schmidt.

»Und die haben Geld übrig, Geld, das Junge kriegen soll?«

Bodo Schmidt nickte.

»Dann wird es vielleicht doch ernst«, sagte Reershemius und hieb erneut seine Stockspitze aufs Pflaster. »Leute, die schon Geld gemacht haben, die wissen, wie das geht. Anders als Heiko Grendel. Und reiche Leute sind nie zufrieden. Die wollen immer noch mehr.«

»Aber warum geben die sich dann überhaupt mit Heiko ab?«, fragte Ocko Onken. »Heiko ist kein Koch, und als Geschäftsführer bringt er's auch nicht, das ist erwiesen. Ja, wenn er wenigstens ein passendes Gebäude hätte! Dann könnt ich's ja verstehen, von wegen keine Genehmigung und so. Aber er hat ja ... keins ...« Er stockte und rieb sich nachdenklich den schlohweißen Vollbart. »Oder denken die etwa ... dass Heiko ...«

Reershemius nickte. »Tjabbes Laden. Der steht leer.«

»Aber der gehört doch ... Tjabbe?«

»Tjabbe Grendel liegt im Hospiz, in Leer.« Reershemis' ohnehin schmallippiger Mund wurde zu einem dünnen Strich mit abwärts gebogenen Enden. »Soll es wohl nicht mehr lange machen, heißt es.«

»Ja und? Der alte Knochen ist zäh«, sagte Onken. »Außerdem, selbst wenn er demnächst in die Kiste springt – wer sagt denn, dass Heiko das Haus erbt?«

»Wer denn sonst? Heiko ist Tjabbes einziger Neffe, sonst ist da keiner.« Die Familienverhältnisse auf der Insel kannte Reershemius ganz genau.

»Na ja, er könnte doch auch alles sonst wem vererben, nicht? So begeistert von Heiko war Tjabbe doch nie.«

Reershemius schüttelte den Kopf. »Selbst wenn. Grundbesitz aus der Familie geben, so etwas tut man doch nicht. Tjabbe bestimmt nicht.«

»Das Haus ist in miesem Zustand«, warf Bodo Schmidt ein. »Deswegen ist doch der letzte Pächter raus. War ja auch keiner da, an den er sich wenden konnte, wenn es mal irgendwo durchgeleckt hat oder die Heizung kaputt war.«

»Für einen Investor mit Kohle im Rücken kein Problem«, sagte Onken. »Und Leerstand ist doch geradezu ideal. Dann könnten die praktisch gleich anfangen.«

»Sowie Tjabbe tot ist«, knurrte Reershemius. »So viel Zeit muss schon noch sein.«

Schmidt machte eine wegwerfende Handbewegung. »Ach, das bisschen …«

»Dann steht der Hamburger-Invasion ja eigentlich kaum noch was im Wege«, sagte Onken. »Oder, mit anderen Worten: Die goldene Möwe kreist schon über Langeoog.«

»Wieso denn goldene Möwe?«, fragte Reershemius verständnislos.

Schmidt lachte. »Warte nur, bis die hier sind und ihre Werbung angebracht haben! Dann weißt du schon, was das bedeuten soll.« Mit ausholenden Gesten malte er ein großes, abgerundetes »M« in die Luft, so, wie kleine Kinder einen fliegenden Vogel malen.

»Bis dahin werden wir aber noch einen ganz schönen Sturm erleben«, prophezeite Onken. »Einen Sturm der

Entrüstung! Sobald sich das alles rumspricht, werden so ziemlich alle Gastronomen der Insel auf die Barrikaden gehen. In Heiko Grendels Haut möchte ich dann nicht stecken.«

»Ich auch nicht«, sagte Reershemius. »Trotzdem versteh ich das mit der goldenen Möwe nicht. Begreifst du das, Harm?«

Er blickte zur Seite. Aber Harm Bengen war verschwunden.

»Meine Zeitung ist auch weg«, maulte Bodo Schmidt.

5.

Henning van der Werft liebte es, abends von der Melkhörndüne über Land und Meer zu blicken, dem Rauschen der Brandung, dem Pfeifen des Windes und dem Kreischen der Möwen zu lauschen, den Schein der untergehenden Sonne verblassen und die Farben der Natur nach und nach verschwinden zu sehen. Meist machte er sich erst auf den Heimweg, wenn alles fahlgrau war und er die schmalen Wege durch die Nachbardünen und sein unten abgestelltes Fahrrad kaum noch erkennen konnte. Dann erst hatte er das Gefühl, den Tag gründlich ausgeschöpft, das Angebot der Insel Langeoog bis zur Neige ausgekostet zu haben.

Gründlichkeit war eine von Henning van der Werfts hervorstechenden Eigenschaften. Vor allem, wenn es um seine eigenen Interessen ging.

Obwohl es ein Frühlingstag gewesen war wie gemalt, war van der Werft schlecht gelaunt, als er sich an den Abstieg von Langeoogs höchster Erhebung machte, und mit jedem Schritt, den er sich den Pfad entlang tastete, wurde seine Laune schlechter. Sein Partner hatte ihn versetzt, schon das zweite Mal heute. Dabei gab es wichtige Dinge zu beschließen und auszuführen. Klar, notfalls konnte van der Werft auch alleine aktiv werden. Aber das war womöglich riskant, und ein Henning van der Werft sicherte sich gerne ab.

Vorgestern hatten sie sich noch getroffen, wie verabredet. In diesem komischen Lokal, wo es nur Gemüse und diese merkwürdigen Ersatzprodukte gab, wie hieß der Laden noch? Richtig, *Veggie-Paradies*, was für ein bescheuerter Name für ein Restaurant! Na ja, immerhin passte er, fand van der Werft. Sein Partner, der neuerdings anscheinend auf dem Gesundheits-Trip war, hatte gelacht und sich köstlich amüsiert, weil er mit den ungewohnten Gerichten und ihren kryptischen Bezeichnungen auf der Karte nicht zurechtkam. Der Typ hatte manchmal wirklich einen seltsamen Humor. Egal, er war liquide und bereit, sich zu beteiligen. Auf nichts anderes kam es an.

Van der Werft war anschließend wieder aufs Festland gefahren, zurück nach Leer, einige Dinge klären. Da war dieser Einbruch gewesen, allerhand war weggekommen, da galt es, Polizei und Versicherung zu beruhigen und die Presse aus dem Spiel zu halten. Die Sicherheitsvorkehrungen in der neuen Abteilung waren wohl noch nicht ausgereift, man musste nachbessern, aber das ging ja niemanden etwas an. Sein Partner wollte derweil auf Langeoog bleiben, ein paar Tage ausspannen. Hatte von frischer Luft und Brandungs-Kontemplation gefaselt. Und natürlich wieder gelacht, als van der Werft verständnislos guckte. Kontemplation gut und schön, er selbst mochte das ja auch, wenn es gerade mal passte, aber doch nicht tagelang! Und schon gar nicht, wenn es Arbeit zu tun gab.

Andererseits – ein allzu aktiver Partner war auch nicht wirklich wünschenswert, dachte van der Werft. War doch nicht schlecht, immer einen kleinen Vorsprung vor ihm zu haben, gedanklich wie strategisch. Sollte er sich also ruhig ein bisschen hängen lassen. Sollten ruhig auch noch mehr Leute so denken wie er! Das war gut für Langeoog, das war gut fürs Geschäft. Demnächst auch für sein Geschäft.

Vor allem für seins.

Heute Mittag hatten sie sich erneut verabredet, diesmal

im *Seestern*, darauf hatte van der Werft bestanden, da gab es anständig Fleisch und Fisch. Sicherheitshalber hatte er dort einen Tisch reserviert. Hatte dann aber alleine daran gesessen und gegessen, denn sein Partner war nicht erschienen.

Der war auch im Hotel nicht ans Telefon gegangen, obwohl die Rezeptionstante gesagt hatte, sein Schlüssel sei nicht abgegeben worden, was eigentlich üblich sei, wenn der Gast das Haus verließ. Und sein Handy war abgeschaltet. Die ganze Zeit. Das war ungewöhnlich.

Dass man sich abends an der Melkhörndüne treffen wollte, war mehr eine lockere Absprache gewesen. Van der Werft war trotzdem hergekommen, in der Hoffnung, seinen Partner wenigstens hier anzutreffen. Vergebens.

Henning van der Werft strauchelte. Inzwischen war es schon zu dunkel, um die Unebenheiten des Dünenpfades zu erkennen. Schon bald würde man nicht einmal mehr den Pfad erkennen können. Verdammt, er brauchte Licht! Laternen gab es hier natürlich keine. Aber hatte er nicht eine Taschenlampe, so eine mit einer kleinen, einklappbaren Kurbel zum Selbstaufladen, in einer seiner Anoraktaschen?

Er stocherte und wühlte mit beiden Händen in seinen Außentaschen herum. Dabei rutschte seine Wollmütze heraus; zum Glück spürte er es, denn sehen konnte er schon nichts mehr. Er bückte sich, um nach dem Ding zu tasten.

Etwas fauchte über seinen gesenkten Kopf hinweg. War das ein Vogel gewesen, ein Nachtjäger? Aber …

Der zweite Schlag traf seinen Nacken. Er kam von oben und war wuchtig, und dass van der Werft nicht sofort zu Boden ging, lag wohl daran, dass seine Kapuze, die ihm beim Bücken auf den Hinterkopf gerutscht war, die Wirkung ein wenig milderte. So ging er nur in die Knie. Instinktiv ließ er sich zur Seite fallen, dorthin, wo er den Angreifer nicht vermutete. Ein dumpfer Laut verriet ihm, dass der dritte Hieb den dicht bewachsenen Boden getroffen hatte. Glück gehabt. Eilig rollte sich van der Werft weiter in die eingeschlagene Richtung.

Das ging einfacher und schneller als erwartet; das Gefälle der Dünenflanke half ihm dabei. Als sein Körper von alleine wieder zum Stillstand kam, kämpfte van der Werft den Impuls nieder, aufzustehen und zu flüchten. Besser in Deckung bleiben. Da drüben, nur ein paar Schritte entfernt und oberhalb von ihm, gab es jemanden, der es auf ihn abgesehen hatte und mit einem Knüppel bewaffnet war. Wer mochte das sein? Und was für Waffen besaß dieser Angreifer womöglich noch?

Van der Werft blieb regungslos liegen, eine Hand auf seinen Mund gepresst, um das Geräusch seines vor Schreck keuchenden Atems zu dämpfen, während er mit der anderen fieberhaft weiter nach der Taschenlampe suchte. Er lauschte, aber zu hören war nichts außer dem Rauschen des Windes und dem adrenalingepeitschten Pochen seines Herzens, das ihm in den Ohren dröhnte. Dafür konnte er etwas erspähen. Gegen den restlichtbleichen Saum des Himmels zeichnete sich eine Silhouette ab, eine geduckte Gestalt, die sich langsam um ihre eigene Achse zu drehen schien.

Er kann mich nicht sehen, dachte van der Werft. Der tiefe Schatten der Senke, in der er lag, musste für den Angreifer wie ein schwarzes Loch sein. Jetzt musste er nur noch dafür sorgen, dass der Kerl ihn auch nicht hören konnte, dann hatte er eine Chance. Eine gute Chance, dachte er und staunte selbst über seine Kaltschnäuzigkeit.

Einen Augenblick später war es damit vorbei. Eine Bewegung an seinem Oberschenkel, das kribbelige Gefühl einer Berührung, ließ ihn zusammenzucken. Ihm brach der Schweiß aus. Das Vibrationsgefühl wiederholte sich, und ehe er noch begriff, dass es von seinem eigenen Handy ausging, kam auch schon der Signalton dazu. Seine suchende Hand steckte natürlich in der anderen Tasche. So schnell es ging, drehte er sich auf dem Rücken, angelte mit der Linken in der anderen Hosentasche nach dem Mobiltelefon, riss es heraus und versuchte es stumm zu schalten. Verdammt, die Tastensperre! Es dauerte eine Sekunde, sie zu deaktivieren.

Genau eine Sekunde zu lang. Hell und klar, wie hingemalt, hing der Anfang seines Klingeltons über der dunklen Dünenlandschaft. Noch nicht einmal in voller Lautstärke, ihm aber kam es vor wie eine Alarmsirene. *View to a kill* von Duran Duran – was hatte er sich nur dabei gedacht?

Er schaute hoch zum Dünenkamm. Wo war die geduckte Gestalt?

Sie war verschwunden. Eingetaucht in den Kernschatten. Auf dem Weg zur erneuten Attacke auf sein Ziel, das ihm seine Position so leichtfertig verraten hatte. Henning van der Werft keuchte panisch und zog seine Beine an den Körper, die Füße in die Luft gereckt wie ein auf den Rücken gedrehter Käfer. Aber vielleicht doch nicht ganz so hilflos; ein gut gezielter Tritt war sicher nicht die schlechteste Verteidigung gegen den knüppelschwingenden Angreifer.

Wenn er in dieser Dunkelheit nur zielen könnte!

Er hielt den Atem an. Der Wind tat das Gleiche. Tatsächlich, jetzt konnte er hören, wie sich jemand durchs hohe Gras näherte, vorsichtig tastend, aber stetig. Jetzt streifte dieser Jemand wohl einen Busch; das Kratzen der Zweige über den Stoff einer Jacke ließ van der Werft erschauern wie das Geräusch von Fingernägeln auf einer Wandtafel.

Die Schritte kamen immer dichter heran. Schon ließ sich unterdrücktes Schnaufen erahnen. Van der Werft dachte an den Knüppel.

Lautes Rauschen in der Luft. Hektisch flappende Geräusche, ein wütender, krächzender Schrei. Dann ein Antwortschrei, ebenfalls schrill, aber menschlich. Und ein dumpfer Aufprall, nur wenige Schritte von Henning van der Werft entfernt, gefolgt von lautem Stöhnen und gemurmelten Verwünschungen.

Da war van der Werft schon auf den Füßen. Tief gebückt und so schnell er sich traute, hastete er davon, die Hände vorgestreckt, um nicht ebenso wie der unbekannte Angreifer auf der Nase zu landen, nichts wie weg von diesem unheimlichen Ort, dorthin, wo er den nächsten befestigten Weg vermutete. Hoffentlich ist dort noch jemand unterwegs, dachte er, das wäre dann meine endgültige Rettung. Der unmittelbaren Gefahr aber glaubte er sich bereits entronnen. Dank einer Raubmöwe, die sich im Landeanflug gestört gefühlt hatte.

Ehe er es verhindern konnte, platzte ein Lachen aus ihm heraus. Ausgerechnet eine Möwe! Wenn das kein gutes Omen war. Schade, dass er nicht an Omen glaubte.

Der Schlag gegen den Hinterkopf traf ihn ohne Vorwarnung. Er taumelte, vor seinen Augen drehten sich funkelnde Sterne, und als er sich an den Hinterkopf fasste, fühlte der sich feucht an. Aber er blieb auf den Füßen, und das bisschen Orientierung, das er noch hatte, blieb ihm ebenfalls. Auch das Gefühl der Erleichterung hielt sich. Geworfen hat der Kerl, dachte er, blind ins Schwarze hinein. Glückstreffer. Kann wohl nicht mehr rennen. Oder er traut sich nicht. Nee, mein Lieber, du kriegst mich nicht.

Irgendwann wurde das Gelände ebener, er kam zügiger voran, und tatsächlich sah er nach einiger Zeit Lichter, zwei Paar Fahrradlampen, die sich näherten. Van der Werft erreichte den Weg, erinnerte sich seiner eigenen Dynamolampe, und jetzt fand er sie auf Anhieb. Natürlich.

Während er Lichtsignale gab, fühlte er sich bereits vollkommen sicher. Und als die Fahrradfahrer zu klingeln begannen und auf ihn zuhielten, wurde das Sicherheitsgefühl schon wieder verdrängt. Von Ärger, von Wut, zuletzt von purem Hass auf den unbekannten Angreifer. Warte nur, Bürschchen, dachte Henning van der Werft. Du hast mich nicht gekriegt. Aber ich, ich kriege dich.

6.

Als sein Handy klingelte, war Stahnke eigentlich schon wach. Er wollte es bloß noch nicht sein, denn sein letzter Traum war so schön gewesen. Beängstigend auch, das schon – aber er war sich der Tatsache, dass er träumte, schon halbwegs bewusst gewesen, und so hatte es ihn auch nicht erschreckt, dass es bei seinem Rundflug über Wattenmeer und Inseln zuerst keine Flugzeugkabine mehr gegeben hatte, dann keinen Motor und zum Schluss nicht einmal mehr Tragflächen. Ich kann jederzeit ganz aufwachen, hatte er nur gedacht – oder geträumt – und mitten im Sturzflug die Arme ausgebreitet. Und siehe, es hatte funktioniert, wenn auch nicht besonders zuverlässig. Sein Flug war wild und ruppig verlaufen, und die Flughöhen hatten ganz plötzlich und unberechenbar gewechselt. Hatte er eben noch beim Tiefflug mit dem Bauch fast die Mastspitzen der Yachten im Hafen gestreift, lag im nächsten Augenblick ganz Langeoog als Spielzeugpanorama tief unter ihm, und er war in wilden Spiralen darauf zu getrudelt. Ehe ich aufschlage, wache ich auf, hatte er ganz sicher gewusst. Drücke ganz einfach den Knopf in dem Fahrstuhl, der zwischen Traum und Wirklichkeit pendelt.

Normalerweise endeten Träume, sowie man so etwas dachte. Dieser nicht, darum genoss Stahnke ihn so.

Gegen ein klingelndes Handy aber kam auch der schönste Traum nicht an. Wenigstens hatte der Hauptkommissar blitzartig reagiert, seinen Arm vorschnellen lassen, zugepackt und das Gespräch schon entgegengenommen, ehe der erste leise Signalton ganz verklungen war. »Moment«, raunte er in seine Faust, ehe er sie fest um das winzige Gerät schloss, aufstand und Richtung Küche tapste. Sina schien zum Glück nichts mitbekommen zu haben; ihr Atem ging unverändert regelmäßig.

Er setzte sich, ehe er die Hand zum Ohr hob. »Ja?«

»Ich bin's«, sagte Kramer. Seine Stimme klang neutral wie immer, und mit Grüßen hielt er sich gar nicht erst auf.

»Urlaub«, sagte Stahnke im gleichen Tonfall. »Du erinnerst dich?«

»Das tue ich«, erwiderte Kramer. Danach schwieg er.

Jetzt könnte ich einfach auflegen, dachte Stahnke. Das wäre mein gutes Recht, und ich hätte meine Ruhe. Aber er wusste natürlich, dass das nicht stimmte. Von wegen Ruhe! Nicht etwa wegen seines Gewissens – das glaubte er ganz gut im Griff zu haben. Seine ungestillte Neugier aber würde ihm garantiert den Tag versauen.

»Also, was gibt's?« Stahnkes Blick streifte die Küchenuhr. Gerade erst Viertel nach sieben, Kramer war früh dran.

»Vermisstensache.« Oberkommissar Kramer, Stahnkes engster Mitarbeiter im 1. Fachkommissariat der Polizeiinspektion Leer/Emden, fasste sich kurz. »Dietz Lichterfeld, Doktor der Medizin, wohnhaft in Leer-Loga. Vermisst gemeldet von seiner Ehefrau. Kontakt plötzlich abgerissen, sagt sie.«

»Vermisst«, wiederholte Stahnke.

»Ja«, bestätigte Kramer schlicht. Er wusste ebenso gut wie Stahnke, dass die Suche nach Vermissten nicht die Aufgabe des FK 1 war, jedenfalls nicht, ehe diese Vermissten sich als entführt, misshandelt, sonstwie verletzt oder als tot herausstellten. Also musste sein Anliegen einen besonderen Grund haben.

»Lass mich raten«, sagte der Hauptkommissar. »Vermisst auf Langeoog?«

»Stimmt«, erwiderte Kramer. »Jedenfalls im Prinzip. Vermisst wird Dr. Lichterfeld, wie schon gesagt, in Leer. Von seiner Frau. Sein letzter bekannter Aufenthaltsort aber war in der Tat Langeoog.«

»Klugscheißer«, knurrte Stahnke.

»Angenehm«, sagte Kramer. Gleichbleibend neutral.

Stahnke schluckte eine Replik hinunter. »Und was soll ich jetzt machen? Ausschwärmen und den Typ zwischen den Dünen suchen? Und Lüppo Buss steht wohl daneben und spendet mir Applaus! Weißt du eigentlich noch, dass Lüppo hier auf der Insel zuständig ist?«

»Für den Anfang könntest du mal Kontakt zu ihm aufnehmen«, antwortete Kramer ungerührt. »Ich krieg ihn nämlich nicht ans Telefon.«

»Handy?«

»Mailbox.«

»Fax, E-Mail?«, fragte Stahnke weiter. »Oder Brieftaube?«

»Mensch, Stahnke.« Jetzt fiel Kramer doch aus seiner Stoiker-Rolle, wurde drängender. »Dieser Dr. Lichterfeld ist nicht irgendwer. Dem gehört die große Tagesklinik in der Leeraner Innenstadt, jedenfalls zum großen Teil. Seine Frau macht mächtig Druck. Dedo de Beer hat bei mir schon auf der Matte gestanden, kaum dass ich heute früh im Dienst war.«

»Na und? Gibt es bei uns neuerdings einen Promi-Bonus? Oder interessiert sich etwa irgendwer für irgendwas, das de Beer sagt?« Stahnke gab sich widerborstig. Noch, denn eigentlich war sein Widerstand bereits gebrochen.

Nicht etwa, weil Dedo de Beer sein direkter Dienstvorgesetzter war – den hätte er eiskalt abblitzen lassen, schließlich konnte er den ebenso wenig leiden wie de Beer ihn. Aber seinem Kollegen Kramer würde er den Gefallen tun. Schließlich war er ihm noch mehrere schuldig.

Kramer wusste das und schwieg.

Stahnke seufzte. »Also gut, sag deinem Mattenabnutzer, dass du hier alle Hebel in Bewegung gesetzt hast. Will sagen, mich. Darf ich vielleicht vorher noch meinen Morgenkaffee trinken?«

»Selbstverständlich«, sagte Kramer. »Und wenn du mit Lüppo gesprochen hast …«

»Dann melde ich mich, alles klar«, unterbrach ihn Stahnke. »Übrigens, danke.«

»Danke wofür?«

»Für den Kaffee.« Stahnke drückte den Aus-Knopf, legte sein Handy auf den Küchentisch, erhob sich.

Und setzte sich sofort wieder hin, denn das Handy begann erneut zu zirpen. »Ja?«

»Lüppo hier.« Die Stimme des Inselkommissars klang kraftvoll und war trotz des knisternden Rauschens, das sie zu übertönen trachtete, gut zu verstehen. »Wie ich höre, bist du hier auf der Insel. Kommt mir gut zupass. Könnte gerade etwas Unterstützung gebrauchen.«

Da bist du nicht der Einzige, dachte Stahnke. »Was gibt's?«, fragte er.

»Letzte Nacht ist jemand in den Dünen überfallen worden«, berichtete Lüppo Buss. »Einer aus Leer, ein Arzt, wohl ein ziemlich bedeutender, jedenfalls tut er so. Jetzt sitzt er bei mir im Büro und verlangt, dass ich ihm den Täter auf dem Silbertablett serviere, und zwar zackig.«

Wieder musste sich Lüppo Buss' Stimme gegen ein lautes Rauschen durchsetzen.

Ein schadenfrohes Lächeln dehnte Stahnkes Gesicht in die Breite. »Und du stehst jetzt draußen im Wind und telefonierst mit dem Handy? So ein nerviger Typ ist das?«

»Erraten«, bestätigte der Inselpolizist freudlos. »Der haut fürchterlich auf den Putz. Selbst für einen Doktor.«

»Lass mich raten«, sagte Stahnke. »Der Mann ist nicht nur Arzt, sondern auch der Besitzer einer Tagesklinik in Leer, jedenfalls zum großen Teil?«

»Stimmt.« Ehrfürchtiges Staunen klang aus Lüppo Buss' Stimme. »Sag bloß, du kennst den Mann!«

»Jedenfalls dem Namen nach. Dr. Dietz Lichterfeld, nicht wahr?« Selbstzufrieden lehnte sich der Hauptkommissar zurück und rieb sich raschelnd die stoppeligen Wangen. So schnell hatte er noch keinen Fall gelöst.

»Lichterfeld? Nö. Der Mann heißt van der Werft, Dr. Henning van der Werft. Da warst du auf dem falschen Dampfer, mein Freund.« Die Ehrfurcht war ebenso aus Lüppo Buss' Stimme gewichen wie das breite Lächeln aus Stahnkes Gesicht. »Wie sieht es nun aus, kann ich auf dich zählen? Nur ein bisschen Präsenz zeigen, damit mir der Doc nicht mehr so auf den Senkel geht.«

»Klar, mach ich. Bis gleich.« Stahnke beendete das Gespräch.

Merkwürdig, dachte er, als er ins Bad eilte, das Mobiltelefon in der Hand. Ein merkwürdiger Zufall ist das. Wenn überhaupt.

Nach Kaffee war ihm nicht mehr zumute.

7.

Die Kälte, denkt er, die Kälte ist im Augenblick das Schlimmste. Durch den steinernen Boden dringt sie ihm bis ins Mark, von seiner viel zu dünnen, teilweise zerrissenen Kleidung kaum gehindert, macht seine Haut taub und lässt seine Muskulatur unkontrolliert schlackern. Seine Nase läuft, seine Oberlippe ist von Rotz verklebt, den er nicht einmal wegwischen kann, weil seine Hände gefesselt sind, fachkundig gefesselt, so dass seine gelegentlichen wütenden Befreiungsversuche rein gar nichts gefruchtet haben, und seine Nasenflügel fühlen sich schon dick und entzündet an. Auch sein Hals tut weh. Wenn er noch lange hier liegen muss, holt er sich womöglich eine Bronchitis. Und mehr. Im Augenblick ist die Kälte wirklich das Schlimmste.

Und er wünscht sich, wünscht sich sehnlichst, dass das noch möglichst lange so bleibt.

Aber das wird nicht passieren. So viel hat er schon begriffen.

Sind da schon wieder Schritte? Wenn ja, dann sind es die seines Entführers. Sonst scheint hier niemand vorbeizukommen.

Nein, wohl doch nicht. Niemand in der Nähe. Schreien hat hier gar keinen Zweck. Klar hat er es versucht, als er es gerade einmal gekonnt hat und Schritte zu hören waren, aber dann sind es wieder seine gewesen, und er hat nichts unternommen, um die Schreie zu unterbinden. Er unternimmt nie etwas dagegen, sagt nicht einmal, dass Schreien sinnlos sei. Deutlicher kann er das gar nicht ausdrücken.

Dann, nachdem er das Schreien aufgegeben hat, hat der andere ihm wieder Wasser eingeflößt, sonst nichts, nur Wasser. Und dann hat er ihm wieder Spritzen verabreicht.

Oh Gott, diese Spritzen! Diese unglaublichen Qualen. Unvorstellbar schlimm, schlimmer als der Tod.

Der Tod wäre besser. Er wünscht ihn sich herbei. Nicht immer, aber immer dann, wenn der andere mit der Spritze kommt.

Und der andere weiß das. »Irgendwann ist es vorbei«, raunt sein Peiniger immer wieder mit diesem samtenen Tigergrollen in der Stimme, »irgendwann hast du es überstanden. Aber noch nicht. Jetzt noch nicht.« Dann die kleinen Stiche, dann wieder zurück in die Hölle.

Und jetzt? Irgendwas ist da, irgendein Geräusch. Manchmal hört man hier den Wind, dann zieht es auch etwas stärker als gewohnt, auch besonders starken Regen hat er schon hören können, und einmal auch etwas, das er für Meeresrauschen gehalten hat. Was für ein Raum ist das wohl, in den der andere ihn gesteckt hat? Ein Keller vermutlich oder ein Lagerraum. Sehen kann er jedenfalls überhaupt nichts. Die Dunkelheit hier drinnen ist absolut. Außer, wenn der andere kurz seine Lampe aufleuchten lässt, um sich zu überzeugen, dass sein Opfer noch lebt.

Oder um sich an seinen Qualen zu weiden. Oder beides.

Die Tür. Da draußen ist eine Tür laut ins Schloss gefallen, eine eiserne Tür, *die* Tür. Vielleicht ist es wieder windiger geworden. Da, die Schritte. Nicht so energisch wie sonst, eher etwas schleppend, aber eindeutig die seines Entführers. Und damit nicht weniger bedrohlich als sonst. Er kommt, er kommt! Alles wie immer, alles wieder von vorn.

Jetzt, denkt er, wäre ein guter Augenblick zum Sterben.

8.

Als die Wohnungstür ins Schloss fiel, musste Sina lächeln. Natürlich war sie wach geworden, während Stahnke seine Sachen zusammengesucht und im Bad hantiert hatte. Auch die beiden Anrufe hatte sie mitbekommen, noch im Halbschlaf zwar, aber doch deutlich genug, um zu bemerken, dass da schon wieder etwas Dienstliches ablief. Aber sie hatte auch registriert, wie sehr Stahnke sich bemühte, leise zu sein und sie nicht zu wecken. Das fand sie lieb, und so hatte sie sich weiterhin schlafend gestellt und lieber auf einen Abschiedskuss verzichtet, als Stahnke eine Enttäuschung zu bereiten.

Jetzt aber streckte sie sich wie eine Katze, genüsslich und von lautem Gähnen untermalt, und schob die Füße unter der Bettdecke hervor. Denn auch ihr Arbeitstag würde in Kürze beginnen, und aus dem Alter, in dem sie für ein Zusatz-Viertelstündchen Schlaf gerne aufs Frühstück verzichtet hätte, war sie schon eine Weile heraus.

Während der Kaffee durchlief, warf sie sich ihren Bademantel über, zerrte die zusammengerollte Zeitung aus dem Briefkastenschlitz und setzte sich auf den Balkon. Kirchenglocken läuteten anhaltend; ach ja, heute war Karfreitag. Sonderlich warm war es noch nicht, aber hinterm Windschutz ließ es sich in der Morgensonne schon gut aushalten. Auf dem kleinen Campingtisch strich sie die Zeitung glatt. Natürlich las sie den *Langeooger Inselboten*, trotz seines eher biederen Erscheinungsbildes – das war sie Marian schuldig.

Als sie die Aufmacher-Überschrift las, lachte sie hell auf.

»Die goldene Möwe kreist über Langeoog« – Himmel, da hatte Marian aber ganz tief in die Lyrik-Kiste gegriffen! Reichte es denn nicht, dass er schon den zweiten Tag in Folge dieses Thema auf die Titelseite hob?

Anscheinend nicht, stellte sie fest, als sie den Innenteil aufblätterte. Außer dem Aufmacher gab es auch noch ein Interview – nein, sogar zwei – und einen Kommentar, außerdem schon die ersten beiden Leserbriefe, offenbar per E-Mail eingeschickt, beide von eingefleischten Langeoog-Fans aus Nordrhein-Westfalen, einer jung, der andere schon älter, einer pro Hamburger-Restaurant, der andere contra. Sina schüttelte ungläubig den Kopf: Die passten einfach zu gut ins Konzept – hatte Marian die etwa selber verfasst? Aber nein, das denn doch nicht, das passte wiederum nicht zu ihm.

Das kürzere der beiden Interviews war das mit dem Inselbürgermeister, der noch einmal die Rechtslage und die mangelnden Einflussmöglichkeiten der Gemeinde erläuterte, alles in schönstem Amtsdeutsch. Das längere Interview hatte Marian mit zwei eingesessenen Gastronomen geführt, Bea Wulff und Renko Heidergott. Sina kannte und schätzte beide, jeden auf seine Art; auf die Idee, sich mit diesen beiden, die so unterschiedliche Auffassungen vertraten, zur selben Zeit an einen Tisch zu setzen, wäre sie aber nicht gekommen.

Immerhin, Bea und Renko schienen nicht übereinander hergefallen zu sein, nicht einmal verbal. Vermutlich einte sie ausnahmsweise einmal der gemeinsame Feind, und der hieß Heiko Grendel. Sina erinnerte sich, diesem Mann einmal begegnet zu sein; ein irgendwie unreif wirkender, großsprecherischer Typ mit schlechten Manieren und keiner nennenswerten Bildung. Dafür hatte sie sehr bald einen erheblichen Minderwertigkeitskomplex bei ihm diagnostiziert. Nach allem, was die beiden Interviewten über Grendel äußerten, lag sie damit wohl genau richtig.

Auffällig erschien nur, dass die beiden Grendel nach eigenen Bekunden überhaupt nicht zutrauten, solch ein Projekt verantwortlich zu stemmen, andererseits aber eine Heidenangst davor zu haben schienen, dass er es doch schaffte. Auch das zeugte nicht gerade von übermäßig viel Selbstsicherheit. Sina grinste und holte sich einen großen Becher Kaffee.

Auf Marians Kommentar war sie gespannt, fand den Einstieg jedoch enttäuschend. Das roch verdächtig nach *einerseits – andererseits*, viel Abwägung, wenig Stellungnahme. Von der *Unverwechselbarkeit Langeoogs* war die Rede, die durch *verwechselbare Serien- und Massenprodukte* gefährdet werden könnte, eine Entwicklung, die man in den uniformen Fußgängerzonen zahlreicher Städte auf dem Festland längst beobachten könne. Andererseits seien da natürlich die veränderten Bedürfnisse der Touristen, zumal der jungen, die ja die finanzielle Zukunft der Insel seien, weshalb man sie nicht ignorieren könne … Wobei man wiederum das Beispiels Venedigs nicht außer Acht lassen dürfe, das sich gegen die Überhandnahme landesuntypischer Dönerläden ebenso schlicht wie massiv mit einem gesetzlichen Verbot zur Wehr gesetzt habe …

»Schwach, Marian«, murmelte Sina und leerte ihren Becher. Trotzdem las sie den Text zu Ende – und fand dort tatsächlich doch noch etwas, das sie elektrisierte. »Woher kommt das Geld für solch ein Projekt?«, fragte Marian provokant und rhetorisch: »Von der Insel jedenfalls nicht.«

Holla, wie kam er denn zu dieser Behauptung? Hatte er tatsächlich herausbekommen, wer hinter diesem Grendel steckte? Dann bekam die Sache noch mehr Brisanz. Streit unter Insulanern war ja eine Sache. Wenn aber Festländer hinter der Sache steckten, dann konnte das mehr bedeuten. »Krieg«, sagte Sina leise. Dann blinzelte sie in die herrliche Sonne, lauschte dem Glockengeläut, dem Rauschen des Windes und der fernen Brandung und musste lachen. Nein, wirklich, nur nicht übertreiben. So schlimm würde das alles schon nicht werden.

Sie schaute zur Uhr und erhob sich. Zeit, sich dienstfertig zu machen. Der heutige Tag war randvoll mit Terminen. Und gleich der erste versprach wieder eine Herausforderung zu werden.

Eine halbe Stunde später überquerte sie den Vorplatz der Klinik *Haus Waterkant*. Auch um diese Zeit war er schon ziemlich belebt; etwa ein Dutzend Anorexiepatientinnen standen herum, rauchten und tranken schwarzen Kaffee aus Pappbecher. Einige nickten ihr einen sparsamen Morgengruß zu, und Sina antwortete mit einem strahlenden Lächeln. Leicht fiel ihr das nicht. Sie blickte auf Blusen und Sweatshirts, die von eckigen Schultern herabhingen wie an Kleiderbügeln, auf Hosen, die an Hintern und Schenkeln Falten schlugen, weil da einfach nichts war, um ihnen Form zu verleihen. Schlimm genug. Aber sie wusste auch, wie es unterhalb dieser Oberflächen aussah, in den Köpfen dieser Patientinnen, in ihren Seelen, und das war schlimmer. Hier richteten sich Menschen, überwiegend Frauen, überwiegend junge, systematisch zugrunde, um sich und ihrer von Minderwertigkeitsängsten zerrütteten

Psyche zu beweisen, dass sie wenigstens das konnten. Dabei waren das doch tolle Frauen, sehr intelligente zumeist, die stolz auf sich und ihr Potenzial hätten sein können. Aber so sahen sie sich eben nicht, so konnten sie sich nicht sehen.

Dafür zu sorgen, dass sie das wieder konnten, war Sinas Job. Vielmehr, ihnen dabei zu helfen, das wieder selbst zu können. Und zwar schnell, denn hier fanden Wettläufe statt. Der Gegner hieß Tod, und es kam allzu oft vor, dass er gewann.

Sie betrat das Gebäude durch die geräuschlosen Automatiktüren, querte die dicke, weiche Fußmatte und sog den inzwischen bereits vertrauten Klinikgeruch ein, der zwischen süßlich und sauber changierte, aber immer noch eine scharfe Gumminote enthielt. Offenbar hatte man beim Bodenbelag allzu sehr gespart. Sina war es recht. So wurde sie wenigstens immer wieder daran erinnert, dass glatte Oberflächen niemals die ganze Wahrheit waren.

Vor dem Empfangstresen, der mehr an ein Hotel erinnerte als an eine Klinik, saßen drei Patientinnen in Rollstühlen. Sie waren schon derart abgemagert, dass ihnen jedwede körperliche Bewegung untersagt worden war, um ihre mittlerweile vollkommen ungeschützten Gelenke nicht dauerhaft zu schädigen. Zwei dieser Frauen waren ganz auf ihr Strickzeug konzentriert, die dritte blickte Sina erwartungsvoll entgegen. Sie war älter als die anderen, vielleicht Ende dreißig. Ihre Augen lagen tief in den Höhlen, die Wangenknochen traten hart hervor, ihre Haut war wie Pergament und ihre dünnen Lippen schienen die Zähne kaum noch bedecken zu können. Ihre hochgetürmten, glänzenden dunklen Haare bildeten dazu einen bizarren Kontrast. Es war mehr als offensichtlich, dass sie eine Perücke trug.

»Guten Morgen.« Sina zwang sich ein Lächeln ab. Konnte es sein, dass Frau Duismann seit gestern noch mehr abgebaut hatte?

»Guten Morgen, Frau Gersema.«

»Und, wie war es heute früh? Ging alles gut?«

Ein schmerzliches Lächeln, ein bedauerndes Kopfschütteln. »Leider nein. Es ging überhaupt nicht. Tut mir leid.«

»Aber Mareike, Sie müssen doch essen!« Sina hätte sich ohrfeigen können. Was für ein dummer, unprofessioneller Appell! Natürlich musste Mareike Duismann essen, wie jeder Mensch. Aber das konnte sie nicht, und genau das war das Problem, das psychologische. Gutgemeinte mütterliche Ratschläge fruchteten da überhaupt nichts.

»Ich weiß doch«, erwiderte Mareike Duismann prompt. »Ich versuche es ja auch. Aber Sie wissen ja, das Schlucken … es geht einfach nicht.«

Als ob sie sich bei mir entschuldigen müsste, dachte Sina, als ob es um mich ginge, nicht um sie! Diese märtyrerhafte Haltung machte alles nur noch schlimmer. Tapfer lächelte Sina dagegen an. »Das schaffen wir schon, was, Mareike? Wir kommen dem Problem schon noch auf den Grund. Hauptsache, Sie bleiben bis dahin bei Kräften.«

Mareike Duismann unterschied sich äußerlich zwar in nichts von den Anorektikerinnen im fortgeschrittenen Stadium, ihr Krankheitsbild aber war ein völlig anderes. Statt einer krankhaften Fixierung auf ein utopisches körperliches Erscheinungsbild, einer Störung der Selbstwahrnehmung oder dem Gefühl eigener Unzulänglichkeit, für das der Körper büßen musste, lag bei ihr eine panische

Angst vor dem Schlucken vor. Sie schaffte es einfach nicht, Nahrung durch die Speiseröhre in den Magen zu befördern. Und diese Blockade war progressiv, wurde also schlimmer. Hatte sie zunächst noch Fleisch bis in einzelne Fasern zerteilt und jeden Bissen Gemüse minutenlang gekaut, so vermochte sie jetzt schon nicht einmal mehr ein Löffelchen Brühe zu schlucken. Selbst Wasser nahm sie nur tropfenweise zu sich.

Die Folgen waren unübersehbar. Sina musste sich zwingen, nicht dauernd auf die skeletthaften Schlüsselbeine zu starren, die aus Mareike Duismanns Halsausschnitt ragten, bespannt mit trockener, runzliger Haut und umgeben von schluchtartigen Vertiefungen, über denen sich ein dünnes Goldkettchen ausnahm wie eine winzige Hängebrücke. Gestern hatte die Frau schon Kochsalzlösung injiziert bekommen, per Tropf, um den Körper vor dem völligen Austrocknen zu bewahren. Als Nächstes würde die künstliche Ernährung kommen. Vor diesem Augenblick hatte Sina Angst, denn dann wäre sie gescheitert.

Mareike Duismann straffte ihr Kinn. Was Entschlossenheit ausdrücken sollte, verstärkte nur noch die Ähnlichkeit ihrer Physiognomie mit einem Totenkopf. »Na denn, gehen wir es an«, sagte sie mit plötzlicher Munterkeit. Sina staunte, wie energisch Mareike Duismann mit ihren mageren Händen den Rollstuhl in Fahrtrichtung rangierte. »Je eher wir anfangen, desto eher sind wir damit durch, nicht wahr? Sie wollen Ihr Pensum ja auch hinter sich bringen. Immerhin ist heute Feiertag.« Schon hatte sie ihr Gefährt in Bewegung gesetzt. Die Automatiktür zum Trakt mit den Besprechungszimmern hatte kaum Zeit, zischend den Weg freizugeben.

Schöner Feiertag, dachte Sina, als sie ihrer Patientin hinterher eilte. Karfreitag, was gibt es denn da zu feiern? Der Gedanke an das Wunder der Auferstehung des Fleisches kam ihr in diesem Augenblick absurder vor denn je.

9.

Stahnkes erster Gedanke war: eine schlimme Nase. Und sein zweiter: Schlimm, ja – aber doch nicht so schlimm, dass alles davor flüchten müsste!

Genau das aber schien Dr. Henning van der Werfts Gesicht zu tun. Alles wich von dieser spitzen, langrückigen Nase mit den großflächigen Flügeln und den schmalen, langgezogenen Nasenlöchern zurück: das unscheinbare Kinn, die hohe, eingezogene Unterlippe, die Mundwinkel, die glatten Wangen, die tiefliegenden Augen, die fliehende Stirn und die nach hinten gekämmten, stark gegelten Haare mit den tiefen Geheimratsecken. Mit so einem Gesicht, dachte Stahnke, ist ein Mensch geschlagen. Auch ohne eine dick verpflasterte Wunde am Hinterkopf.

Als Dr. van der Werft aber seinen schmalen Mund öffnete, begriff der Hauptkommissar, dass sich der Wunsch nach eiligem Zurückweichen nicht nur jenseits dieser spitzen Nase manifestierte, sondern auch diesseits. Und dass nicht nur der Träger dieses Fluchtgesichts ein geschlagener Mensch war, sondern dass dies auch auf alle zutraf, die mit ihm zu tun hatten.

»Und wer sind Sie jetzt?«, herrschte van der Werft ihn an, kaum dass Stahnke das kleine Polizeibüro an der Langeooger Kaapdüne betreten hatte. »Noch so eine Insulaner-Existenz, die mir klarmachen will, dass hier alles seine Zeit braucht und ich mich doch bitteschön gedulden soll? Daraus wird nichts, mein Lieber! Ich bin es nicht gewohnt, vertröstet zu werden, und ich habe auf keinen Fall vor, meine Gewohnheiten zu ändern, bloß weil ich mich hier auf einer größenwahnsinnigen Sandbank befinde! Mein Anwalt ist schon verständigt, das kann ich Ihnen versichern. Und dem geht das Wörtchen ›Dienstaufsichtsbeschwerde‹ ganz leicht von den Lippen!«

Stahnke widmete Lüppo Buss einen sondierenden Blick. Der durchtrainierte, kerngesunde und gewöhnlich sehr souveräne Inselkommissar zitterte wie ein Drahtseil unter Spannung, und seine rötliche Gesichtsfärbung signalisierte nicht wie sonst eine windanimierte gute Durchblutung, sondern gefährlichen Hochdruck. Der Hauptkommissar verstand, warum er gerufen worden war. Zeit, die Dinge hier ins Lot zu bringen.

Er schritt auf den hölzernen Besuchersessel zu, in dem van der Werft Platz genommen hatte, baute seine zwei Zentner vor ihm auf, senkte seinen breiten Oberkörper über ihn und stützte seine Fäuste auf die Armlehnen. Dann sagte er laut und vernehmlich: »Schnauze.«

Jetzt flogen auch van der Werfts wimpernlose Augenlider zurück, und sein Körper sank tiefer in den Stuhl, als presse ihn ein starker Windstoß hinein, ausgelöst von Stahnke, der somit wohl das Sturmzentrum darstellte. Aber der Doktor wäre nicht der durchsetzungsfähige Erfolgsmensch gewesen, der er war, hätte er nicht umgehend eine Reaktion gezeigt. Nach kaum einer Schrecksekunde stemmte er sich hoch, um zum Gegenangriff überzugehen, die langrückige Nase wie eine Speerspitze voran.

So schnell van der Werft reagierte, Stahnke reagierte schneller, und zwar um den entscheidenden Sekundenbruchteil. Als van der Werft hochschnellte, hatte sich Stahnke bereits wieder aufgerichtet, was auf diese Weise nicht wie ein Zurückweichen wirkte, sondern van der

Werfts Vorstoß schlicht ins Leere laufen ließ. Der Doktor zwinkerte verwundert; sein bereits geöffneter Mund blieb stumm.

Spielchen, dachte Stahnke. Ach was, noch nicht einmal das: Mätzchen! Aber genau darauf stehen die doch, diese Chefs. Also bitte, Doktor, schluck deine eigene Medizin.

»Wo war denn Ihr Anwalt, als Sie heute Nacht was auf die Rübe bekommen haben?«, knurrte er den Verwundeten an. »Und meinen Sie, Ihr Anwalt kann den Burschen ausfindig machen, der Ihnen den Hinterkopf verbeult hat? Ob der denn auch weiß, wo er eigentlich suchen soll? Oder glauben Sie, dass eine Dienstaufsichtsbeschwerde verhindern kann, dass dieser Typ nächste Nacht wiederkommt, um sein Werk zu vollenden? Glauben Sie das wirklich?«

Van der Werft klappte den Mund zu. Über eine weitere Attacke auf ihn – eine mit der Absicht, ihn zu töten – schien er noch nicht nachgedacht zu haben. Eine Überlegung, die jedoch unangenehm nahelag. Und die aus Stahnkes Mund wie eine Drohung geklungen hatte.

»Ich denke mal, dass Sie Schutz und Hilfe in dieser Angelegenheit wohl eher von uns erwarten, richtig?«, resümierte Stahnke, jetzt in ruhigerem Ton. »Und genau das wollen wir nun auch versuchen, nämlich Ihnen zu helfen und Sie zu schützen. Dazu aber benötigen wir umgekehrt auch Ihre Hilfe. Am besten, Sie setzen sich wieder, und wir unterhalten uns in aller Ruhe. Okay?«

»Okay.« Van der Werft ließ sich zurück in seinen Lehnstuhl fallen. Stahnke warf einen Seitenblick auf Lüppo Buss; dessen Züge entspannten sich sichtlich. Für ihn schien sich der Anruf bei Stahnke bereits voll ausgezahlt zu haben.

»Na denn.« Stahnke lehnte sich an die Kante von Lüppo Buss' auf Hochglanz poliertem Schreitisch, die Arme vor der Brust verschränkt. »Bringen Sie mich mal auf Stand. Was genau ist passiert?«

»Ich wurde angegriffen. Gestern am späteren Abend, bei der Melkhörndüne. Mit einem Knüppel niedergeschlagen«, referierte van der Werft knapp.

Der Hauptkommissar nickte. Na bitte, das klang doch ebenso exakt wie kooperativ. Der Herr Doktor konnte also, wenn er nur wollte. »Darf ich fragen, warum Sie sich so spät noch dort draußen aufgehalten hatten?«

»Ich war dort mit einem Geschäftspartner verabredet«, erwiderte van der Werft. Nach einem Blick auf Stahnkes erhobene Augenbrauen fügte er hinzu: »Ungewöhnlich, ich weiß. Die eigentliche Besprechung sollte ja auch schon mittags stattgefunden haben, in einem Restaurant. Aber da ist mein Partner nicht erschienen. Die Abend-Verabredung an der Aussichtsdüne war nur eine Ergänzung; ich hatte ihm wohl viel davon vorgeschwärmt, wie schön es dort abends ist. Daher wollte er das unbedingt auch mal erleben. Aber er ist dann ja doch nicht gekommen.«

»Sind Sie sicher?«, fragte Stahnke.

Van der Werfts Hand zuckte zu seinem Kopfverband. »Sie meinen …« Der Arzt überlegte einen Moment, schien die Möglichkeit, dass sein eigener Geschäftspartner ihn im Dunkeln überfallen hatte, ernsthaft zu erwägen. Dann aber schüttelte er den Kopf. »Das halte ich für ausgeschlossen. So ein Typ ist er nicht. Außerdem gab es überhaupt keinen Anlass. Alles, was wir gemeinsam an Geschäften betreiben, läuft gut. Die Verträge zwischen uns sind sauber und wasserdicht. Und auch die neuen Projekte, über die wir reden wollten, lassen sich gut an. Warum also sollte er über mich herfallen?«

Aha, dachte Stahnke, so sieht der Herr das also. Gewalttätigkeiten bitte nur, wenn es auch Gründe dafür gibt, sonst nicht. Interessant, führt jetzt aber auch nicht weiter.

»Wir reden hier doch von Dr. Lichterfeld?«, fragte der Hauptkommissar. »Dietz Lichterfeld, mit dem zusammen Sie auch die Tagesklinik in Leer betreiben. Er ist doch dieser Partner, mit dem Sie sich gestern treffen wollten, richtig?«

»Stimmt.« Van der Werft legte den verbundenen Kopf schief: »Ich erinnere mich gar nicht, seinen Namen erwähnt zu haben.«

Stahnke öffnete den Mund, wollte schon von der Vermisstenanzeige berichten, von der er durch Kramer erfahren hatte, entschied sich jedoch dagegen, schloss die Lippen wieder und machte nur eine wegwerfende Handbewegung. Sollte dieser Doktor ruhig denken, er hätte schon gründlich recherchiert. Das wenige, das er bisher wusste, musste er van der Werft nicht unbedingt gleich auf die Nase binden.

»Über Ihre gemeinsame Klinik wollten Sie sicher nicht sprechen«, sagte er stattdessen. »Dazu hätten Sie ja nicht extra nach Langeoog zu fahren brauchen. Worum also sollte es gehen? Haben Sie beide neue Pläne?«

Van der Werft zögerte einen Moment mit einer Antwort. Seine Augen verengten sich, seine Lippen wurden aufeinander gepresst, seine langrückige Nase wurde wieder zur abwehrenden Lanzenspitze. Gleich wird er mich fragen, was mich das eigentlich angeht, dachte Stahnke und suchte schon nach einer passenden Replik. Dann aber entspannte sich die Miene des Arztes, und seine Antwort fiel anders aus als befürchtet.

»Die Idee ist von Dietz«, sagte er. »Ziemlich ungewöhnlich, muss ich schon sagen, und zuerst wollte ich überhaupt nicht darauf eingehen. Schließlich sind wir auf medizinische Projekte spezialisiert, damit kennen wir uns aus. Warum uns also auf unbekanntes Terrain wagen? Nun ist es aber heutzutage nicht mehr so einfach, mit Kliniken aller Art Geld zu machen, ich meine, so richtig im großen Stil. In unserem Stammhaus in Leer bieten wir jetzt zum Beispiel auch kosmetische Operationen an, das ist ein interessanter Markt, da wird viel von privat investiert, da geht noch was. Mit den Kassen sind doch heutzutage kaum noch lukrative Deals zu machen! Streuung der Investitionen ist also an sich schon mal keine schlechte Idee, das musste ich zugeben.«

Van der Werft strich sich mit beiden Handflächen über Wangen und Stirn, als gelte es, sein Profil noch weiter zuzuspitzen. »Und als Dietz mir dann mal seine Kalkulationen vorgelegt hat, wurde mir klar, dass sein Plan durchaus Hand und Fuß hat. Alles gut durchdacht, für die Lage hier durchaus innovativ. Und die Umsatz- und Gewinnprognosen, die er sich von Fachleuten hat erstellen lassen, sind absolut stattlich.«

»Obwohl die Gastronomie als Branche doch auch ganz schön zu kämpfen hat?«, warf Stahnke ein. Dabei musterte er seine Fingernägel, als interessiere ihn dieses Thema nur am Rande.

Van der Werft lächelte breit; aufgrund seiner Physiognomie erinnerte er dabei zwangsläufig an einen angreifenden Hai. »Das wissen Sie also auch schon. Aber vielleicht kennen Sie die Antwort auf Ihre Frage ja noch nicht. Die lautet: nicht obwohl, sondern gerade deswegen! Die Fressbranche muss kämpfen, weil sie es überwiegend verpasst hat, sich den Erfordernissen der Zeit anzupassen! Teils aus mangelnder Flexibilität, teils aus freiem Entschluss. Anpassen aber muss sich jeder. Die Zeit bleibt nicht stehen, neue Generationen rücken nach und werden marktrelevant. Und diese neuen Kunden haben andere Erwartungen und stellen andere Ansprüche. Nur wer das erkennt und richtig darauf reagiert, hat eine Chance. Und zwar eine große. Die anderen können ruhig kämpfen – für die meisten von ihnen wird es der letzte Kampf sein.«

Stahnke ließ vor seinem geistigen Auge all die verschiedenen Lokale Revue passieren, die er auf Langeoog schon frequentiert hatte oder noch zu frequentieren gedachte. Wie würde die Restaurant-Szene hier aussehen, wenn der Schnellfraß-Hai erst wütete und einen Konkurrenten nach dem anderen vertilgte? Eine schauerliche Vorstellung, trübe, fade, fettig und eintönig. Für einen wie ihn. Für ein gieriges Raubtier hatte solch eine Vision natürlich ihre eigenen Reize, und die waren nicht unbeträchtlich.

»Marktchancen und Zeitgeist schön und gut«, erwiderte der Hauptkommissar. »Aber ganz ohne Fachverstand ist ja auch solch ein Projekt kaum erfolgreich durchzuziehen. Restaurantfachmann ist jedoch keiner von Ihnen, wie Sie schon richtig sagten. Trauen Sie es denn Ihrem Kollegen Dietz Lichterfeld zu, sich auf die Schnelle ausreichend kundig zu machen, um sein Konzept auch profitabel umzusetzen?«

»Natürlich nicht.« Van der Werft schnaubte verächtlich. »Ich werde doch mein sauer verdientes Geld für kein Laientheater aufs Spiel setzen! Selbstverständlich haben wir vor, einen Fachmann mit ins Boot zu nehmen. Einen, der über ausreichend Erfahrung verfügt und sich vor allem auch mit den örtlichen Gegebenheiten auskennt.«

»Und wer wird das sein?«

Wieder ein Zögern, ein lauernder Blick. Offenbar versuchte der Klinikbetreiber einzuschätzen, ob Stahnke auch über diese Information bereits verfügte, er sie also freimütig äußern konnte, oder ob er den Namen besser für sich behielt. Dann aber irrte sein Blick ab, und seine Augen weiteten sich. »Grendel!«, stieß er hervor.

Stahnke fuhr herum. Die Tür des Polizeibüros hatte sich geöffnet, und im Türrahmen stand ein Gespenst.

Wachsbleiches Gesicht, wirre Haare, weit aufgerissene, wie irre starrende Augen, hängende Unterlippe. Klaffende Platzwunde diagonal über die Stirn, Blutkrusten auf Nase und Wangen. Hose zerrissen, Hände und Knie aufgeschürft. Das Gesamtbild, da fühlte sich Stahnke in seinem ersten Eindruck bestätigt, war wirklich gespenstisch. Geradezu monströs.

Gab es nicht auch in der Welt der Nordischen Sagen einen Grendel? War der nicht ein Monster gewesen? Um nicht zu sagen: *ebenfalls* ein Monster?

»Mensch, Heiko.« Lüppo Buss reagierte als Erster. »Was ist denn mit dir passiert? Etwa ein Fahrradunfall?« Eine Annahme, der die Wirkung von Grendels Auftritt etwas dämpfte und für einen Anflug von Normalität im Polizeibüro an der Kaapdüne sorgte.

Grendel aber starrte den Inselpolizisten weiter aus weit aufgerissenen Augen an. »Überfall«, krächzte er. »Gerade eben. Bin überfallen worden.« Sein starrer Blick wanderte zu Stahnke, dann weiter zu van der Werft, wo er verharrte.

»Die haben mich überfallen«, wiederholte er. »Haben mir was vor den Kopf geballert, das ging so schnell, ich konnte überhaupt nichts machen, nicht einmal was erkennen. Kam vom Strand, war nur schnell im Klohäuschen, und wie ich da rauskomme – bäng! Ich sag euch, die wollen mich fertigmachen. Die wollen mich umbringen. Die gehen bis zum Äußersten.«

»Wer sind denn *die*, bitteschön?«, fragte Stahnke.

Grendel aber beachtete ihn gar nicht, schien nur Augen für den Leeraner Arzt zu haben. »Sie auch?«, murmelte er; anscheinend hatte er van der Werfts Kopfverband jetzt erst bemerkt. »Dann sind die also hinter uns beiden her! Verdammt, die meinen es ernst.«

»Uns beiden?«, fragte Stahnke. »Was hat denn das zu bedeuten?« Keiner der beiden Verletzten reagierte.

»Heiko Grendel hier ist der Partner, von dem Herr van der Werft vorhin sprach«, erläuterte Lüppo Buss. »Er soll das Schnellrestaurant-Konzept auf Langeoog umsetzen. Dr. van der Werft und Dr. Lichterfeld wollen dabei als Geldgeber und Teilhaber fungieren.«

Endlich löste Grendel seinen Blick von seinem Finanzier, zeigte Reaktion auf die Worte des Inselpolizisten, schaute ihn an. »Was ist mit Dr. Lichterfeld?«, fragte er stockend. »Geht es ihm gut? Oder ist dem auch etwas … zugestoßen?«

Lüppo Buss setzte zu einer beruhigenden Verneinung an, die er aber sofort abbrach, als er Stahnkes Miene bemerkte. Fragend hob er die borstigen Augenbrauen.

»Dietz Lichterfeld«, sagte der Hauptkommissar leise, »ist als vermisst gemeldet. Sein letzter bekannter Aufenthaltsort soll Langeoog gewesen sein.«

Lüppo Buss runzelte die Stirn. Van der Werft sank tief in seinen Stuhl zurück. Heiko Grendel schrie auf. »Alle drei!« Er glotzte Stahnke an, auf den er sich offenbar keinen Reim machen konnte, wandte sich dann wieder dem Inselpolizisten zu. Schrie noch einmal: »Alle drei! Die wollen uns vernichten!«

»Wer sind denn *die*?«, griff Lüppo Buss Stahnkes Frage auf.

»Wer *die* sind?« Grendel schnappte nach Luft. »Na, *die* sind die, die uns hier nicht haben wollen! Die wollen, dass sich nie etwas ändert, dass immer alles so bleibt wie Anno moder! Das sind *die*, Mensch! Allen voran Renko Heidergott und Bea Wulff. Wer denn sonst?«

Bea Wulff und Grendel, dachte Stahnke. Himmel, wo bin ich hier nur reingeraten!

10.

»Sind diese Dinger eigentlich die ganze Nacht geöffnet?«, fragte Stahnke.

Lüppo Buss schüttelte den Kopf. »Nee, das denn doch nicht. Dann gäb's hier morgens bestimmt eine Menge zu entsorgen: Scherben, Schnapsleichen, gebrauchte Pariser ... kommt sowieso immer mal wieder vor, dass sich hier ein Pärchen vergnügt.«

Der Hauptkommissar schaute sich in dem Toilettenhäuschen um, das auf halbem Weg zwischen Strand und Wasserturm dicht am gepflasterten Spazierweg lag. So solide der niedrige Backsteinbau von außen aussah, so ungemütlich war es hier drinnen. Kalt, zugig, feucht und sandig. Und es roch auch nicht gut. Amouröse Gedanken waren wohl das Letzte, was Stahnke sich an einem Ort wie diesem vorstellen konnte.

»Und wann wird hier aufgemacht?«, fragte er.

»So um sieben herum.« Der Inselpolizist inspizierte den Fliesenboden. »Wenig später ist Heiko Grendel heute früh hier gewesen, sagt er. Nachdem er am Strand gejoggt hat. Nach eigener Aussage war er allein im Gebäude.«

»Und nach dem Pinkeln hat er dann also eins auf die Omme gekriegt.« Auf Zehenspitzen ging Stahnke wieder ins Freie, die Hände in den Taschen. Zwar war er sich mit seinem Kollegen schnell darin einig gewesen, dass eine Tatortabsperrung und -sicherung an einem Ort wie diesem, der jeden Tag von Hunderten verschiedener Menschen aufgesucht wurde, keinen Zweck hatte, zumal auch in der Zeit zwischen der Tat und dem Beginn ihrer

Untersuchung etliche Leute das Klohäuschen aufgesucht und benutzt hatten. Trotzdem konnte es nicht schaden, vorsichtig zu Werke zu gehen, falls es doch irgendwo noch eine Spur zu sichern gab.

Drinnen bestimmt nicht; die Tat hatte sich im Eingangsbereich zugetragen, während Grendel gerade das Gebäude verließ, der Täter hatte sich also draußen aufgehalten. Dort war der Boden gepflastert – Fußspuren Fehlanzeige. Auch der kurzgeschorene, feste Rasen rechts und links gab in diesem Punkt nichts her. Und hinter dem Häuschen, wo sich zwischen den Grünflecken Dünensand zeigte, war ohnehin alles zertrampelt. Der stetige Wind hielt den Sand in Bewegung und sorgte dafür, dass jeder einzelne Fußstapfen innerhalb kurzer Zeit zu einer flachen Mulde verweht wurde. So eine Nordseeinsel, folgerte Stahnke, war vielleicht der beste Komplize, den sich ein Ganove wünschen konnte.

Vor der Türschwelle ging Lüppo Buss in die Hocke. »Das hier könnten Blutflecken sein«, konstatierte er. »Werde mal Proben nehmen.« Er öffnete seinen Spurenkoffer und begann mit Tupfern und Fläschchen zu hantieren.

Typisch Einzelkämpfer, dachte Stahnke. Er selbst hätte längst das Handy gezückt und nach der Kriminaltechnik verlangt. Aber hier auf der Insel war man besser in der Lage, alleine klarzukommen.

Er blickte sich um. Wenn er der Täter wäre, wohin würde er flüchten? Sicher nicht Richtung Wasserturm, da begann der Ort, da wohnten und arbeiteten Menschen, von denen etliche auch zu früher Stunde schon aktiv waren. Auch nicht über die Höhenpromenade Richtung Hallenbad, dafür galt genau dasselbe. Vielleicht runter zum Strand? Tja, warum nicht. Am Spülsaum entlang über den festen Sand zu einem der vielen anderen Dünenübergänge, und dann ganz harmlos als frischluftbegeisterter Spaziergänger aus unverdächtiger Richtung ins Dorf, doch, das würde gehen. Nur zeitraubend war's.

Oder aber direkt durch die Dünen. Das ging am schnellsten, wenn man sich hier auskannte.

In weitem Bogen umkurvte Stahnke das Toilettenhäuschen, stieg über den niedrigen Abgrenzungszaun und stapfte durch den struppigen Dünenbewuchs. Ein Blick zurück: Lüppo Buss war immer noch in die Sicherung der Blutspuren vertieft. Was aber konnte das nützen? Vielleicht war damit die Aussage Grendels zu untermauern, genau hier angegriffen worden zu sein. Aber das bezweifelte ja ohnehin niemand.

Langsam ging der Hauptkommissar weiter. Auch hier gab es überall kleine Kuhlen, die einmal Fußspuren von Mensch und Hund gewesen sein mochten – nichts Frisches dabei, wie es aussah. Jetzt war er schon auf der Rückseite des Häuschens angekommen. Immer noch nichts …

Stopp. Doch, etwas war dort. Ein längliches Stück Rundholz. Alt und verwittert, vielleicht lag es schon ewig hier. Andererseits pflegten Touristen, ihre Kinder und ihre Hunde doch alles aufzuheben und mitzuschleppen, das irgendwie besonders aussah. Und dieses Ding aus Holz sah ziemlich besonders aus. An dem Ende, das da aus dem niedrigen Sanddorngestrüpp ragte, befand sich nämlich ein Griff.

Im nächsten Augenblick hatte Stahnke den Gegenstand identifiziert, und er schalt sich innerlich, dass das überhaupt so lange gedauert hatte. Das Ding war ein Riemen, von Landratten auch Ruder genannt, seiner geringen Größe nach für ein Beiboot bestimmt, ein Dinghy. Dort, wo der Ruderer anfassen sollte, war das Rundholz deutlich dünner, außerdem befand sich dort noch ein rissiger Ring zum Schutz gegen Leckwasser. Das abgeflachte Blatt des Riemens war im Gestrüpp verborgen. Das ganze Ding sah nicht nur alt aus, sondern auch altmodisch, fast schon altertümlich. Solche Riemen waren selten heutzutage. Warum auch immer er hier herumlag – auf jeden Fall wäre es schade drum, ihn einfach liegenzulassen.

Stahnkes Hand zuckte vor. Er griff aber nicht zu, sondern schritt zunächst vorsichtig um das Gebüsch herum. Richtig, das war das Blatt, schmal und mit rautenartigem Querschnitt. Das Holz war grau und rissig, trotzdem machte das ganz Ding einen recht gepflegten Eindruck. So, als sei es bis vor kurzem an einem geschützteren Ort aufbewahrt worden. Der Riemen war auffallend sauber, bis auf einige Sandkörner und ein paar dunkle Flecken in der Mitte des Blatts. Benutzt worden war es sicher schon lange nicht mehr, höchstens als Deko …

Der Hauptkommissar stutzte, bückte sich, die Hände tief in den Taschen, und musterte die dunklen Stellen. Dann richtete er sich wieder auf. »Lüppo!«, rief er. »Wenn du so weit bist da unten, dann komm doch mal hierher mit deinem Experimentierkoffer!«

Statt einer Antwort ertönte sein Handy. »Bölk hier mal nicht rum«, knurrte Lüppo Buss aus dem Hörer. »Ich bin gleich fertig, was hast du denn?«

»Och«, erwiderte Stahnke, »wie es aussieht, habe ich hier die Tatwaffe.«

Er beendete das Gespräch, klappte sein Handy zusammen, steckte es ein. Im nächsten Augenblick stand Lüppo Buss schon neben ihm. »Treffer«, sagte er. »Das könnte die Tatwaffe sein. Ich nehme gleich mal Blutproben. Wenn die mit denen vom Klohaus übereinstimmen, wissen wir's genau. Jetzt kommen wir wohl um eine Absperrung doch nicht herum. Zumal ich da recht gut erhaltene Fußabdrücke sehe.«

Stahnke räusperte sich. »Das sind wohl meine«, sagte er. »Aber immerhin habe ich nichts angefasst.«

Lüppo Buss zückte seine Dienstkamera. »Wie auch immer«, murmelte er, während er die Szenerie ablichtete. »Ich habe auch so schon eine Idee, wohin uns das hier führt. Das Teil kommt mir nämlich sehr bekannt vor.«

Das Restaurant *Seestern* erinnerte schon von außen an die 60er Jahre – ein Eindruck, der sich deutlich verstärkte, nachdem sie das Lokal betreten und damit die Türglocke zum Scheppern gebracht hatten. Dunkel, bieder, vollgerümpelt, dachte Stahnke. Und über allem hängt dieser fettige, kalte Fischgeruch. So gern er Fisch auch mochte, hier drehte sich ihm fast der Magen um.

Aus der Küche drang ein metallisches Klappern. Eine Schwingtür quietschte, schwere Schritte ertönten. »Wir haben noch geschlossen«, rief der bärtige, massige Mann, der im Durchgang auftauchte. »Haben Sie das Schild nicht gesehen? Ach, Lüppo, du bist es. Moin, was gibt's denn?« Der Mann wischte sich die Hände an einem alten Küchentuch ab.

»Moin, Renko«, antwortete Lüppo Buss. Dabei knuffte er Stahnke in die Seite und wies auf einen düsteren Winkel des Speisesaals. Der Hauptkommissar nickte. Tja, das sah eindeutig aus.

Renko Heidergott hatte sich vollends genähert. Immer noch rieb er an seinen Händen herum. »Kann euch leider nicht die Hand geben«, sagte er entschuldigend. »Bin in der Küche am Basteln. Die eine Fritteuse tut's nicht. Blödes Ding, hab mich total mit Fett eingesaut.«

»Verletzt haben Sie sich offenbar auch dabei«, sagte Stahnke und wies auf Heidergotts rechten Handballen, der zwei kleine Abschürfungen aufwies.

»Das?« Der massige Mann machte eine wegwerfende Handbewegung. »Das ist, was nichts ist, wie man hier so sagt. Kommt schon mal vor bei uns Selbstständigen. Weil man ja alles selbst macht, und zwar ständig, nicht wahr?« Er grinste Lüppo Buss an: »Aber davon kennst du ja nichts, als Beamter, nicht?«

»Sag man nichts, Renko.« Lüppo Buss blieb auffallend ruhig. »Wir beide hier waren heute Morgen auch schon fleißig. Das ist übrigens mein Kollege Stahnke, Hauptkommissar aus Leer.«

Heidergott erstarrte. »Zu zweit gleich? Mensch, was ist denn los?«

»So allerhand«, erwiderte Lüppo Buss. Auf seiner Stirn waren die beiden raupenartigen Borstenbrauen aufeinander zu gekrochen, nur noch getrennt von einer tiefen, steilen Falte. »Sag mir doch mal, was du darüber weißt.«

»Was ich ...?« Heidergott, von Empörung gebläht, schien um ein paar Zentimeter zu wachsen. »Willst du damit sagen, dass ich ... dass du ... he, ich habe nichts Unrechtes gemacht!«

»Jetzt tu mal nicht so.« Der Inselpolizist behielt sein

Dienstgesicht bei. »Wir wissen doch alle, was hier gerade abläuft. Und wir beide, du und ich, wissen auch, dass du schon einmal einen verdroschen hast, der nicht so wollte wie du. Ist zwar damals nicht in die Akten gekommen, aber das heißt ja nicht, dass ich plötzlich Alzheimer hätte, ist das klar? Also los, lass hören!«

Heidergott sackte wieder ein bisschen in sich zusammen. Seine Empörung wich erst einem Ausdruck von Schuldbewusstsein, dann von Ratlosigkeit. »Ja, hast ja recht, die Sache damals mit Gontjen, das war nicht richtig. Aber was hat er seinen Fischwagen auch direkt gegenüber von meinem Laden aufzustellen!« Er breitete die Arme aus. »Hör mal, Gontjen lebt doch schon seit Jahren nicht mehr auf Langeoog! Weiß gar nicht, wie du da jetzt noch drauf kommst. Da ist doch schon ewig nichts mehr gewesen.«

»Gontjen ist weg, jawohl«, sagte Lüppo Buss. »Aber Konkurrenten gibt es immer wieder neue, nicht wahr? Also.«

Renko Heidergotts Unterkiefer sank in Zeitlupe herab. In seinen Augen dämmerte es. »Du meinst ... diese Sache?«

»Ja, genau. Diese Sache.« Immer noch vermied es der Inselpolizist, Namen und Fakten zu nennen. Er wartete auf Vorlagen von Heidergott. Der aber tat ihm nicht den Gefallen.

Stahnke hatte sich inzwischen von den beiden Insulanern entfernt, war wie zufällig in die entlegene, düstere Ecke des Speisesaals spaziert. Allerlei maritime Deko zierte hier die Wände, blinde Messingbeschläge, Reste von Fischernetzen mit gläsernen Schwimmerkugeln, Muscheln und natürlich Seesterne. Außerdem ein hölzerner Riemen, von der Größe her zu einem Dinghy passend, alt und rissig, fast schon altertümlich. Diagonal angebracht, in einer stabilen Wandhalterung. Und dann war dort noch etwas.

Nämlich eine zweite Wandhalterung, für einen zweiten Dinghy-Riemen, so montiert, dass er den ersten x-förmig überkreuzte. Und diese zweite Halterung war leer.

Stahnke drehte sich um. »Wo waren Sie heute früh zwischen sieben und acht Uhr, Herr Heidergott?«, fragte er, ohne die Stimme zu heben.

»Hier«, antwortete Heidergott, ohne zu zögern. »Ich war hier. Reparaturarbeiten. Die Saison hat begonnen, und diese blöde Fritteuse …«

»Kann das jemand bestätigen?«, fragte Lüpo Buss.

»Wieso bestätigen?«, fragte Heidergott verblüfft zurück. »Wer soll denn das bitte bestätigen können, wenn ich hier bis über die Ellbogen im Fett wühle?«

»Genau das war die Frage«, sagte Stahnke ungerührt. »Hat Sie jemand heute früh hier arbeiten sehen? Handwerker vielleicht, oder Angestellte, oder Ihre Frau?«

»Ich lebe allein«, antwortete Heidergott tonlos. »Meine Leute sind so früh noch nicht hier. Und Handwerker, die sind doch viel zu teuer, darum mache ich das doch …« Seine Stimme erstarb, seine Miene gefror. »Heute früh, sagst du, Lüppo? Zwischen sieben und acht. Da ist also was passiert. Und ihr habt mich in Verdacht, weil ich damals den Gontjen etwas hart angefasst habe. Dann geht es also wohl um Heiko Grendel. Hab ich recht?«

»Wenn du das schon weißt«, erwiderte Lüppo Buss, »und wenn du das schon zugibst, warum sagst du uns den Rest nicht gleich auch noch?«

Heidergott zuckte die Achseln, schaute ratlos von einem der Polizeibeamten zum anderen. »Warum ich?«, fragte er leise. »Warum ausgerechnet ich? Wenn Heiko das umsetzt, was er vorhat, dann bedroht er die Existenz jedes einzelnen Gastronomen hier auf der Insel, nicht nur meine. Und glaubt mir, die Neuigkeit ist längst rund, jeder weiß Bescheid! Warum also kommt ihr beide sofort zu mir?«

»Weil«, entgegnete Stahnke, »die Tatwaffe bis vor kurzem bei Ihnen gehangen hat. Genau hier.« Er zeigte auf die leere Wandhalterung. Der Umriss des Riemens war auf den nachgedunkelten hölzernen Wandpaneelen noch gut auszumachen.

»Wieso?« Heidergott runzelte die Stirn und stemmte beide Fäuste in die Hüften. »Seit wann ist das Ding denn weg?«

»Genau das wollen wir von dir wissen«, sagte Lüppo Buss. »Ich hätte auch einen Tipp: Seit heute früh, kurz vor sieben. Also ziemlich genau, seit du hier angeblich an der Fritteuse schraubst. Was meinst du, könnte es nicht sein, dass du stattdessen zunächst mal einem anderen Handwerk nachgegangen bist?«

Heidergott antwortete nicht, sondern starrte ins Leere. Nur seine zuckende Kopfhaut zeugte davon, dass es in ihm arbeitete.

Wenn er schauspielert, dann macht er das gut, dachte Stahnke. Legen wir uns bloß nicht zu früh fest. »Wer außer Ihnen hat denn noch Zugang zu diesen Räumen?«, fragte er. »Wie viele Hauptschlüssel gibt es, und wer hat alles einen, beziehungsweise wer kommt unauffällig an einen heran? Angestellte, Putzkräfte, Lieferanten?«

»Die haben alle nur Schlüssel zum Briefkasten«, murmelte Heidergott wie abwesend. »Wer morgens als Erster kommt, findet den Hauptschlüssel da drin vor. Außer meinem Schlüssel gibt es nur zwei weitere. Einen hat Ramona, meine Erste Servicekraft, aber die fällt gerade ein paar Tage aus. Musste unters Messer, irgendwas mit ihrem Kiefer, und hat ihren Schlüssel vorher mir gegeben.« Er machte eine Pause, schluckte, fuhr noch leiser fort: »Den dritten Schlüssel hat eine Kollegin. Und ich hab ihren. Nur für den Fall der Fälle, falls mal was ist, man weiß ja nie. Wir leben beide allein.«

»Und wer ist diese Kollegin?«, fragte der Hauptkommissar.

Erneut schepperte die Türglocke. Stahnke fuhr herum. Eine Walküre, dachte er, als er die Frauengestalt erblickte, die den Saal betrat. Groß, kräftig, vollbusig, sommersprossig, blondmähnig. Ein Weib, wie von Wagner persönlich erträumt. Sagenhaft.

»Moin, Renko!«, rief die Frau, während sie in das Halbdunkel des Speisesaals zwinkerte. »Wie sieht es aus, warst du erfolgreich? Hat es hingehauen? Erzähl mal!« Erst mit Verspätung erkannte sie, dass Renko Heidergott nicht allein war. Sie verstummte.

Heidergott nickte Stahnke bedeutungsvoll zu. »Hallo, Bea«, sagte er dann. »Hast du meinen Schlüssel noch?«

»Klar«, antwortete die Frau. »Hab ihn sogar dabei. Brauchst du ihn? Aber wieso?«

»Das«, sagte Lüppo Buss, »ist Bea Wulff, die Inhaberin vom *Veggie-Paradies*.«

Stahnke nickte. »Ist mir schon klar«, erwiderte er. »Frau Wulff, schön, dass Sie gerade hier sind, wir hätten da dringenden Gesprächsbedarf. Stahnke mein Name, übrigens, Kriminalhauptkommissar. Meinen Kollegen Lüppo Buss kennen Sie ja. Ich schlage vor, wir wechseln mal alle die

Lokalität und setzten unser Gespräch im Polizeibüro an der Kaapdüne fort. Das gilt auch für Sie, Herr Heidergott. Irgendwelche Einwände? Dann mal los.«

Sagenhaft, dachte Stahnke, als die anderen drei vor ihm her in Richtung Wasserturm trabten. Bea Wulff gegen Grendel, das glaubt mir doch keiner.

11.

»Moin.« Ächzend ließ Bodo Schmidt sich auf die angestammte Bank am Bahnhof fallen. Außer ihm saß nur Klaas Reershemius dort, den schmächtigen Körper vornübergebeugt, die faltigen Hände über dem Handstockgriff gekreuzt, das knochige Kinn aufgestützt. Der Alte erwiderte den Gruß lediglich mit einem Knurren.

»Gar nicht in der Kirche?«, fragte Schmidt scheinheilig. »In deinem Alter – ich mein, man kann ja nie wissen, oder?« Er wollte sich schier ausschütten vor Lachen über seinen eigenen Witz. Die Bank unter ihm ächzte jetzt auch.

Reershemius blickte ungerührt weiter geradeaus.

Es dauerte eine Weile, bis Schmidt sich wieder beruhigt hatte. Weil gerade nirgendwo Feriengäste zu sehen waren, über die er hätte lästern können, fragte er: »Und? Was gibt's Neues?«

»Heiko hett watt vör'n Dassel kregen«, sagte Reershemius, ohne eine Miene zu verziehen.

»Watt vör'n Dassel?« Schmidt Augen glänzten. Hauereien waren immer ein gutes Thema. »Heiko? Heiko wer?«

»Heiko Grendel. Watt glöövst du denn!« Reershemius klang, als nähme er Schmidt nicht ganz für voll. Was vermutlich auch so war, obwohl der schon ebenso lange zur Viererbande vom Langeooger Bahnhof zählte wie er selbst, waren sie beide doch quasi Gründungsmitglieder. Aber mit seinen gut siebzig Lenzen war Schmidt für den alten Klaas im Grunde noch ein junger Hüpfer, kaum trocken hinter den Ohren.

»Heiko Grendel! Na, das war ja wohl fällig.« Schmidt rieb sich die Hände. »Jetzt kommt die Sache in Schwung. Wie viel hat er denn abgekriegt? Und weiß man schon, wer's war?«

Reershemius zuckte die Achseln. »Weet ick neet. Man de solln's woll finnen. Heiko is noch heel good binanner, de sall woll weeten, well hum door raakt hett.«

»Ja, das denke ich auch. Und dann wird man den, der ihn erwischt hat, wohl bald sehr gut erkennen können. Weil es nämlich der ist, der von Heiko die Hucke vollgehauen kriegt!« Offenbar war Schmidt sich gut darüber im Klaren, dass Rache der direkte Weg in die Eskalation war. Nur dachte er überhaupt nicht daran, das in irgendeiner Weise kritikwürdig zu finden.

»Moin.« Ein schmaler Schatten streifte die Bahnhofsbank; Harm Bengen war erschienen und ließ sich vorsichtig nieder. Seine Augen zwinkerten müde hinter den flaschenbodendicken Brillengläsern, und seine säuerlichen Ausdünstungen schienen noch intensiver als sonst zu sein.

Klaas Reershemius legte den Kopf schräg. »Watt is denn mit di?«, fragte er den Neuankömmling. »Büst neet good to fohrt?«

Bengen schnaufte und schüttelte dann den Kopf. »Nee. Schlechte Nachrichten heute früh. Tjabbe ist letzte Nacht gestorben.«

»Tjabbe? Tjabbe Grendel?«, fragte Schmidt aufgeregt nach.

Bengen nickte schweigend und anhaltend.

»Tja.« Klaas Reershemius wiegte den Kopf. »Irgendwann is't ut, dor kannst up an.« Ohne erkennbaren Grund fiel er ins Hochdeutsche: »Ist noch die Frage, ob das eine schlechte Nachricht ist. Wenn das Leben kein Leben mehr ist, dann soll auch Schluss sein. Alles andere ist doch nur Quälerei.«

»Du hast gut reden«, erwiderte Bengen mit dumpfer Stimme. »Bei dir ist ja noch lange kein Ende in Sicht. Aber Tjabbe, der war mein Jahrgang.«

Eine halbe Minute lang schwiegen die drei Viererbanden-Mitglieder einträchtig. Dann fragt Reerschemius: »Woher weißt du das überhaupt?«

»Was?« Bengen schreckte auf. »Wieso, woher?«

»Na, dass Tjabbe tot ist. In der Zeitung stand's noch nicht. Und im Radio werden sie es ja wohl kaum gebracht haben.«

»Nee.« Bengen blinzelte in die kräftiger werdende Sonne. »Die haben bei mir angerufen. Ich meine, die vom Heim. Also vom Hospiz oder wie das heißt. In Leer.«

»Und wieso ausgerechnet dich?«, hakte Reershemius nach.

»Na ja, die haben gesagt, dass sie natürlich Heiko sprechen wollten. Aber der war wohl nicht erreichbar.«

»Allerdings, das war er nicht.« Schmidt nickte, und seine Augen glitzerten schon wieder. »Der hatte zu diesem Zeitpunkt wohl gerade ein Brett vorm Kopp!«

Mit einer ärgerlichen Handbewegung gebot Reershemius dem dicken Glatzkopf zu schweigen. »Und weil sie Heiko nicht erreichen konnten, haben sie als Nächstes dich angerufen? Warum das denn?«

»Tja, eigentlich wollten die gar nicht mich sprechen. Sondern Bea«, sagte Bengen.

»Versteh ich immer noch nicht.« Reershemius' vorgerecktes, knochiges Kinn schien immer länger zu werden.

»Ich war selber auch etwas überrascht«, sagte Bengen. »Aber sie sagten, Bea hätte den alten Tjabbe in letzter Zeit öfter mal besucht. Öfter als Heiko. Oder als sonst jemand.« Er funkelte Reershemius durch seine dicken Brillengläser an. »Und weil die in Leer wussten, dass Bea Heiko kennt, haben sie es als Nächstes bei ihr versucht. Aber sie ist wohl weder zu Hause noch in ihrem Laden gewesen. Stattdessen ist eine Angestellte von ihr ans Telefon gegangen. Und die hat denen erzählt, dass ich ihr Opa bin und sie manchmal bei mir nach dem Rechten sieht. So sind sie dann bei mir gelandet.«

»Kiek.« Reershemius nickte. So schien es für ihn einen Sinn zu ergeben.

Dafür wurde jetzt Bodo Schmidt unruhig. »Wenn Tjabbe jetzt also tot ist«, resümierte er, »dann ist der Weg für Heiko Grendel doch frei, nicht? Sofern er Tjabbes alten Laden wirklich erbt, wovon wir aber alle ausgehen. Dann kann er jetzt damit anfangen, seine *McDaisy's*-Pläne umzusetzen. Das heißt, für alle, die davon etwas zu befürchten haben, wird es jetzt ernst, richtig?« Er lehnte sich zurück und rieb sich mit beiden Händen den schwellenden Bauch. »Und quasi im nächsten Moment geht einer hin und haut Heiko Grendel eins vor die Omme. Damit er gleich mal weiß, was er zu erwarten hat, wenn er sich tatsächlich traut.« Schmidt schlug mit beiden Handflächen auf seine Wampe – es dröhnte wie eine Buschtrommel. »Was für ein Zufall, nicht, Leute? Ich sage euch, ich glaube ja alles Mögliche, aber dass das ein Zufall sein soll, das glaube ich nicht!«

Bengen und Reershemius schauten einander an. Keiner von beiden gab Schmidt Contra. Keine Frage, was er gesagt hatte, lag auf der Hand.

»Hast du noch irgendwem von Tjabbes Tod erzählt?«, fragte Reershemius.

Bengen schüttelte stumm den Kopf.

»Oder haben die vom Hospiz in Leer vielleicht noch jemand anders angerufen?«

Kopfschütteln bei Bengen, das in ein unkontrolliertes Wackeln überging.

»Haben die vielleicht bei Bea auf Band gesprochen, ehe sie dich angerufen haben?«

»Was?« Bengen schreckte auf. »Bei Bea?«

»Moin!« Ocko Onken, das vierte Mitglied der Bahnhofsbankbesatzung, kam herangehastet, vor Eile ganz außer Puste und noch heiserer als sonst. »Bea, was? Habt ihr es also auch schon gehört?«

»Bea?!« Harm Bengens Stimme kippte.

»Ja, Bea. Deine kleine Enkelin Bea.« Schwer ließ sich Ocko Onken auf die Bank plumpsen. »Wisst ihr es also doch noch nicht?«

»Was sollen wir noch nicht wissen?« Bodo Schmidt sprang für Harm Bengen ein, der nur noch japsen konnte.

»Na ja, dass sie zur Polizei musste.« Onken wischte sich die Stirn mit einem fleckigen Taschentuch. »Ich will nicht sagen: verhaftet – aber dieser Klotz vom Festland, dieser Kriminalkommissar, lief die ganze Zeit hinter ihr, und unser Lüppo hat sie eskortiert. Also, wenn ich's mir recht bedenke, sah das doch schon ganz schön nach Festnahme aus.«

»Festnahme? Aber warum?«, fragte Reershemius mit besorgtem Seitenblick auf Bengen, dessen Gesichtsfarbe in ein ungesundes Rosa gewechselt hatte.

»Na, wegen Heiko«, erwiderte Onken achselzuckend,

als sei das doch sonnenklar. »Ich meine, was deine Bea ist, mein lieber Harm, der sollte man ja lieber nicht querkommen, nicht wahr? Die ist ein handfestes Mädel, die regelt ihre Angelegenheiten selber. Ist doch auch richtig so. Wenn auch nicht immer legal.« Er nickte Harm Bengen begütigend zu – eine Geste, die ihre beabsichtigte Wirkung jedoch komplett verfehlte.

»Du meinst, Bea hat Heiko verkloppt?« Bodo Schmidt wusste sich vor Begeisterung kaum noch zu beherrschen.

»Vielleicht«, antwortete Onken. »Vielleicht aber auch nicht. Kann auch sein, dass Renko das war. Weißt schon, Renko Heidergott. Den haben sie nämlich auch mit abgeführt.«

»Un watt sall datt nu weer bedüden?«, warf Reershemius ein. »Hem de twee datt viellicht tosamen doon, of watt?«

»Well kann datt weeten.« Onken breitete die Arme aus, was auf der mittlerweile vollen Rentnerbank gar nicht so einfach war. »Immerhin sind die beiden doch irgendwie miteinander befreundet, man sieht sie jedenfalls häufig zusammen. Obwohl sie ja vom Essen ziemlich unterschiedliche Vorstellungen haben. Und von einem Burger-Puff hier auf der Insel wären sie beide gleichermaßen betroffen.«

»Das gilt aber für sämtliche anderen Gastronomen auch«, meldete sich Bengen zu Wort. »Dann könnten sie ja gleich alle Restaurantbesitzer von Langeoog verhaften. Und die Köche gleich mit dazu.«

»Ha, das wär lustig. Ostern vor der Tür, die Insel voller Touris, und nirgendwo was zu essen!« Bodo Schmidt witterte schon wieder Krawall. Seine Laune wurde immer besser.

»Aber nee, irgendwas war da noch.« Onken schlug sich mit der flachen Hand vor die Stirn. »Hab's nur am Rande mitbekommen, als die beiden mit den Bullen an mir vorbeigingen. Irgendwas von Tatwaffe, die aus Renkos Laden stammen würde, oder so.«

»Dann wäre doch Renko der Verdächtige, nicht meine Bea«, rief Harm Bengen aufgeregt.

»Musst ja ganz schön lange Ohren gemacht haben«, keckerte Schmidt.

»Vööls to vööl Upstaahn, wat de maaken«, murrte Klaas Reershemius. »Bloots, wiel de dösige Heiko watt vör de Mütz kregen hett! Dor höft sück de Polizei heel neet um kümmern. Datt hett de nore Fend sück woll verdeent.«

»Mag ja sein, dass Heiko Grendel eine Tracht Prügel verdient hat«, erwiderte Onken. »Aber darum geht es ja nicht alleine! Außerdem ist letzte Nacht ja noch dieser Leeraner Arzt, dieser Dr. van der Werft, bei der Melkhörndüne überfallen und verletzt worden, und der ist ja wohl einer von Heikos Geldgebern. Und wenn das stimmt, was ich außerdem noch gehört habe, dann ist der zweite Geldgeber, ebenfalls ein Arzt aus Leer und Kompagnon von diesem van der Werft, sogar verschwunden! Hier auf Langeoog! Und das ist ja nun wirklich kein Spaß mehr.«

»Verschwunden?«

»Wie – entführt?«

»Und alles wegen dieser Frittenbude, die Heiko aufmachen will?«

»Das kann ja wohl nicht.«

Ocko Onken zuckte die Achseln. »Ein Zufall kann's ja auch nicht sein, dafür sind die Zusammenhänge zu offensichtlich. Irgendwer will hier mit aller Macht verhindern, dass Heiko und seine beiden Hintermänner ihren Plan umsetzen. Und dafür scheint ihm jedes Mittel recht zu sein.«

»Aber doch nicht meine Bea«, flüsterte Harm Bengen entsetzt.

»Wer weiß«, unkte Bodo Schmidt. »Wenn du einen Menschen zum Äußersten treibst, indem du ihm an die Existenz gehst, dann kennst du ihn manchmal nicht mehr wieder.«

»Was meint ihr«, fragte Reershemius, »was werden Heiko und dieser Leeraner Arzt machen? Kneifen die jetzt den Schwanz ein?«

»Jetzt, wo Tjabbe tot ist und Heiko endlich das Gebäude kriegt, das er schon so lange haben will?«, fragte Schmidt zurück. »Kann ich mir nicht vorstellen.«

»Und dieser Arzt aus Leer soll ein ganz harter Knochen sein«, sagte Onken. »So einer wie der gibt schon aus Prinzip nicht nach, wenn er Widerstand spürt.«

»Na denn.« Klaas Reershemius hieb die Spitze seines Spazierstocks aufs Pflaster. »Dann war's das ja wohl noch nicht. Dann kommt da ja noch was.«

Alle vier nickten im Gleichtakt.

12.

Sina seufzte. »Na gut, Herr Tönjes, Sie wissen jetzt so weit Bescheid. Ich wünsche Ihnen noch einen schönen Tag. Und beherzigen Sie bitte meine, äh, Ratschläge.«

›Anweisungen‹ hätte sie eigentlich sagen wollen. Aber die Grundhaltung der Klinikleitung war ja, nicht zu viel Druck auf die Patienten auszuüben, keine ›Drohkulisse aufzubauen‹, wie das jetzt genannt wurde. Niemanden in Furcht versetzen. Von daher war das Wort ›Anweisung‹ streng verpönt. Als ob man jemandem wie diesem Drei-Zentner-Gebirge, das sich da gerade ächzend aus einem heillos überforderten Stahlrohrsessel erhob, überhaupt Angst einjagen konnte! Dieser Riese, der sich da schwitzend auf seine Gehhilfen stützte, hatte in den letzten Monaten gerade so viel abgespeckt, um seinem nächsten Herzinfarkt zu entgehen. Seitdem vermied er konsequent jeden weiteren Therapiefortschritt, um ja nicht in die Nähe einer drohenden Arbeitsfähigkeit zu geraten, und dümpelte seiner Frühverrentung entgegen. Während ihres Gesprächs über die Vorzüge faserreicher, fettarmer Ernährung hatte er ihr permanent ins Gesicht gegrinst. Und dabei penetrant nach Bratwurst und Pommes frites gerochen. Der Teufel mochte wissen, wie er an dieses Junkfood gelangt war!

»Tschüss denn, Frau Doktor, und vielen Dank noch mal. Wünsche Ihnen frohe Ostern!« Im Türrahmen drehte sich Tönjes zu ihr um, grinste übertrieben und ließ die Tür hinter sich ins Schloss fallen. Sina fuhr hoch. Hatte ihr der Kerl etwa gerade die Zunge herausgestreckt, gerade so, dass sie es durch den Türspalt noch erahnen konnte? Eine

Frechheit! Sie griff nach dem nächstbesten Gegenstand, umklammerte ihn, hob ihn an, holte aus.

Und ließ die Hand wieder sinken. »Du spinnst doch, Mädchen«, murmelte sie vor sich hin. Hatte man ihr nicht während der langen Jahre ihres Studiums – das sie mitnichten mit dem Doktortitel abgeschlossen hatte – nicht immer wieder klargemacht, dass Frustration zu ihrem Arbeitsalltag gehören würde? Und es war so, verdammt noch mal, es war so. Alles wie erwartet, so weit. Nur, dass Frustration ihre Hauptursachen in menschlicher Dummheit, Borniertheit und Beratungsresistenz hatte, das hatte man wohl nicht ausreichend betont. Oder aber sie hatte es schlicht nicht glauben wollen.

Sina seufzte noch einmal, diesmal länger, tiefer und lauter. Manche Dinge musste man einfach selbst erkennen, um sie zu verinnerlichen. Diesen Erkenntnisprozess machte sie wohl gerade durch. Oder, anders gesagt: Sie hatte diesen Prozess am Hals.

Sie betrachtete das Ding, mit dem sie fast geworfen hätte und das sie immer noch in der Hand hielt. So ein Deko-Teil, eine aus Holz geschnitzte Möwe, die auf einem dicken Poller hockte. Das verfluchte Ding musste noch von ihrer Vorgängerin her hier stehen. Na, darum wäre es wenigstens nicht schade gewesen.

Es klopfte. Sina zuckte zusammen, stellte eilig die Möwe weg und bemühte sich um eine akkurate, aber nicht abweisende Haltung. »Ja bitte.« Die Tür öffnete sich, aber statt ihres nächsten Patienten erschien die Stationsschwester. »Frau Domsky hatte einen Zusammenbruch, liegt gerade am Tropf«, verkündete sie und setzte augenzwinkernd hinzu: »Halbe Stunde Pause für dich!«

Sina nickte dankend, stand auf, reckte und streckte sich. Frische Luft, dachte sie, mal eben auf andere Gedanken kommen. Bloß nicht den Frust zur Gewohnheit werden lassen. Sie verließ das Ordinationszimmer, durchquerte eilig Gänge und Foyer und hielt erst auf dem geklinkerten Vorplatz der Klinik inne. Sonne, registrierte sie, Wärme und nur ein lauer Wind. Ostern auf der Insel konnte so herrlich sein.

Mit frischer Luft allerdings war es so recht nichts. Das schöne Wetter hatte die Patientinnen des *Haus Waterkant* in Scharen ins Freie gelockt. Und wenn die Magersüchtigen ihren Körpern auch sonst nichts gönnten, beim Nikotin machten fast alle eine Ausnahme. War ja auch kalorienfrei. Und so gab es auf dem gesamten Platz kaum einen Fleck, der gänzlich frei von Zigarettendunst gewesen wäre.

»Hallo, Frau Gersema!«, erklang es hinter ihr. Sina drehte sich um. Mareike Duismann rollte auf sie zu, strahlend und offenkundig bester Laune. Sina musste sich zwingen, das Lächeln zu erwidern, sah das abgemagerte Gesicht ihrer Patientin doch mehr denn je aus wie ein Totenkopf. »Denken Sie nur, mein Mann kommt zu Besuch!«, rief Mareike Duismann überlaut, als sie ihren Rollstuhl dicht vor Sina zum Stehen brachte. »Ich dachte schon, er schafft es nicht, weil er doch so viel zu tun hat, sogar am Wochenende. Aber jetzt hat er es doch hinbekommen.«

»Na, das ist doch schön«, sagte Sina. Die ist ja direkt euphorisch, dachte sie. Euphorie, das Glücksgefühl in Todesnähe, körpereigener Drogenrausch. Mein Gott, die arme, arme Frau.

»Ja, nicht wahr? Ein Wunder, dass er eine Unterkunft bekommen hat, so überlaufen, wie die Insel über Ostern ist. Irgendeine Ferienwohnung in der Willrath-Dreesen-Straße, die leer stand, weil sie eigentlich renoviert werden soll. Deswegen hat er sie auch günstig bekommen.« Mareike Duismanns Strahlen schwand, wich einem schuldbewussten Ausdruck. »Wir müssen ja sparen, weil meine Behandlung hier doch so viel Geld extra kostet. Darum arbeitet Dieter auch so viel.« Sie seufzte tief. »Er beklagt sich nie, aber ich weiß doch, wie schwer es für ihn ist. Der arme Mann! Er hält sich so tapfer. Was habe ich doch für ein Glück, so einen Ehemann zu haben.«

Sina nickte. Ihre Kiefermuskeln schmerzten, so anstrengend war es, das Lächeln zu bewahren. Von wegen armer Mann, dachte sie. Wie schwer können dessen Sorgen schon wiegen, verglichen mit ihren! Da steht diese Frau an der Schwelle des Todes, ohne dass ich helfen könnte, weil ich einfach nicht dahinterkomme, was ihr so zusetzt, dass sie nicht mehr schlucken kann, dass sie sich selbst zum Wrack hungert. Und sie hat nichts anderes zu tun, als sich um ihren Mann zu sorgen! Verrückt, echt verrückt.

»Vielleicht stellen Sie mir Ihren Dieter mal vor«, erwiderte Sina. »Wir könnten doch ein Therapiegespräch zu dritt machen. Wer weiß, vielleicht gibt es das ja neue Aufschlüsse, damit wir Ihrem Problem endlich auf den Grund kommen.«

Mareike Duismann schüttelte den Kopf. »Nein. Nein, das möchte ich nicht.« Das Kopfschütteln hielt an, drohte ihre geschwächte Nackenmuskulatur zu überfordern. »Was soll das bringen? Mein Zustand hat doch mit Dieter nichts zu tun. Überhaupt nichts. Warum sollten wir ihn denn noch zusätzlich belasten? Er hat es doch sowieso schon so schwer.«

»Womit hat Ihr Zustand denn dann zu tun?«, fragte Sina. »Das ist es, was wir herausbekommen müssen. Unbedingt. Vielleicht kann Ihr Mann uns doch dabei helfen. Das heißt ja nicht, dass wir die Ursache bei ihm suchen würden. Überhaupt nicht. Wir suchen keinen Schuldigen, wir suchen eine Lösung. Für Sie!«

»Nein. Bitte nicht.« Mareike Duismann setzte ihren Rollstuhl ein Stück zurück, wie um ihre Ablehnung zu unterstreichen. »Lassen Sie Dieter da raus. Mit ihm hat es nichts zu tun.«

»Selbstverständlich, wenn Sie das so möchten«, sagte Sina. Ihre Zweifel behielt sie für sich. Je stärker ihre Patientin einen Zusammenhang zwischen Ehemann und Krankheit verneinte, desto größer wurde Sinas Verdacht, dass es genau diesen Zusammenhang gab. Aber mit Druck war hier natürlich nichts zu erreichen.

»So, ich muss denn auch mal los. Dieter wird gleich hier sein.« Mareike Duismann winkte kurz, dann wendete sie ihren Stuhl geschickt und rollte in Richtung Haupteingang. Sina blickte ihr nach. Irgendetwas ist ihr passiert, überlegte sie – nicht zum ersten Mal. Irgendetwas, das sie traumatisiert hat und über das sie auf keinen Fall reden will. Warum möchte sie nicht, dass ihr Mann ihr hilft, dieser Sache auf den Grund zu kommen? Was für Ängste spielen da mit hinein? Hat er ihr vielleicht doch etwas angetan?

Kurz vor der gläsernen Automatik-Doppeltür hielt Mareike Duismann noch einmal an. Sina registrierte, dass sich ihre Patientin mit beiden Händen in den Nacken griff und dort etwas löste. Ein Schmuckstück, eine Kette wohl. Sie hakte den Verschluss wieder zu und ließ das Kettchen samt Anhänger in ihrer Hosentasche verschwinden. Es blitzte kurz golden im Sonnenlicht. Passt wohl nicht zum Oberteil, dachte Sina. Für Dieter muss eben alles optimal sein. Als ob die Frau sonst keine Sorgen hätte!

Sina schaute auf ihre Armbanduhr. Fast schon wieder Zeit für ihre nächste Patientin. Sie versuchte sich zu erinnern, wer heute noch alles auf ihrer Liste stand. Es gelang ihr nicht. Ärgerlich schüttelte sie den Kopf. Wenn zum Frust jetzt auch noch die professionelle Abstumpfung einsetzt, dachte sie, dann gute Nacht. Dann sollte ich mir wohl lieber einen anderen Job suchen.

13.

Er horcht. Er horcht so angestrengt, dass es weh tut. Vorher hätte er niemals geglaubt, dass das überhaupt möglich ist. Aber es ist so.

Der Kerl ist weg, denkt er. Gott sei Dank.

Es muss so sein. Das Letzte, was er gehört hat, war das Zuschlagen einer Tür, ganz entfernt zwar und fast bis zur Unhörbarkeit gedämpft, aber er ist sich sicher. Die ständige Dunkelheit spornt die anderen Sinne an. Der Entführer ist gegangen, hat die Tür hinter sich zugezogen, er ist weg.

Und er hat etwas vergessen.

Wütend ist sein Peiniger gewesen, als er das letzte Mal bei ihm war, hier drinnen. Ungewohnt wütend und unbeherrscht, nicht so ätzend überheblich wie sonst. Er hat ihn beschimpft, hat ihn geschlagen, sogar getreten. Das macht er sonst nicht. Irgendetwas hat ihn wütend gemacht. Irgendetwas muss passiert sein. Was auch immer.

Dann muss ihm seine Unbeherrschtheit wohl leid getan haben, denn er hat ihm für ein paar Minuten die Fesseln gelöst, damit er selbstständig etwas Brot essen und Wasser trinken konnte. Danach durfte er seine Notdurft in einen Eimer verrichten und sich reinigen, endlich, mit kaltem Wasser und Haushaltspapier zwar nur, bei dem sehr unzureichenden Licht, das durch den Türspalt aus dem Nebenraum hereinfiel, aber immerhin. Neue Kleidung gab es nicht, so musste er seine völlig verschmutzte Hose wieder anziehen, ehe er erneut gefesselt wurde. Mit Kabelbinder, wie er jetzt weiß.

Dann ist sein Peiniger gegangen. Ohne ihm zuvor eine Spritze zu geben.

Was für eine Erleichterung! Keine Muskellähmung, keine Atemnot, kein Gefühl, im eigenen Körper zu ertrinken, zu ersticken. Keine unerträgliche Qual, keine Todesangst. Todesangst, die so groß sein kann, dass er sich nach dem Tod sehnt.

Erleichterung – aber für wie lange? Jederzeit kann er wiederkommen, sein Peiniger. Dann wird er das Versäumte nachholen. Ganz ohne Zweifel.

Was also tun, jetzt, ein wenig gestärkt und mit halbwegs klarem Kopf?

Vorsichtig bewegt er Hand- und Fußgelenke. Es schmerzt furchtbar, wahrscheinlich ist die Haut überall wund und entzündet. Kabelbinder aus Plastik zu zerreißen, dürfte ohnehin kaum möglich sein. Unter diesen Umständen ist daran nicht zu denken.

Überhaupt ist sein körperlicher Zustand kaum besser als sein seelischer. Sein Atem rasselt, seine Bronchien pfeifen, sein Hals schmerzt, seine Nase ist rotzverklebt. Wenn er noch lange in diesem kalten Keller auf dem nackten Beton liegen muss, wird er sich eine Lungenentzündung holen. Und daran sterben, wenn er keine Antibiotika bekommt. Ob sein Entführer es darauf anlegt?

Aber vermutlich ist es ihm schlicht egal.

Inzwischen hat er kombiniert, dass er sich auf Langeoog befinden muss. Zumindest sind das seine letzten Erinnerungen. Der Aufenthalt auf der Insel. Das Treffen mit seinem Kompagnon und das nächste, das bevorstand. Hat es noch stattgefunden? Oder nicht? Ganz genau weiß er es nicht.

Auf Langeoog also. In einem Keller.

Haben die Häuser auf Langeoog überhaupt Keller?

Jetzt ist es wieder stockdunkel, aber vorhin, als sein Peiniger bei ihm war, ist etwas Licht in den Raum gefallen. Er ruft sich ins Gedächtnis, was er gesehen hat. Eine Tür aus Stahl, oder wenigstens mit Stahlblech beschlagen. Eine Wand aus Beton, so rau, dass er die Abdrücke der Schalbretter sehen konnte. Dicke Rohrleitungen, ein großes eisernes Speichenrad, wie von einem Ventil. Ein Gitter an der Decke. Was also sollte das hier sein, wenn nicht ein Raum in einem Keller.

Ein Bunker vielleicht, schießt es ihm durch den Kopf. Ist die Außenwand nicht ungewöhnlich dick? Fehlt nicht jedes Anzeichen für ein Fenster? Er hat doch schon mal ein Bunkermuseum besichtigt. Doch, ganz ähnlich. Vielleicht wirklich ein Bunker.

Gibt es Bunker auf Langeoog?

Warum nicht, Bunker hat es ja überall gegeben, wo im Zweiten Weltkrieg Bomben gefallen sind. Und die gesamte Nordküste ist potentielle Zielzone gewesen, natürlich vor allem die Hafenstädte, aber auch die Dörfer dazwischen. Und die Inseln. Bunker sind hartnäckig, schwer abzureißen. Vielerorts hat man sich die Mühe gar nicht gemacht.

Na gut, dann ist er also in einem Bunker auf Langeoog gefangen. Und was hilft ihm diese Erkenntnis? Gefangen bleibt gefangen. Und aus einem Bunker ist noch weit schwerer herauszukommen als aus einem normalen verschlossenen Raum. Zudem, wenn man krank und wund, durch die Nachwirkungen der Spritzen geschwächt und außerdem gefesselt ist.

Gefesselt. Der entscheidende Punkt. Was würde sich an seiner Situation ändern, wenn er nicht gefesselt wäre?

Einiges. Er könnte versuchen, das Türschloss zu knacken. Wenn er sich recht erinnert, hat ein ganz normaler Zimmertürschlüssel aus dem Schlossblech geragt, so ein simples Hakending. Mit einem Stück Draht und etwas Zeit müsste das zu machen sein.

Und mit freien Händen.

Ob mit diesem großen Ventilrad etwas anzufangen ist? Wohl kaum, denn so groß das Rohr auch sein mag, das dieses Ventil verschließt, ein ausgewachsener Mann passt ganz sicher nicht hindurch. Höchstens ...

Man konnte das Rad lösen, vielleicht. Falls es nur mit einem Splint gesichert ist. Dann könnte man es dem Peiniger auf den Kopf dreschen. Eine schöne Vorstellung. Und je mehr die Nachwirkungen der letzten Spritzen nachlassen, desto verlockender erscheint ihm dieser Gedanke. Damit wären alle Probleme auf einen Schlag gelöst. Buchstäblich.

Gut. Also muss er die Hände freibekommen, unbedingt. Jetzt weiß er wenigstens, wozu. Und er hat auch schon eine Idee, wie.

14.

»Das habe ich Ihnen doch schon tausendmal gesagt.« Renko Heidergott verdrehte die Augen. »Ja, die beiden hatten bei mir einen Tisch bestellt. Vielmehr der Dr. van der Werft hat das getan, telefonisch. Für gestern Mittag. Und er ist auch gekommen, auf die Minute pünktlich, aber er hat dann alleine dagesessen. Ärgerlich, so was.«

»Inwiefern ärgerlich?«, fragte Stahnke von der Seite.

Heidergott maß Stahnke mit einem dieser verächtlichen Blicke, die Mittelständler gerne für Beamte verwenden. »Weil unsereiner sein Geld nicht im Schlaf verdient, darum! Bei mir muss jeder Tisch ausgelastet sein, am besten doppelt. Wenn dann nur ein Gast kommt statt zweien, geht mir der halbe Umsatz flöten. Und wenn dieser eine dann auch noch ewig wartet und nur Mineralwasser trinkt, ehe er endlich viel später als kalkuliert sein Essen bestellt und viel zu spät geht, dann ist die Essenszeit praktisch um, und es findet sich kein weiterer Gast mehr für diesen Tisch. Während ich vorher, zur Stoßzeit, Leute wegschicken musste. Darum ist das ärgerlich.«

»Nicht etwa, weil derjenige, auf den van der Werft gewartet hat, zu diesem Zeitpunkt vermutlich schon entführt worden war?«, erkundigte sich Lüppo Buss, der Heidergott gegenübersaß.

Der Gastwirt zuckte nur die Achseln. Das Schicksal des vermissten Arztes ging ihm eindeutig ganz weit hinten vorbei.

»Aber das wussten Sie ja bereits«, warf Stahnke wie beiläufig ein. »Weil Sie dabei Ihre Hände mit im Spiel hatten.«

Er beugte sich vor. »Wo halten Sie den Herrn Lichterfeld gefangen? Nun sagen Sie es schon. Die Insel ist nicht so groß, früher oder später finden wir ihn sowieso.«

»Nein, verdammt nochmal. Nein!« Renko Heidergott schoss aus seinem Stuhl hoch, warf sich über Lüppo Buss' Schreibtisch und hieb beide Hände auf die polierte Platte. »Mensch, Lüppo, sag dem Kerl doch endlich, dass er mit seinem dämlichen Unterstellungen aufhören soll! Wofür hält der mich eigentlich? So was mache ich nicht! Ich habe meinen Gast nicht angegriffen, ich habe den Herrn Dr. Lichterfeld nicht verschleppt, und ich habe auch Heiko Grendel nichts aufs Maul gehauen.«

Lüppo Buss war keinen Zentimeter zurückgezuckt. »Lass das, Renko«, knurrte er sein Gegenüber an. »Die drei Genannten haben gemeinsam ein Projekt verfolgt, das deine Existenz gefährden kann. Und wie wir alle wissen, hast du das als höchst bedrohlich angesehen, ebenso wie Bea. Und wie wir außerdem wissen, bist du einer, der nicht davor zurückschreckt, seine Interessen handfest zu verteidigen, ganz egal, ob das legal ist oder nicht. Also spiel dich nicht auf wie die verfolgte Unschuld!« Die letzten Worte bellte er laut heraus.

Renko Heidergott ließ sich zurück auf seinen Stuhl plumpsen. »Wenn ich es aber doch nicht …« Er breitete die Arme aus.

»Herr Heidergott.« Das war wieder Stahnke. »Sie kennen zwei der drei mutmaßlich Geschädigten persönlich, Ihre Motivlage ist überzeugend, und Sie haben kein Alibi. Glauben Sie mir, das Beste, was Sie in Ihrer Lage tun können, ist, zu kooperieren. Los, kommen Sie, erleichtern Sie Ihr Gewissen.«

Heidergotts Blick zuckte zwischen Stahnke und Lüppo Buss hin und her; seine Haltung glich der eines in die Enge getrieben Tieres. Stahnkes Sätze hatten ihre Wirkung nicht verfehlt.

Allerdings nur für Sekunden. Dann zerstörte ein lautes Prusten die sorgfältig aufgebaute Spannung.

»Nun aber mal halblang, meine Herren«, höhnte Bea Wulff, die an der anderen Schmalseite von Lüppo Buss' Schreibtisch saß, in größtmöglichem Abstand zu Stahnke. »Kommt uns bloß nicht mit solchen vorgestanzten Floskeln! Wir sind hier doch in keinem schlechten Fernsehkrimi. Ihr müsst uns etwas beweisen, nicht umgekehrt! Und zu beweisen gibt es nichts, weil wir schlicht und einfach nichts getan haben. Also bitte, beenden wir endlich diesen Zirkus hier.«

»Zirkus?!« Jetzt geriet Lüppo Buss doch etwas aus der Fassung. Seine borstigen Augenbrauen sträubten sich bedrohlich.

»Ja, Zirkus!« Bea ließ sich nicht beeindrucken. »Und in diesem Zirkus sind nicht wir die Clowns, das wollen wir doch mal festhalten.«

Mit einer knappen Handbewegung hinderte Stahnke seinen Kollegen an einer Explosion. »Frau Wulff«, sagte der Hauptkommissar ganz ruhig, »Sie hatten das Motiv, und Sie hatten auch die Gelegenheit, in diesem Fall einen Schlüssel, der Ihnen Zugang zur Tatwaffe im Fall der Attacke auf Ihren potentiellen Konkurrenten Heiko Grendel gewährt hat. Und Sie haben, wie wir bereits festgestellt haben, kein Alibi, weder für die Zeit des Angriffs auf Dr. van der Werft gestern Abend noch für heute früh. Also sind Sie – ebenso wie Herr Heidergott – in höchstem Maße der besagten Taten verdächtig. Ich bin mir sicher, dass ich auf Basis dieser Erkenntnislage jederzeit eine Haftanordnung gegen Sie beide erwirken kann. Möchten Sie das?«

»Wenn Sie das unbedingt brauchen.« Bea Wulff verschränkte die Arme vor ihrer imposanten Brust. »Aber eins sage ich Ihnen, für den Verdienstausfall mache ich Sie haftbar.« Mehr denn je sieht sie aus wie eine Walküre, dachte der Hauptkommissar. Wie eine verstockte Walküre. Von der möchte ich keins mit dem Riemen übergezogen kriegen. Ebenso wenig wie von diesem Heidergott.

Nur: War wirklich einer dieser beiden der Täter? Oder beide zusammen? Vieles sprach dafür. Und wenn es nur um die Prügel für van der Werft und Grendel gegangen wäre, dachte Stahnke, dann würde ich das, was ich da eben gesagt habe, auch jederzeit glauben. Aber da ist ja noch dieser verschwundene Dr. Lichterfeld. Ist den beiden Insulanern auch eine Entführung zuzutrauen? Mit allen Konsequenzen bis hin zu Erpressung und womöglich Mord?

Auszuschließen ist es nicht, dachte der Hauptkommissar. Hier geht es um die berufliche Existenz, die beiden fühlen sich in die Enge getrieben, eine außergewöhnliche Situation, die zu außergewöhnlichen Reaktionen führen kann. Also ist alles möglich. Aber eine Möglichkeit ist noch kein Beweis.

Außerdem … was, wenn dieser Lichterfeld nur für ein paar Tage untergetaucht war, warum auch immer? Kramer müsste mal die Familienverhältnisse durchleuchten, notierte er sich im Geiste. Vielleicht tauchte dieser Doc ja demnächst wohlbehalten wieder auf. Dann konnte der verbleibende, nicht unerhebliche Rest der Anklage durchaus auf das Konto der beiden Gastwirte gehen. Noch aber gab es von Lichterfeld keine Spur.

Was aber, wenn die beiden Gastronomen auch Dietz Lichterfeld eine Abreibung verpasst hatten, und zwar als Erstem? Schließlich wussten sie ja spätestens seit dem gemeinsamen Essen in Bea Wulffs Restaurant, dass Lichterfeld und van der Werft bereits Geschäftspartner waren, also vermutlich auch die Finanzierung von Grendels *McDaisy's*-Projekt zusammen betrieben. Was, wenn bei dieser Abreibung etwas gründlich schiefgegangen war? So ein Schlag auf den Kopf kann ungeahnte Folgen haben. Sowohl Heidergott als auch Bea Wulff waren kräftig gebaut. Was, wenn Lichterfeld plötzlich mit Schädelbruch und mausetot irgendwo zwischen den Dünen gelegen hatte? Dann lag er jetzt vielleicht zwischen eben diesen Dünen verscharrt.

Würden die beiden hier trotz solch eines Erlebnisses weitergemacht haben? Auch möglich, dachte Stahnke. Vielleicht dann erst recht. Trotz kann ein starker Antrieb sein, wer wusste das besser als er selbst?

Ein Räuspern unterbrach seinen Gedankenfluss. Der Hauptkommissar blinzelte und sah drei Augenpaare auf sich gerichtet; Lüppo Buss' borstige Augenbrauen bildeten fragende Bögen. Die unausgesprochene Frage lautete: Und jetzt?

»Und jetzt«, sagte Stahnke, »werden wir uns an die Auswertung der Spuren machen. Danach, schätze ich, dürfte es uns ein Leichtes sein, Ihrer Forderung, Frau Wulff, nach schlagkräftigen Beweisen nachzukommen. Bis dahin werden Sie beide sich bitte zu unserer Verfügung halten.«

Bea schnaubte noch lauter, ohne die Blockadehaltung

ihrer Arme aufzugeben. »Zur Verfügung halten, ach ja? Davon träumen Sie wohl.«

»Ja, äh – inwiefern zur Verfügung?« Heidergott klang weit weniger souverän und aufmüpfig. »Heißt das, wir bleiben, äh – hier?«

»Ja genau.« Stahnke nickte. »Sie bleiben hier. Hier auf der Insel.«

»Ach so.« Heidergott klang enorm erleichtert. »Auf der Insel! Das geht klar. Ich dachte schon …«

»Wie Sie sich das wohl vorstellen!« Bea Wulff schaffte es auch im Sitzen, von oben herab mit Stahnke zu sprechen. »Eine Million Touris fällt über Ostern hier ein, und wir sollten die Insel verlassen? Ihr seid mir vielleicht Traumtänzer.«

»Bea«, sagte Lüppo Buss sanft, »du übertreibst es.«

»Die Million, meinst du?«

»Das auch.«

Bea würdigte ihn keines weiteren Blickes. Stolz warf sie den Kopf zurück, als sie aufstand, und verließ grußlos das Polizeibüro. Heidergott trottete hinterdrein.

»Und was machen wir jetzt wirklich?«, fragte der Inselpolizist, als die beiden Verdächtigen sein Büro verlassen hatten. »Welche mörderisch wichtigen Spuren gedenkst du denn jetzt auszuwerten?«

Stahnke winkte ungeduldig ab. »Wir müssen die beiden im Auge behalten. Davon verspreche ich mir im Augenblick am meisten.«

»Du meinst, die führen uns … zu dem womöglich Entführten?« Lüppo Buss wiegte den Kopf. »Mensch, Stahnke, wenn du wirklich glaubst, dass Dr. Lichterfeld hier auf Langeoog gefangen gehalten wird, dann müssen wir aber augenblicklich den ganz großen Motor anwerfen! Verstärkung vom Festland anfordern, dazu eine Hundertschaft Uniformierter, die hier alles durchkämmt. Überleg doch mal, wenn wir das nicht tun und es geht etwas schief, der Doktor kommt zu Schaden oder womöglich zu Tode ...«

»Und was, wenn wir es tun, und diese ganze Entführung ist nur ein Hirngespinst? Wie stehen wir dann da?« Stahnke zückte sein Handy. »Als Erstes setze ich mal Kramer auf die Familie von Doktor Lichterfeld an. Mal gucken, ob es andere Gründe gibt, warum der Mann abgetaucht sein könnte. Und dann wirst du tatsächlich Verstärkung anfordern, in Wittmund. Erstens zwecks Beschattung von zwei der Körperverletzung Verdächtigten, zweitens zur Unterstützung in einem Vermisstenfall. Ein etwas kleinerer Motor, wenn du so willst, aber einer mit ausreichend Pferdestärken. Einverstanden?«

»Etwas kleiner ist gut«, maulte Lüppo Buss. »Wohl eher ein Zweitakter. Aber okay, einverstanden. Brauchbarer Kompromiss. Nur, was machen wir so lange, bis die Verstärkung eintrifft? Du brauchst ja nicht zu glauben, dass die da drüben sofort alles stehen und liegen lassen, nur unserer blauen Augen wegen! Schon gar nicht an einem Feiertag.«

»So lange«, sagte Stahnke nickend, »werden wir beide das wohl selber machen müssen. Auch wenn der Erfolg zweifelhaft ist, weil die beiden Verdächtigen uns ja kennen. Aber vielleicht ist der Überraschungseffekt umso größer, wenn dann später auswärtige Kollegen übernehmen. Du bist hier zu Hause, die hast die Wahl – also, wen übernimmst du, die stolze Bea oder den Fischmann?«

»Bei Bea gibt's mehr zu gucken, bei Renko gibt's deftiger zu essen«, sagte Lüppo Buss und grinste. »Du siehst mir hungrig aus, mein Guter. Also übernehme ich mal Bea.«

15.

Dach undicht. Dachfenster undicht. Dachrinnen verstopft. Einfach verglaste Fenster in beiden Stockwerken, Holzrahmen, teilweise morsch. All das konnte man schon von draußen sehen. Und drinnen wurde es nicht besser. Toiletten leck, Spülvorrichtungen korrodiert. Elektrische Leitungen marode. Deckenverkleidung in den Speiseräumen hängt durch. Putz bröckelig. Heizungsanlage abgängig. Und in die Küche konnte man am besten eine Bombe reinschmeißen. Eine ganz schöne Liste, dachte Heiko Grendel. Und das ist bestimmt noch lange nicht alles. Was für eine Bruchbude.

Heiko Grendel strahlte übers ganze Gesicht.

Normalerweise, dachte er, müsste man so ein Haus abreißen und zusehen, dass man das Grundstück günstig vertickt. Grundstücke auf Nordseeinseln, vor allem Baugrund, hatten immer ihren Wert. Auf dem Festland würde man solch ein Erbe womöglich ablehnen, von wirklich erstklassigen Lagen einmal abgesehen, weil die Kosten höher waren als der zu erwartende Profit. Auf Langeoog aber sah das anders aus.

Und in meinem Fall, dachte Heiko Grendel, natürlich *ganz* anders. Weil ich einen Plan habe, was ich mit diesem Haus machen will. Weil ich solvente Leute hinter mir habe, die für alles aufkommen werden, was hier an Renovierungskosten anfällt. Und die mich am zukünftigen Profit beteiligen werden. Bin ich nicht ein Glückskind?

Na ja, auch Glück war relativ. Grendel betastete die Schwellung und das breite Pflaster an seiner Stirn. Wo

Glück war, da waren auch Neider, und in seinem Falle waren diese Neider nicht nur nah, sie waren offensichtlich auch hinter ihm her. Tja, so war das eben. Genau genommen konnte er das sogar verstehen.

Nur auf sich beruhen lassen konnte und wollte er das nicht. Ein Heiko Grendel darf nicht als Schwächling dastehen, mit dem man alles machen kann, dachte Heiko Grendel. Eine Antwort musste kommen, eine passende Antwort, die geeignet war, ein paar vorlaute Mäuler zu stopfen. Ihm schwebte da auch schon etwas vor.

Jetzt aber galt es erst einmal, mit der Bestandsaufnahme weiterzumachen. Sowie die Beerdigung von Onkel Tjabbe über die Bühne war, mussten die Handwerker loslegen, ohne Zeitverlust, blitzartig ranklotzen und in Rekordzeit fertig werden, damit Heiko Grendel vielleicht noch einen Teil der Sommersaison mitnehmen konnte. Dazu aber kam es auf gutes Timing an. Rechtzeitige Vorarbeiten konnten dabei wichtige Tage sparen.

Ach ja, der Notartermin musste ja auch noch abgewartet werden. Onkel Tjabbe hatte sein Testament bei einer Leeraner Notariatskanzlei hinterlegt, irgendwo am Hafen auf der Nesse-Halbinsel, Heiko Grendel hatte sich die Adresse damals irgendwo notiert. Die würden sich ja hoffentlich bald mal bei ihm melden. Zeitnah, wie man heutzutage sagte. Er sollte sich dieses moderne Vokabular wirklich bald mal draufschaffen. Schließlich würde er schon bald als Repräsentant der Moderne in einer rückständigen Umgebung dastehen.

Himmel, wie freute er sich schon darauf!

Er setzte seinen Rundgang fort. In einem hölzernen Seitenanbau entdeckte er neben allerhand Krempel einen völlig verstaubten, aber noch voll funktionsfähigen Elektrokarren. Die Batterien waren sogar an ein vorsintflutlich anmutendes Ladegerät angeschlossen. Ein erfreulicher Fund, fand Heiko Grendel, waren Elektrokarren doch das Transport- und Zugmittel Nummer eins auf der Insel. Längst nicht jeder, der eins gebrauchen konnte, bekam auch eins zugelassen. Dieses stand einfach schon da, das würde vieles erleichtern. Er rieb sich die Hände.

Anschließend erklomm er die knarzende Treppe zum ersten Stock, erschrak über das wackelige Geländer, tapste oben über nachgiebige Dielenbretter, klopfte an rostige Heizkörper, inspizierte stirnrunzelnd schimmelüberzogene Wasserflecken. Abreißen und neu bauen wäre vielleicht doch keine so schlechte Idee, überlegte er. Aber das ging natürlich nicht, jedenfalls nicht komplett. Die Restaurant-Konzession war schließlich mit diesem Haus verknüpft, und auf die kam es in erster Linie an. Die durfte auf keinen Fall gefährdet werden.

Beim Dachboden beschränkte er sich darauf, seinen Kopf durch die Luke zu stecken und einen tiefen Seufzer herauszulassen. Egal, das Dach musste ohnehin komplett neu gedeckt und isoliert werden. Da konnte man sich auch gleich den ganzen Dachstuhl vorknöpfen.

Darauf kam es nicht an. Jedenfalls nicht, solange genügend Investitionskapital bereitstand. Entscheidend waren die Konzession und die Lage. Erstere war vorhanden, und die Lage war gar nicht so schlecht. Allerdings nicht nach konventionellen Gesichtspunkten, klar; nicht ohne Grund hatte Onkel Tjabbes letzter Pächter wieder aufgeben müssen. Das Gebäude lag an keiner der bevorzugten Flanierstraßen und auch nicht in Strandnähe. Badegäste des herkömmlichen Typs hatten zumeist keine Veranlassung gesehen, ein Restaurant aufzusuchen, das im Niemandsland zwischen Bahnhof, Flugplatz und der Straße zum Fährhafen lag. Logisch – das, was in diesem Lokal geboten worden war, gab es schließlich anderswo auch. Da entschied man sich eben für die attraktivere Lage.

Wenn man jedoch etwas bot, das es anderswo so nicht gab, dann sahen die Dinge plötzlich anders aus, fand Heiko Grendel. Und wenn man eine Zielgruppe ansprach, die sich gern von anderen Gruppen absonderte, um sich untereinander zu großen Klumpen zusammenzuballen, nämlich die Jugendlichen, dann war ein Standort etwas abseits der üblichen Treffpunkte, zum Beispiel der Flaniermeile Barkhausenstraße, durchaus kein Nachteil, sondern sogar ein Vorteil. Und die Nähe zum Bahnhof war ein absoluter Pluspunkt. Wer den Trubel suchte und gerne wusste, wer so kam oder ging, hielt sich mit Vorliebe am Bahnhof auf. Was nicht nur auf junge Leute zutraf, aber auf die besonders.

So. Heiko Grendel klopfte mit dem Kuli auf seine Liste. Was blieb noch? Ach ja, der Keller. Onkel Tjabbes Haus gehörte zu den wenigen auf Langeoog, die über einen Keller verfügten. Und natürlich war auch dieser Keller mal ein Luftschutzbunker gewesen. Man sah es auf den ersten Blick an den fetten Betonwänden und den verrosteten Überbleibseln der Versorgungs- und Belüftungsinstallationen.

In der Kellertür schlug ihm abgestandene, muffigfeuchte Luft entgegen. Er tastete nach dem Lichtschalter, fand eines dieser altmodischen, runden Dinger zum Drehen. Klack – nichts passierte, es blieb dunkel. Er versuchte es noch ein paarmal, ohne Erfolg. Mist. Sollte er etwa in völliger Dunkelheit dort unten herumkriechen?

Nein, entschied er. So wichtig war der Keller nicht. Er hatte genügend Punkte auf der Liste, mit denen man schon mal beginnen konnte. Das reichte erst einmal. Er drückte die Kellertür wieder zu. Andere Dinge hatten Vorrang.

Zum Beispiel die Sache mit der Antwort, die noch zu geben war. Vorlaute Mäuler stopfen und so. Die Leute sollten bloß nicht glauben, Heiko Grendel wäre so einer, dem man ein Paddel in die Schnauze hauen kann, ohne dass er sich muckt. Von wegen! Die würden Augen machen.

Das Schöne war, dass es überhaupt keinen Zweifel darüber gab, wer ihm da beim Klohäuschen das Ding verpasst hatte. Reagieren können hatte er zwar nicht mehr, erkannt hatte er den Angreifer auch nicht. Aber es konnte ja nur eine bestimmte Person gewesen sein! Natürlich hatte er das schön für sich behalten. Sollten doch diese tumben Bullen im Nebel stochern! Die Person, die sich erdreistet hatte, ihn zu attackieren, würde sich in Sicherheit wiegen. Und das war auch gut so. Sein Gegenschlag würde völlig überraschend erfolgen.

»Da wird sich jemand noch mächtig wundern«, murmelte er vor sich hin.

16.

Stahnke hatte spät zu Mittag gegessen. Was nicht seine Entscheidung gewesen war – hungrig genug wäre er auch zur normalen Essenszeit schon gewesen. Bloß, dass er keinen Platz gefunden hatte. Der *Seestern* war brechend voll gewesen, Gruppen von Leuten hatten an der Theke auf freie Tische gewartet. Ja, sie hatten sich sogar zu wildfremden Menschen mit an den Tisch gesetzt. Ein Verhalten, das einem Norddeutschen äußerst ungewöhnlich, um nicht zu sagen aufdringlich vorkam. Tja, andere Bundesländer, andere Sitten. Für einen Gastwirt höchst einträgliche Sitten.

Als Stahnke endlich ein kleines Tischchen für sich allein ergattern konnte, war die Küchenzeit schon fast um gewesen, und die Bedienung hatte seine Bestellung nur noch mit offen zur Schau getragenem Widerwillen akzeptiert. Das immerhin entsprach dem Klischee, dem zufolge Wirtsleute an der Küste Geiern glichen, die eigentlich schon übersättigt waren und nur noch aus Gewohnheit weiterfraßen.

Toll war sein Essen nicht gerade gewesen. Der Kartoffelsalat hatte sehr nach Eimer geschmeckt und die Rotbarschfilets nach Fritteuse. Also hatte Heidergott das Ding doch noch hinbekommen, dachte Stahnke beim Kauen und war nicht sicher, ob er sich zum handwerklichen Erfolg seines Gastgebers wirklich beglückwünschen sollte.

Den Wirt hatte er während der gesamten Zeit nicht zu Gesicht bekommen; nachdem der das Haus betreten hatte und in der Küche verschwunden war, blieb er unsichtbar. Erst, als Stahnke einen doppelten Espresso und die Rechnung geordert hatte, tauchte Heidergott wieder auf. Der Hauptkommissar sah ihn hinterm Tresen an der Registrierkasse hantieren, lange Bons ausdrucken, sie lesen und den Kopf schütteln. Dann griff er sich mehrere schwarze Kellner-Portemonnaies aus einer Schublade und verschwand durch eine Tür, hinter der Stahnke sein Büro vermutete.

Hatte dieses Büro einen separaten Eingang? Von außen hatte Stahnke nichts sehen können, an die Rückfront aber war er wegen hoher Zäune und nahestehender Nachbarhäuser nicht herangekommen. Also war Eile geboten, wenn er den Gastwirt nicht aus den Augen verlieren wollte. Er trank seinen heißen Kaffee, so schnell es eben ging, zahlte und verließ den Speisesaal.

Draußen, auf der Barkhausenstraße, herrschte lebhafter Verkehr, fast Trubel. Das schöne Frühlingswetter lockte anscheinend viele Feriengäste zum Verdauungsspaziergang auf die Höhenpromenade oder zur Radtour an die Melkhörndüne oder zum Osterhook. Stahnke musste sich dicht an den Hauswänden halten, um nicht zum Verkehrshindernis zu werden. Er ließ sich ein paar Meter mit dem Strom treiben und hielt vor dem nächsten Schaufenster an. Für die Auslagen allerdings hatte er keinen Blick übrig.

Tatsächlich, da war Heidergott! Ziemlich eilig tauchte er aus der schmalen Gasse neben seinem Restaurant auf, hastete in Richtung Fahrbahn – und schwang sich auf sein Fahrrad. Im nächsten Moment hatte er sich auch schon in den Menschenstrom Richtung Willrath-Dreesen-Straße eingereiht.

Stahnke zerbiss ein paar saftige Flüche. Ein Fahrrad, damit hätte er doch rechnen müssen! Jeder, der auf Langeoog etwas zu tun hatte, fuhr eins, und viele Touristen auch. Bloß er, Stahnke, hatte natürlich keins in Reichweite. Damit war ihm Heidergott fürs Erste wohl unwiderruflich entwischt. Ob mit oder ohne Absicht, stand dahin.

Wohin mochte der Gastwirt unterwegs sein? Wo wohnte er überhaupt? Nicht einmal das hatte Stahnke in Erfahrung gebracht. Irgendwie schien er noch im Urlaubsmodus zu laufen. So aber konnte man nicht arbeiten. Entscheide dich endlich mal, was du eigentlich willst, rief sich der Hauptkommissar zur Ordnung.

Um überhaupt etwas Sinnvolles zu tun, zückte er sein Handy. »Kramer? Ich bin's. Hast du etwas Neues?«

»Keine Spur oder Nachricht von Dr. Lichterfeld, wenn du das meinst«, berichtete der Oberkommissar gewohnt stoisch. »Wir haben uns auch ein bisschen in der Nachbarschaft und in seiner Klinik umgehört, so wie du wolltest. Keine einschlägigen Erkenntnisse so weit. Kein Stress in der Ehe, keine außereheliche Beziehung, keine Neigung zu Drogen oder Alkoholexzessen, keine Spielschulden. Jedenfalls hatte keiner der Befragten etwas zu berichten, und glaube mir, da waren ein paar herausragende Tratschmäuler dabei! Die Klinik scheint auch gut zu laufen, wurde neulich erst erweitert, der Herr Doktor gilt als sehr wohlhabend, und es heißt, er hält sein Geld schön zusammen und trachtet stets nach Vermehrung, ohne dabei ungewöhnlich geizig zu sein.« Kramer schwieg, raschelte mit seinen Notizen. »Von einem Heiligenschein steht hier nichts«, fügte er dann trocken hinzu, »aber so, wie das aussieht, kommt der wohl noch. Okay, hilft dir das etwas?«

»Danke«, sagte Stahnke nur und beendete das Gespräch. Damit blieb die Frage nach dem Verbleib von Lichterfeld akut. Die Möglichkeit, dass sein Verschwinden hier auf Langeoog im Zusammenhang mit den beiden anderen Angriffen stand, durfte nicht unterschätzt werden.

Mangels besserer Eingebungen schlenderte Stahnke in die Richtung, in die Heidergott mit dem Rad entschwunden war. Er folgte der Barkhausenstraße, ließ die Abzweigung zum *Haus der Insel* links liegen und nahm die Biegung zur Willrath-Dreesen-Straße. Unmöglich zu sagen, ob Heidergott ebenfalls der Hauptstrecke gefolgt oder in eine der Seitenstraßen abgebogen war. Vielleicht hatte er ja nur eine kurze Besorgung gemacht und tauchte alsbald wieder in Gegenrichtung auf. Was aber nur eine vage Möglichkeit war, gestand sich der Hauptkommissar ein.

Ratlos blieb er stehen. Was tun? Zurück zum Polizeibüro an der Kaapdüne? Oder noch einmal Kramer anrufen? Er vermisste seinen stets so organisierten Kollegen doch mehr, als er sich eingestehen wollte.

Der Urlauberstrom war dünner geworden; deshalb bemerkte er den Mann sofort, der ihn schnellen Schrittes überholte, ohne ihn zu beachten, die windschnittige Nase wie eine Pfeilspitze vorgestreckt. Auch ohne das Pflaster am Kopf hätte er van der Werft jederzeit erkannt. Wo wollte der denn so eilig hin? Kurz entschlossen setzte sich auch Stahnke wieder in Bewegung und folgte dem Arzt in gebührendem Abstand.

Warum befand sich der Mann überhaupt noch auf der Insel? Der Hauptkommissar war davon ausgegangen, dass van der Werft sich sofort wieder nach Leer aufmachen würde, zurück zu seinem Kerngeschäft, nachdem das geplante Investitionsgespräch mangels Gesprächspartner ausgefallen war. Das hatte er ganz offensichtlich nicht getan. Wollte sich Henning van der Werft vielleicht mit Heiko Grendel treffen, seinem zweiten Partner für das *McDaisy's*-Projekt? Möglich. Das Gebäude jedoch, um das es dabei ging, befand sich in entgegengesetzter Richtung, das wusste Stahnke von Lüppo Buss, der sich in allen Langeooger Angelegenheiten bestens auskannte. Natürlich konnten sich Grendel und der Arzt auch ganz woanders treffen, aber logisch erschien das nicht.

Auch nicht, dass der am Kopf lädierte Herr van der Werft etwa nur einen Rekonvaleszenz-Spaziergang machte. Dazu passte das forsche Tempo nicht.

Jetzt bog der Mann ab, nach links in den Polderweg. Wohin ging es da? Richtung Strand, klar. Ansonsten standen hier Ferienhäuser, wie fast überall auf dieser Insel. Weiter vorn war die Kreuzung Heerenhusstraße. Van der Werft ging weiter geradeaus. Also tatsächlich zum Strand, doch bloß frische Luft schnappen, um den angeschlagenen Kopf wieder klar zu kriegen?

Apropos lädierter Kopf. Stahnke musste sich eingestehen, dass er noch gar nicht recht realisiert hatte, dass van der Werft, solange er sich hier auf Langeoog aufhielt, nach wie vor in Gefahr schwebte. Ob nun dieser Heidergott der Täter war, ob Bea Wulff zugeschlagen hatte oder noch jemand anderes, dem die Pläne des Arztes und Investors ein Dorn im Auge waren – noch wussten sie es nicht, geschweige denn, dass sie irgendjemanden dingfest gemacht hätten. Also konnte der Täter, wenn er denn begriff, dass seine handgreifliche Warnung nicht wunschgemäß angekommen war, jederzeit erneut zuschlagen. Und daran, dass van der Werft viel zu starrköpfig war, um sich vom einmal eingeschlagenen Weg abbringen zu lassen, hatte der ja keinerlei Zweifel gelassen.

Stahnke brach der Schweiß aus. Das mochte an der warmen Sonne liegen, an seiner unangemessenen Kleidung und am schnellen Geh-Tempo. Aber sicher nicht nur.

Und jetzt klingelte auch noch sein Handy! Er angelte das Ding aus der Tasche, drückte den Annahmeknopf und mühte sich, van der Werft dabei nicht aus den Augen zu verlieren. »Ja?«

»Ich bin's noch mal«, ertönte Kramers vertraute Stimme. »Eins hatte ich gerade ganz vergessen. Was Lichterfeld betrifft.«

»Ja?« Stahnke machte aus seiner Ungeduld kein Hehl.

»Seine Frau sagte, ihr Mann sei mit gemischten Gefühlen zu diesen Gesprächen nach Langeoog gefahren«, berichtete Kramer ungerührt. »Je länger er nämlich über dieses Schnellfress-Projekt nachgedacht habe, desto weniger hätte es ihm gefallen. Er habe in letzter Zeit viel von Nachhaltigkeit und regionaler Unverwechselbarkeit gesprochen, meinte Frau Lichterfeld. Und dass das Geldverdienen ja nicht der einzige Maßstab für die eigenen Handlungen sein könne.«

»Na super.« Stahnke hatte Mühe zu sprechen, ohne dass seine Stimme im Rhythmus seiner schnellen Schritte zitterte. »Wie war das noch mal mit dem Heiligenschein? Rückt wohl näher, die Verleihung.« Er wartete einen Moment, hörte aber nichts mehr. »Wie sieht es aus, kommt noch was?«

»Nee«, sagte Kramer. »Und: keine Ursache.« Der Oberkommissar beendete das Gespräch.

Kopfschüttelnd steckte Stahnke sein Handy wieder ein. Er passierte gerade ein großes, reetgedecktes Haus mit eindrucksvoll angelegter Auffahrt, das sich deutlich von den Häusern der näheren Umgebung abhob. Darunter hatten sich doch einige recht schäbig wirkende Gebäude befunden, überlegte Stahnke. Schon verwunderlich, wenn man bedachte, wie viel Geld hier mit der Unterbringung von Touristen zu verdienen war. Oder hatte die Schäbigkeit genau darin ihren Grund: weil man dieses Geld einfach verdienen konnte, ohne allzu viel dafür zu tun?

Einen Moment lang war er unaufmerksam gewesen – das hätte beinahe ausgereicht, um van der Werft doch noch aus den Augen zu verlieren. Der bog nämlich gerade rechts ab. Das war doch … klar, der Dünenfriedhof! Eine echte Langeooger Sehenswürdigkeit. War dieser Doktor etwa ein heimlicher Fan der Schlagersängerin Lale Andersen, die hier begraben lag?

Nachdem van der Werft das eiserne Tor passiert hatte, ging er deutlich langsamer. Auch Stahnke musste abstoppen, denn der breite Weg zum Gräberfeld war menschenleer. Es ist ja nicht unbedingt nötig, dass der Doc mich erkennt, dachte Stahnke und widmete sich dem Aushangkasten mit der Friedhofsordnung.

Kramers Worte gingen ihm noch einmal durch den Kopf. Dr. Lichterfeld hatte sich also plötzlich der Nachhaltigkeit entsonnen, ach ja? Hatte ihm etwa jemand gesteckt, dass für die Erzeugung von Burger-Fleisch gnadenlos hektarweise Regenwald plattgemacht wurde, ohne Rücksicht auf die Folgen für das Weltklima? Na komm, dachte der Hauptkommissar, so was weiß man doch, das ist doch nichts Neues. Wenn Leute so geldgeil sind wie unser

Ärzte-Duo, dann ist denen das doch völlig schnurzpiepe. Deswegen ändert man nicht plötzlich erfolgversprechende Pläne.

Aber warum dann? Weil die Gewinnprognose auf einmal nicht mehr so positiv ist? Weil sich wichtige Faktoren verändert hatten, oder weil man vergessen hatte, sie in die Planungen einzubeziehen? Wenn das der Fall wäre, überlegte Stahnke, dann hätte van der Werft doch bestimmt auch davon erfahren. Und dann wäre er der Erste gewesen, der abgesprungen wäre, da bin ich mir sicher.

Warum also dieser Sinneswandel bei Dietz Lichterfeld?

Und welche Folgen mochten sich daraus ergeben? Oder schon ergeben haben? Plötzlich verschob sich in Stahnkes Kopf die ganze bisherige Täter-Opfer-Konstellation. Wenn Lichterfeld wirklich Abstand vom *McDaisy's*-Plan genommen hatte, dann war er für Leute wie Renko Heidergott und Bea Wulff auf einmal kein Feind mehr, sondern ein potentieller Verbündeter. Sofern die beiden schon davon erfahren hatten. War das möglich?

Möglich schon, überlegte Stahnke, während er van der Werft, der sich unschlüssig umschaute, aus den Augenwinkeln weiter beobachtete. Immerhin hat die Besprechung der beiden Ärzte ja im *Veggie-Paradies* stattgefunden. Nicht auszuschließen, dass Lichterfeld dabei die Katze aus dem Sack gelassen hat; möglich, dass van der Werft daraufhin laut geworden ist und Frau Wulff etwas mitbekommen hat. Was sie dann brühwarm dem Herrn Heidergott aufgetischt hat. Eine Vermutung nur, aber eine plausible.

Eine Verschiebung der Freund-Feind-Konstellation, wiederholte Stahnke in Gedanken. Lichterfeld ist für Heidergott und Bea Wulff kein Feind mehr – und für van der Werft und Grendel kein Freund. Ist er für die beiden Letztgenannten damit automatisch zum Feind geworden?

Für den einen stand viel Geld auf dem Spiel, für den anderen die ganze Existenz. Zeit spielte zudem eine große Rolle; Details des Projekts waren inzwischen durchgesickert, wenn man jetzt nicht schnell handelte, kam einem womöglich ein anderer zuvor. Eine längere Suche nach einem Ersatz für Lichterfeld als Mit-Geldgeber verbot sich also.

Ja, dachte Stahnke. Die Antwort auf die Vom-Freund-zum-Feind-Frage lautet: ja, kein Zweifel.

Van der Werft hatte ein Weilchen unschlüssig vor dem Gräberfeld gestanden, das zwischen sanften Dünen und hohen Bäumen eingebettet dalag. Jetzt wandte er sich nach links und war schnell außer Sicht. Stahnke folgte ihm, unsicher, wie nahe er dem Arzt kommen durfte, ohne aufzufallen. Immer noch waren keine weiteren Friedhofsbesucher zu sehen.

Er machte sich klar, dass er kein schutzbedürftiges Opfer mehr bewachte, sondern einen einer Gewalttat Verdächtigen beschattete. So schnell änderten sich die Vorzeichen.

Und wenn alles so war, wie er sich das dachte, dann lag die Sache damit plötzlich sonnenklar. Heidergott und Bea Wulff verüben Anschläge auf die Schnellfress-Planer, um sie abzuschrecken – van der Werft und Grendel lassen ihren Kompagnon verschwinden, um zu verhindern, dass dieser bereits gegebene und womöglich dokumentarisch niedergelegte Zusagen noch widerruft. Reihenfolge der Attacken dabei beliebig. Tja, so konnte es gewesen sein. Ach ja, Stahnke liebte es, den Strom seiner Spekulationen sprudeln und schäumen zu lassen! Schon oft hatten ihn die Strudel seiner Imaginationskraft zum Ziel und zum Erfolg gespült. Daran erinnerte er sich mit Freude. An die Male, wo die Fließrichtung nicht so ganz gestimmt hatte, dachte er eher nicht so gerne.

Jetzt hatte auch der Hauptkommissar das Gräberfeld erreicht. Wo steckte van der Werft? Nicht zu sehen. Verdammt, wo war der Kerl hin? Zwischen den Gräberreihen konnte er nirgends sein, es sei denn, er kauerte sich hinter einen der breiteren Grabsteine. Aber warum sollte er das tun, selbst wenn er seinen Verfolger inzwischen entdeckt hatte?

Da links, da gab es ja noch einen weiteren Weg, deutlich schmäler als der am Haupteingang. Wohin mochte der führen? Stahnke erinnerte sich dunkel, dass es dort irgendeine Gedenkstätte gab, oder vielmehr zwei, eine für verstorbene Balten und dann noch irgendwas mit russischen Zwangsarbeitern, die während des Zweiten Weltkrieges auf Langeoog umgekommen waren. Eines der dunkleren Kapitel in den Annalen des Insel-Idylls. So was hängte man nicht gerne an die große Glocke. Dann brüstete man sich doch lieber der Nazi-Ikone und Durchhalte-Sängerin Lale Andersen. Tja, Insulaner waren eben auch nicht so viel anders als der Rest der Deutschen. Schon gar nicht besser.

Der Durchgang ist ganz schön eng, dachte Stahnke. Mehr was für Eingeweihte. Das Lale-Grab dagegen liegt im Hauptfeld, da wird jeder Besucher gleich mit der Nase drauf gestoßen. Klare Kiste.

Wo war van der Werft? Rechts erhob sich eine grasbewachsene Böschung wie ein grüner Wall, links standen Büsche und Bäume. Dort raschelte es, weiter hinten und unten, das konnte nicht vom Wind kommen, der sowieso nur schwach wehte. Hatte sich der Arzt etwa doch vor ihm versteckt? Er bückte sich, lugte um den nächststehenden Busch herum.

Da lag etwas. Nein, da lag jemand. Ein Paar Beine, eng nebeneinander, die Füße parallel. Männerschuhe. Eine schlanke Gestalt, wie schlafend, seitlich-bäuchlings. Die spitze Nase, die sich ins Gras bohrte, war gut zu erkennen.

Stahnke blickte sichernd zur Seite, ohne seine gebückte Haltung aufzugeben. Als er dabei ein weiteres Paar Schuhe entdeckte, merkte er, dass er einen Fehler gemacht hatte. Und dass es zu spät war, um ihn zu korrigieren. Das Einzige, was ihm noch blieb, war, den Kopf zwischen die Schultern zu ziehen.

Feuerwerk, vor allem weiß und rot. Schmerz, der nicht ihn zu betreffen schien. Ein dumpfer Aufprall, der so klang, als wäre er weit weg erfolgt. Halme auf der Haut. Ein Geruch in der Nase wie von frisch gemähtem Gras, gemischt mit dem von Rost und Beckensteinen. Und Zeit, ganz viel Zeit. Keine Eile mehr.

Und dann der Weg zurück. Die Erkenntnis, dass er vielleicht bewusstlos gewesen war, vielleicht aber auch nicht, und wenn, dann nur kurz, jedenfalls viel kürzer, als es ihm vorgekommen war. Mit der Erkenntnis kam der Schmerz. Verflucht, dieser Schmerz! Stahnke wagte sich nicht zu rührten, keuchte und stöhnte in den Rasen hinein. Hinterkopf und Schultern schienen in hellen Flammen zu stehen.

Ach ja, die Schultern. Seine breiten, muskulösen Schultern. Waren sie also doch zu etwas gut. Wenn auch nur dazu, einen heftigen Schlag zu dämpfen.

Durch sein Ächzen hindurch hörte er etwas, und als er sich das klarmachte, fiel ihm auf, dass diese Geräusche schon eine Weile anhielten. Ein Schleifen, ein Knirschen, ein lautes Summen. Was mochte das sein?

Da war das Summen wieder. Es steigerte sich, bis es einem unterdrückten Heulen glich. Zugleich wurde das Knirschen lauter. Erschrocken zog Stahnke die Beine an. Da fuhr jemand! Wieso fuhr hier jemand? War er denn nicht mehr auf diesem Friedhof, womöglich nicht mehr auf Langeoog?

Doch, natürlich war er das. Dieses Summen, erkannte er mit zunehmender geistiger Klarheit, war geradezu der Beweis dafür. Was da summte, war natürlich ein Elektrokarren, das Haupttransportmittel auf dieser autofreien Insel. Die einzigen autoähnlichen Vehikel, die hier fahren durften, von Baumaschinen und anderen Ausnahmefällen abgesehen. Und die fuhren natürlich überall; wenn es sein musste, auch auf dem Friedhof.

Was da jemand abtransportiert hatte, konnte sich der Hauptkommissar denken. Und was da zuvor geschleift worden war, ebenfalls. Endlich traute er sich, den Kopf anzuheben. Natürlich, der Liegende war fort. Mist.

Andererseits konnte er wohl von Glück sagen, dass er selbst noch hier war.

Stöhnend kramte er nach seinem Handy.

17.

»Das ist jetzt die dritte Rübe, die ich heute flicken muss«, blaffte Dr. Fredermann. »Aber ich muss zugeben, Ihre scheint mir mit Abstand die stabilste zu sein. Ganze zwei Stiche, das ist Minusrekord.« Der Inseldoktor musterte sein Werk, nickte wohlgefällig und klebte ein großes Pflaster darüber. Und damit es auch richtig haftete, klapste er mit seiner pfannengroßen Hand kräftig drauf.

Stahnke zuckte zusammen. »Macht's Spaß?«, stieß er hervor und zog seinen Schädel schützend zwischen die Schultern, wie vorhin, als er den Angriff hatte kommen sehen. Wenn auch leider nicht den Angreifer, wie er im Stillen zugeben musste.

»Was heißt hier Spaß!« Der hochgewachsene Inseldoktor räumte seine Utensilien zusammen, klappte seine Tasche zu und führte seine langfingerige Rechte schwungvoll grüßend an die Stirn. »Bei meinen Honorarsätzen ist jede Arbeit für mich die reinste Freunde. Guten Tag noch, meine Herren! Und beehren Sie mich bald wieder.« Schon war er zur Tür hinaus. Stahnke und Lüppo Buss schauten ihm kopfschüttelnd hinterher.

»Hast du telefoniert?«, erkundigte sich der Hauptkommissar.

Lüppo Buss nickte. »Verstärkung ist im Anrollen. Das große Programm. War klar, jetzt, wo wir eine ganze Serie von Angriffen haben und mutmaßlich zwei Entführte, mindestens aber einen Entführten und einen Vermissten, und wo der Zusammenhang zwischen sämtlichen Vorfällen eindeutig ist. Trotzdem, eine Weile wird es dauern, bis die Wittmunder genügend Leute zusammengetrommelt haben, wegen des Feiertags. Über Ostern sind ja viele verreist, die sind jetzt schlicht und einfach nicht verfügbar.« Er schaute auf die Uhr: »Der erste Trupp soll mit der nächsten Fähre kommen, acht oder zehn Mann. Dann werden wir erst einmal die Suche systematisieren.«

»Wir?« Stahnke betastete vorsichtig seinen Hinterkopf. »Soll das heißen, du behältst die Leitung? Wenigstens bis auf weiteres?«

Der Inselpolizist lächelte, und nur wer sehr vertraut mit ihm war, konnte den leichten Zug von Bitterkeit um seinen Mund erkennen. »Nicht ich«, korrigierte er, »sondern du. Dein Inspektionsleiter Manninga scheint sich dafür eingesetzt zu haben. Der Typ traut dir wohl allerhand zu.« Jetzt lachte Lüppo Buss wieder: »Was man ja so oder so auslegen kann.«

Stahnke schüttelte den Kopf, ganz vorsichtig. »Blödsinn. Das ist nicht fair. Du bist doch der, der hier den Durchblick hat. Hör zu, ich melde mich hiermit dienstunfähig. Kannst ja ein Beweisfoto machen, ich halt auch still. Helfen werde ich dir natürlich weiterhin, so gut es geht, keine Frage.«

»Danke. Ich weiß das zu schätzen.« Er schaute seinen Freund und Kollegen versonnen an. »Aber weißt du, was meine erste Amtshandlung als Ermittlungskommissionsleiter wäre? Unterstützung vom Landeskriminalamt in Hannover anfordern. Und die Leitung an den Ranghöchsten LKA-Dackel abgeben, der hier angeschnüffelt kommt. Wenn du das möchtest, bitte.«

»He, das ist Nötigung!«, stöhnte Stahnke laut.

»Na und? Ohne Zeugen?«

»Und du willst Polizist sein«, knurrte der Hauptkommissar. »In erster Linie bist du doch Insulaner. Also Strandräuber. Ein Typ ohne Unrechtsbewusstsein, einer von der anderen Seite!«

»Weißt Bescheid?« Der Inselpolizist zwinkerte ihm verschwörerisch zu.

»Na gut, von mir aus. Dann mach ich's eben.« Stahnke rieb sich mit beiden Händen das Gesicht, scheinbar um die Erschöpfung zu vertreiben, tatsächlich aber, um sein Grinsen zu kaschieren. Natürlich war es schön, wenn man gebeten wurde. Aber notfalls hätte er die Leitung auch von sich aus übernommen.

»Und du hast den Angreifer nicht erkannt?«, fragte Lüppo Buss. Natürlich hatten sie diesen Punkt schon mehrfach durchgekaut, aber der Oberkommissar ließ nicht locker. Manchmal lösten sich Erinnerungen bröckchenweise, gerade nach Kopfverletzungen.

Stahnke aber zuckte die Achseln. »Ich hab ihn nur bis zu den Knien gesehen, von unten. Hat schwarze Jeans getragen, meine ich. Ganz normale. Und die Schuhe ... hm. Irgendwie – glatt.«

»Glatt? Du meinst feines Leder? Oder vielleicht Lackschuhe?«

Stahnke schüttelte energisch den Kopf. Schmerzverzerrte Züge zeigten an, dass er das sofort bereute. »Nee, nichts Feines. Eher ... Arbeitsschuhe. Oder Gummistiefel!« Er schnippte mit den Fingern. »Das war's! Dunkle Gummistiefel, und die Schäfte steckten in den Hosenbeinen.«

»Ungewöhnlich, oder?« Lüppo Buss guckte zweifelnd. »Ich meine, so richtige Arbeitsstiefel, da gehören die Hosenbeine doch oben reingesteckt, was macht das sonst für einen Sinn. Außerdem, was für weite Hosenbeine müssten das sein!«

»Außer, es waren Seglerstiefel.« Stahnke nickte, diesmal ganz vorsichtig. »Klar, jetzt weiß ich es wieder, sie waren dunkelblau. Bei solchen Stiefeln sind die Schäfte eng und werden oben geschnürt. Und die Hosen kann man drin oder drüber tragen, wie man will.«

»Okay, ein Segler also. Würde zur Tatwaffe passen. Obwohl … dieser alte Riemen von Heidergott war's nicht, der auf deinem Schädel gelandet ist, den haben wir ja unter Verschluss. Ebenso wie sein Pendant, das haben wir zur Vergleichsuntersuchung beschlagnahmt. Alles, was wir haben, ist Doktor Fredermanns Auskunft, dass es sich ebenfalls um ein Rundholz gehandelt haben könnte.«

»Das passt ebenso gut auf einen Spatenstiel.« Stahnke versuchte sich an den Augenblick zu erinnern, als er den Schlag empfangen hatte, aber es gelang ihm nicht. »Spaten oder Schaufel sind auf einem Friedhof ja nichts Ungewöhnliches. Womöglich brauchte der Täter diese Waffe nicht einmal mitzubringen, sondern konnte sich direkt vor Ort bedienen.«

»Eine spontane Tat also?« Stahnke erwog den Gedanken. »Jemand schiebt Hass auf van der Werft, trifft ihn unerwartet an einem unbeobachteten Ort, sieht eine Schaufel rumliegen, greift sie sich und schlägt zu, ohne lange nachzudenken. Dann komme ich und störe ihn, also gibt er mir auch einen mit. So in etwa?« Er wiegte seinen lädierten Kopf. »Aber wie passt dieser Elektrokarren da hinein? Den muss er ja schließlich dorthin mitgebracht haben. Was wiederum auf Planung hindeutet.«

»Es sei denn, der Betreffende wäre gerade zufällig mit

seinem Karren unterwegs gewesen«, sagte Lüppo Buss. »Wir haben Frühling, die Yachten sind im Wasser, und mancher bringt noch Ausrüstung an Bord.«

»Über den Friedhof?« Stahnke verzog den Mund. »Beißen wir uns nicht zu sehr am Thema Segeln fest – solche Stiefel kann schließlich jeder kaufen. Bleiben wir beim Nächstliegenden. Was wäre nach dem, was wir bisher haben, eine logische Tätervermutung?«

»Renko Heidergott oder Bea Wulff«, antwortete der Inselpolizist wie aus der Pistole geschossen. »Beide haben nach wie vor einen Rochus auf van der Werft und sein Projekt. Wenn sie für den ersten Überfall auf ihn an der Melkhörndüne verantwortlich sind, dann müsste auch der zweite auf ihre Kappe gehen. Wobei Bea beim jüngsten Vorfall allerdings fein raus ist.« Er breitete die Arme aus: »Sie befand sich zur fraglichen Zeit in ihrem eigenen Restaurant und half beim Aufräumen der Küche nach dem Mittagsansturm. Zeuge: ich selbst.«

»Heidergott dagegen befand sich zur Tatzeit zumindest in der Nähe des Tatorts«, ergänzte Stahnke. »Damit hätte er sowohl Motiv als auch Gelegenheit gehabt. Schlecht für ihn.« Er runzelte die Stirn: »Allerdings war er mit dem Fahrrad unterwegs, nicht mit einem Elektrokarren.«

»Vielleicht ist er mit dem Rad diesen Karren abholen gefahren?«

»Besitzt er denn überhaupt einen?«

»Nicht, dass ich wüsste«, erwiderte Lüppo Buss. »Aber Renko kennt ja genügend Leute, der kann sich bestimmt kurzfristig irgendwo einen leihen.«

»Am besten befragen wir ihn selbst dazu.« Stahnke erhob sich. »Jetzt nehme ich zwei Aspirin, dann telefoniere ich kurz mit meiner Sina, damit die keinen Schreck kriegt, wenn sie von anderswo her hört, was mir passiert ist, und dann nichts wie los. Hast du dich schon vergewissert, wo unser Mann steckt?«

»Hab ich«, antwortete der Inselpolizist. »Allerdings mit negativem Resultat. Bei ihm zu Hause geht keiner ran, in seinem Restaurant ist er nicht, und sein Handy ist auf Mailbox geschaltet.«

»Ist Heidergott Segler?«, fragte der Hauptkommissar.

»Segler nicht. Aber er hat ein Motorboot, wie viele hier.«

»Na gut«, sagte Stahnke. »Dann wissen wir ja wenigstens, nach wem wir zuerst suchen müssen.«

18.

Es hat funktioniert! Es hat geklappt! Die Erleichterung durchströmt ihn wie eine heiße Woge. Seine Hände sind frei! Wie er den Schmerz genießt, als das gestaute Blut endlich wieder ungehindert durch seine Finger und Gelenke strömt! Er keucht, sein Herz rast. Ein geradezu orgiastisches Gefühl.

Dabei war das nur der erste Schritt. Noch ist nichts gewonnen, noch ist er nicht frei. Aber immerhin, immerhin!

Das dicke Rohr war die Lösung, die schenkeldicke Leitung, die in Kniehöhe zwischen dem großen Ventil mit dem rostigen Rad und der Betonwand verläuft. Nicht in einem Stück, das hat er registriert, als etwas Licht von draußen durch den Türspalt gefallen war. Die Rohrstücke sind durch einen dicken Flansch verbunden. Und dort, wo sich die beiden tellerartigen Verbindungsstücke treffen, ragt etwas heraus. Hoffentlich keine mürbe Gummidichtung, hat er gehofft. Bitte, lass es kein Gummi sein. Bitte, lieber Gott. Ja, er hat gebetet, er, der schon so lange keinen Glauben mehr hat, der Religionen ablehnt und die Kirchen sowieso, weil er die Geschichte kennt, weil er weiß, wie lange und wie brutal Kirchen jedes Wissen unterdrückt und gerade seine eigene Zunft verteufelt haben. Krankheiten kämen von Gott und seien sein Wille, und die Frau sei Trägerin der Erbsünde und deshalb unrein – wie unmenschlich ist das! Er weiß es besser, und er weiß, dass nur Wissen dem Menschen zur Freiheit verhilft. Religionen sind das Gegenteil davon, in jeder Hinsicht.

Trotzdem hat er gebetet in seiner Not. Zu einer höheren

Macht, deren Hilfe er so dringend brauchen könnte. Muss er sich dafür schämen?

Wie auch immer. Die spitze Stück, das da aus der Dichtung ragt, ist kein Gummi, es ist Metall. So wie erhofft. Warum Metall? Er will es gar nicht wissen. Seine Kabelbinder-Handfessel jedenfalls hat es durchschnitten wie eine Säge. Und jetzt genießt er den Schmerz des wiederkehrenden Lebens.

Mit den Füßen ist es ein wenig mühsamer. Er muss sich hinlegen und mit den gefesselten Beinen nach der Metallspitze tasten. Einmal rammt er sie sich schmerzhaft in die Ferse. Aber am Ende gelingt auch das, seine Beine sind wieder frei. Noch einmal durchpulst der Schmerz seine Adern, noch einmal Keuchen und Herzrasen. Dann endlich steht er wieder auf seinen Füßen, kann mit freien Händen und ausgebreiteten Armen nach und nach sein Gefängnis ertasten.

Wie jetzt weiter?

Er findet die Tür, die Klinke, das Schlüsselloch. Hockt sich davor, spürt einen Luftzug, kann aber keinen Lichtschimmer ausmachen. Wie spät mag es sein? Seine Uhr ist weg, sein Handy auch, überhaupt sind all seine Taschen leer. Und die Tür ist aus kaltem Stahl und fest verschlossen.

Das Schloss. Wenigstens steckt kein Sicherheitszylinder drin, wie vermutet. Aber zu ist zu. Das mit dem Öffnen hatte er sich viel einfacher vorgestellt. Man sieht es doch immer in Filmen, die Leute nehmen ein Stück Draht – und zack, offen. Und nicht nur in Filmen. Als er noch ein kleiner Junge war, hat sein eigener Vater sich einmal aus einem dicken Stück Draht mit abgewinkeltem, plattgeklopftem

Ende einen Allzweck-Dietrich gebastelt, mit dem er jede Kellertür öffnen konnte. Einmal sogar die Wohnungstür, als er sich ausgesperrt hatte. Hat eine Weile gedauert, aber am Ende funktioniert. Es ist also möglich.

Tja, sein Vater hat einen Hammer und eine Zange benutzt, um den Draht zu präparieren. Beides steht hier in diesem Keller nicht zur Verfügung.

Was noch viel schlimmer ist: Er hat nicht einmal ein Stück Draht.

Wieder und wieder sucht er den Boden mit den Füßen ab, kniet sich schließlich hin, wiederholt das Manöver mit den Händen. Aber er findet nur Staub und Schmutz, zum Teil wohl seinen eigenen, wie er sich eingestehen muss. Einmal kann er einen Freudenschrei nur mühsam unterdrücken, weil er glaubt, etwas Passendes gefunden zu haben. Aber es ist nur seine eigene durchschnittene Plastikfessel. Natürlich viel zu weich für diesen Zweck.

Ansonsten kein Gegenstand, kein einziger. Sein Entführer scheint den Gefängnisraum gründlich geleert zu haben, ehe er ihn benutzte.

Mehrfach unterbricht er seine Suche, versucht Atem- und Herzfrequenz zu senken, horcht. Nichts zu hören. Das ist gut, weil es bedeutet, dass sein Entführer nicht zurückkehrt. Aber es ist auch schlecht. Könnte er irgendetwas hören, fremde Stimmen, Schritte, irgendeine Form von Straßenverkehr, würde er schreien und versuchen, sich bemerkbar zu machen. So aber hat das keinen Sinn. Er ist immer noch sehr schwach und tut gut daran, seine wenigen verbliebenen Kräfte zu schonen.

Von seiner Idee, das große Ventilrad als Waffe gegen seinen Entführer zu verwenden, hat er sich inzwischen verabschiedet. Es sitzt einfach zu fest, wackelt kein bisschen, und ein Sicherungssplint, den man lockern könnte, ist unter den dicken Farbschichten nicht zu ertasten. Diesen Gedanken kann er sich aus dem Kopf schlagen.

Aber wenn er die Stahltür nicht öffnen kann, dann wird er seinen Peiniger wohl oder übel direkt angehen müssen, sowie der zurückkehrt. Ohne Waffe, geschwächt wie er ist. Kein sehr aussichtsreiches Unterfangen.

Aber was bleibt ihm sonst übrig?

Als er das nächste Mal horcht, hört er etwas.

Er erstarrt. Sind das die Schritte seines Entführers? So wie sonst klingen sie nicht. Da schleppt einer etwas, offenbar eine schwere Last. Man hört es poltern, dann Schleifgeräusche und unterdrücktes Fluchen. Auf jeden Fall nähert sich da jemand der stählernen Tür. Wer anders könnte das sein?

In Panik dreht er den Kopf hin und her, als suche er nach einem Versteck, was natürlich völliger Unsinn ist, denn ein Versteck gibt es hier nicht, das weiß er, und sehen kann er in dieser Dunkelheit überhaupt nichts. Bleibt die Frage: wohin? Soll er sich wieder auf den Boden legen, damit sein Entführer keinen Verdacht schöpft, wenn er die Tür öffnet? Das aber bringt ihn in eine unterlegene Position, denn vom Boden aus kann er weder gut angreifen noch schnell fliehen. Also stehen bleiben. Aber wo? Am besten hinter der Tür, wo sein Peiniger ihn nicht gleich sieht. Aber so, dass er von der sich öffnenden Tür nicht getroffen werden kann.

Gar nicht so leicht zu realisieren, wenn man nichts sehen kann.

Als Sand unter seinen Füßen knirscht, durchfährt ihn

ein eisiger Schreck. Doch der Lärm jenseits der Tür ist viel lauter. Was schleppt der Kerl da bloß heran? Nichts Gutes jedenfalls. Etwa irgendwelche Foltergeräte?

Blödsinn, denkt er. Alles, was der Kerl zum Foltern braucht, ist seine verdammte Spritze. Und die macht keinen Krach.

Ein Schlüssel knirscht im Schloss. Ein matter Lichtstreifen fällt in den Raum, als die Tür aufgestoßen wird. Er spannt seine Muskeln, macht sich bereit, seinen Peiniger anzuspringen, ihn aus dem Weg zu rempeln und zu fliehen, solange der noch vor Überraschung wie gelähmt ist. Hoffentlich. Jetzt, jetzt muss er in der Tür erscheinen.

Zunächst aber passiert nichts, außer, dass vom Gang her wieder die Schleifgeräusche ertönen, diesmal ungedämpft. Dann endlich erscheint der Entführer. Aber rückwärts und gebückt. Er zieht etwas hinter sich her.

Noch eins. Noch ein Opfer! Ebenfalls ein Mann. Er liegt auf dem Rücken, bewusstlos, der Entführer zerrt an seinen Beinen. Dieser Kerl muss eine Bestie sein. Aber das weiß er ja sowieso, das hat er am eigenen Leib erfahren. Jetzt bringt dieser Teufel also schon Nachschub! Mit ihm, seinem ersten Opfer, ist er wohl schon fertig. Hat ihn schon abgehakt. Der Nächste bitte!

Die aufwallende Wut gibt ihm Kraft, und dass der Entführer vom Transport seines neuen Opfers so sehr in Anspruch genommen ist, dass er gar nicht bemerkt, dass Opfer Nummer eins nicht mehr am alten Platz liegt, spielt ihm in die Karten. Kaum ist sein Peiniger mit seiner Last weit genug im Raum, dass der Durchgang frei ist, springt er aus dem Türschatten heraus, stößt den Kerl in die Seite, so fest er kann, bringt ihn ins Straucheln. Er hastet durch die offene Tür, endlich! Orientiert sich schnell: rechts eine Mauer, weiß gekalkt, links ein Gang, am Ende die Treppe. Er rennt los.

Es fühlt sich an wie in Zeitlupe. Himmel, ist er schwach! Seine Beine bewegen sich wie in zähem Honig. Wäre er doch schon heraus aus diesem Kellerloch, diesem Haus, draußen auf der Straße! Gäbe es jetzt doch einen Knall, und alles wäre überstanden! Bitte, denkt er flehend, bitte, lieber Gott.

Aber es dauert endlos, bis er die Treppe erreicht. So kommt es ihm wenigstens vor. Zeit genug für Gedanken.

Zum Beispiel daran, dass da ein Schlüssel im Schloss der Stahltür steckt, von außen. Er hat ihn gesehen, als er vorbeilief. Er hätte die Tür zuschlagen und von außen abschließen können. Aber das geht jetzt nicht mehr. Zu spät.

Zum Beispiel daran, dass er den Bewusstlosen kennt. Er hat sein Gesicht gesehen, es ist ihm vertraut. Plötzlich bekommt das alles hier einen Sinn. Oder eher: eine Logik. Mit Sinn hat das nichts zu tun, dazu ist es zu grauenhaft.

Müsste er nicht anhalten, müsste er nicht umkehren, müsste er nicht helfen?

Er tut es nicht. Er steigt die Treppe hoch, Stufe um Stufe. Erst ich, denkt er, und er hasst sich dafür. Erst ich, und wenn ich in Sicherheit bin, dann helfe ich ihm. Versprochen. Bitte, lieber Gott.

Noch eine Stufe, dann kann er die Klinke der Kellertür fassen. Noch ein Schritt. Aber es ist nicht möglich. Sein Fuß bewegt sich nicht.

Eine Hand hält sein Fußgelenk umklammert. Und zieht.

Eine graue Betonstufe kommt rasend schnell auf ihn zu.

Licht aus.

19.

»Sina, kannst du mal kommen? Es gibt schon wieder Probleme mit Mareike.«

Christina, eine der Ernährungsberaterinnen der Klinik *Haus Waterkant*, war eine quicklebendige Werbung für ihre eigene Profession: proper und mit Pausbäckchen, dabei bemerkenswert hübsch, wie Sina fand. Um ihren armdicken, taillenlangen Zopf aus dunkelblonden Haaren beneidete sie ihre Kollegin, um ihre milchweiße Haut und die Galaxien aus Sommersprossen nicht unbedingt, obwohl sie zugeben musste, dass die Gesamtwirkung umwerfend war. Dazu war Christina unaufdringlich lebhaft; peinliches Schweigen kam in ihrer Gesellschaft nicht auf. Wer wäre nicht begeistert, mit dieser jungen Frau zusammen zu essen?

Anscheinend traf genau das auf Mareike Duismann zu.

»Klar, ich komme.« Sina hatte gerade ihr Telefonat mit Stahnke beendet und war eigentlich drauf und dran gewesen, ins Polizeibüro zu eilen und sich davon zu überzeugen, dass er den Angriff auch wirklich einigermaßen überstanden hatte. Dies hier aber ging vor.

Sie lief hinter ihrer Kollegin her in den Speisesaal. Obwohl die Essenszeiten an Feiertagen später lagen und aus Prinzip locker gehandhabt wurden, um nicht zu viel Druck aufzubauen, war Mareike Duismann um diese Zeit der einzige Gast. Verloren hockte sie klein und mager in ihrem Rollstuhl an einem runden Achter-Tisch. Rund um ihren Teller war die blütenweiße Tischdecke bunt bekleckert, der Rand ihres Tellers lag voll mit aussortierten

Bestandteilen der Mahlzeit, einige davon offensichtlich angekaut. Eine große Stoffserviette lag zusammengefaltet auf ihrem Schoß. Sina wollte gar nicht wissen, was sich darin so alles befand. Fast alle Patientinnen hier benutzten ihre Servietten, um Teile ihrer Mahlzeiten wegzubunkern. Es war ein Trauerspiel.

Es wird immer schlimmer statt besser, dachte sie. Meine Güte, ich therapiere diese Frau noch ins Grab.

»Ach, es tut mir so leid, dass Sie meinetwegen schon wieder gestört worden sind«, sagte Mareike Duismann. »Dabei haben Sie es doch sowieso schon so schwer mit mir.« Diese Selbstanklage, gepaart dem märtyrerhaften Blick, den ihre Patientin zu solchen Gelegenheiten gerne aufsetzte, verursachte Sina einen körperlich spürbaren Schmerz.

Andererseits, schoss es ihr durch den Kopf, hält sie mir aber auch den Spiegel vor. Was nützt es, sich in Selbstvorwürfen zu ergehen? Anpacken müssen wir die Sache. Lösen das Problem. Tja, eine absolut männliche Sicht der Dinge. Hatte sie die von Stahnke abgeguckt? Und wenn schon, dachte sie. Gehen wir es eben an wie ein Mann.

»Regelmäßige Mahlzeiten sind wichtig, Frau Duismann«, sagte sie und kam sich dabei selber vor wie eine Gebetsmühle. »Wenn Sie Ihre Mahlzeiten nicht regelmäßig einnehmen, glaubt ihr Körper, es herrsche Not. Das versetzt ihn in Stress, völlig unnötig, denn es ist ja Nahrung genügend vorhanden. Nicht wahr? Aber ihr Körper startet trotzdem sein Notprogramm. Und das heißt als Erstes: weniger Energieumsatz, weniger Leistungsfähigkeit.«

Wie dumm ich mir vorkomme, wenn ich so was daherleiere, dachte Sina. Ein Blick auf dieses arme Wrack von einer Frau zeigt doch, dass ihr Körper über dieses Stadium längst weit hinaus ist. Hier geht es nicht mehr um unwillkürliche Vorsorgemaßnahmen für Hungerperioden, hier geht es darum, ob dieser Körper demnächst anfängt, die eigenen Organe zu verdauen. Um noch paar Lebenstage herauszuschlagen. Dann ist es vorbei, unwiderruflich, dann gibt es keinen Weg mehr zurück.

»Ach, Frau Gersema, ich weiß doch. Ich weiß doch, Sie haben recht. So recht haben Sie.« Dieser leidende Blick, diese kummervolle Miene! »Aber ich bekomme zur Zeit einfach nichts herunter, verstehen Sie? Alles, was ich schlucke, scheint mir im Hals stecken zu bleiben, und dann bekomme ich keine Luft mehr und habe so furchtbare Angst zu ersticken. Und weil ich das weiß, überkommt mich der Ekel schon, wenn ich überhaupt nur anfange zu kauen. Verstehen Sie?«

Natürlich verstand Sina das. Aber das musste sie unbedingt für sich behalten. Sowie sie Verständnis zeigte, bestärkte sie das krankhafte Verhalten nur und machte sich zur Komplizin. Nicht von Frau Duismann, sondern zur Komplizin ihrer Krankheit.

Es ist, als spräche man mit zwei Personen gleichzeitig, überlegte sie. Die eine ist Mareike Duismann, die leben will. Mit der kann man vernünftig reden, die sieht auch Dinge ein. Das andere aber ist die Krankheit, und wenn die am Ruder ist, dann gelten andere Gesetze. Dann ist alle zuvor gezeigte Einsicht für die Katz. Dann macht dieser arme Mensch nur noch das, was die Krankheit will.

Die Frage ist nur: Was will die Krankheit? Einen schnellen Tod? Dann ist sie auf dem besten Weg zum Ziel, herzlichen Glückwunsch. Nur: Welcher Parasit legt es darauf an, seinen Wirt umzubringen? Wenn der stirbt, dann stirbt er doch mit ihm.

Die Krankheit aber war ja kein Fremdkörper, sie war ein Teil der Persönlichkeit Mareike Duismann. Der kranken Persönlichkeit. Also kein Parasit. Auch kein Täter, sondern Bestandteil des Opfers. Eines Opfers, das bald sterben würde, wenn das hier so weiterging.

Es war zum Verzweifeln.

»Es ist aber doch alles so schön weich gekocht«, schaltete sich die Ernährungsberaterin ein. »So wie du es dir gewünscht hast. Und nicht zu salzig, nicht zu stark gewürzt, damit du keinen Hustenreiz bekommen kannst. Und langfaseriges Fleisch ist auch nicht dabei. Glaub mir, es kann überhaupt nichts passieren.«

Aus dem leidenden Blick der Patientin wurde ein entsetzter. Ihr Gesicht lief rot an, als hätte der beschworene Erstickungsanfall bereits eingesetzt. Abrupt schob Mareike Duismann ihren Teller von sich. »Komm mir nicht so«, rief sie mit ungewohnt schriller Stimme, »komm mir nicht so! Ich bin kein dummes Kind, weißt du? So kannst du mir nicht kommen. Ich weiß doch, was ich weiß.« Sie versuchte ihren Rollstuhl vom Tisch wegzuschieben, was aber nicht ging, da die Feststellbremse arretiert war. Mareike Duismann versuchte den Hebel zu löste, zerrte aber vergeblich. Die Kräfte ihres ausgezehrten Körpers reichten einfach nicht aus. Sie sackte in sich zusammen und begann laut zu schluchzen.

»Sie wissen ja nicht, wie das ist«, stieß sie zwischen den Schluchzern hervor, den Blick ihrer panikweiten Augen auf Sina gerichtet. Tränen liefen über ihre schrundigen Wangen. »Sie können es ja nicht wissen. Als ob man in seinem eigenen Körper ertrinkt. Bei vollem Bewusstsein. Sie erleben es mit, Sie bekommen es mit, total, jede Einzelheit, aber Sie können nichts dagegen tun. Es ist furchtbar, ganz furchtbar.«

Noch einmal gab sie ihrem Teller einen Stoß. Sie erwischte ihn unter dem Rand, so dass er umkippte und fast vom Tisch gefallen wäre. Das sorgfältig zusammengestellte und gekochte, inzwischen kalte Essen verteilte sich über das Tischtuch. Jetzt kämpfte auch Ernährungsberaterin Christina mit den Tränen.

Sina trat dicht an ihre Patientin heran, neigte sich zu ihr hinunter, umfasste ihre mageren Schultern, drückte die Frau an sich, streichelte ihren Oberarm, der nur aus Hautlappen und Knochen zu bestehen schien. Mareike Duismann wich nicht aus, sondern drückte sich an sie und presste ihr Gesicht an ihren Bauch. Sina spürte, wie Tränen ihren Pulli durchdrangen. Wohl fühlte sie sich nicht in dieser Situation; Mareike Duismann war immerhin älter als sie. Jetzt aber suchte diese Frau Schutz und Trost bei ihr wie ein Kind.

Sie wollte sie ja gerne trösten. Noch lieber aber wollte sie ihr helfen, richtig und objektiv helfen, ihr Leiden heilen und beenden. Dazu aber musste sich erst die wahre Ursache kennen, musste bis zu den Wurzeln vordringen. Und eine Psyche war kein Gemüsebeet, da half kein Spaten, da nützte kein Druck. Da brauchte es Geduld. Genau mit der aber war Sina praktisch am Ende. Und auch Mareike Duismann hatte keine Zeit mehr für allzu viel Geduld.

»Mareike, du weißt doch, was jetzt als Nächstes kommt.« Das war wieder die Ernährungsberaterin. »Jetzt musst du wieder an den Tropf. Und wenn es mit dir so weitergeht, dann kommen wir bald um Zwangsernährung nicht mehr herum.«

Mareike Duismann schüttelte heftig den Kopf. »Das nicht«, flüsterte sie, »nein, das nicht, auf keinen Fall. Keinen Schlauch in den Hals, das ertrage ich nicht.« Ihre Hals- und Kiefermuskeln zuckten krampfhaft, so als ob sie schon ihren eigenen Speichel nicht mehr schlucken könnte. »Eher bringe ich mich um.«

»Sag doch so was nicht!«, rief Sina. Auch in ihren eigenen Ohren klang es hilflos. »So etwas darfst du nicht einmal denken. Es geht doch nur um das blöde Schlucken! Das kriegst du schon wieder hin. Ich meine, zusammen kriegen wir das schon wieder hin. Komm, lass es uns noch einmal versuchen.«

Marieke Duismann schaute Sina an und versuchte zu lächeln. Dankbar, tröstend, aufmunternd zu lächeln. »Ich weiß doch, Frau Gersema, dass Sie Ihr Bestes versuchen. An Ihnen liegt es bestimmt nicht. Das Problem bin ganz alleine ich.« Ihr Blick irrte haltlos auf dem verwüsteten Tisch herum. »Ich würde es ja noch einmal versuchen, Ihnen zuliebe. Aber ich fürchte ...«

Stumm schüttelte Sina den Kopf. Nein, dachte sie, nein, so ist es nicht, so kann es nicht sein. Mareike Duismann ist die, die das Problem *hat*, aber sie *ist* es doch nicht! Nur, wie soll ich ihr das klarmachen? Sie glaubt es mir ja nicht.

»Keine Sorge, ich kann das ganz schnell neu kochen. Macht mir gar nicht aus«, beeilte sich Christina zu versichern. Ihre Mundwinkel aber zuckten dabei nach unten. Sie rieb sich den Unterkiefer. »Also, ich bin dann mal eben in der Küche, ja? Dauert nur ein paar Minuten.«

»Ach, Christina, du bist ja so lieb zu mir«, sagte Mareike

Duismann. »Du gibst dir auch so viel Mühe. Aber ich fürchte, das hat alles keinen Zweck. Heute bekomme ich einfach nichts herunter.« Sie schüttelte den Kopf. »Dieter hat es gerade auch schon versucht. Hat mir meine Lieblingsschokolade mitgebracht. Mit Cremefüllung, schmilzt total schnell im Mund. Aber nicht mal die habe ich herunterschlucken können.«

»Dieter ist Ihr Mann, nicht?«, fragte Sina. »Wollte er nicht mit Ihnen zusammen essen? Das wäre kein Problem, viele Besucher essen mit unseren Patienten.«

»Nein.« Mareike Duismann schüttelte den Kopf. »Es ging wohl nicht. Er hat ja jetzt immer so viel zu tun. Alles meinetwegen. Die hohen Kosten, die ich verursache, da reicht sein Gehalt alleine nicht aus. Wo unser Haus ja auch noch nicht abbezahlt ist.« Wieder rollten Tränen über ihre Wangen. »Ich bin doch für alle nur eine Last. Vielleicht wäre es wirklich besser …«

»Ach nein, das stimmt doch nicht. Auf keinen Fall! Also, ich geh schnell in die Küche, ja? Wie besprochen.« Christina schien es eilig zu haben, von der Patientin wegzukommen. Sina konnte es ihr nicht verdenken. Am liebsten wäre sie mit in die Küche geflüchtet.

»Was ist denn mit dir? Hast du was?«, fragte sie, als sie bemerkte, dass Christina abrupt stoppte und sich beide Hände auf den Mund presste. »Irgendwelche Schmerzen?«

»Ach, bloß wieder mein Backenzahn.« Zischend sog sie Luft ein. »Schätze, da ist eine Füllung locker. Natürlich passiert das heute, an einem Feiertag vor einem langen Wochenende! Und natürlich hat auf der Insel kein Zahnarzt Bereitschaft. Die meiste Zeit ist es ja auszuhalten, aber immer wieder gibt es Schübe, die sind echt lästig.«

Sie straffte sich: »So, es geht wieder. Jetzt geh ich wirklich kochen. Und dann schauen wir mal. Wenn es zu schlimm wird, muss ich halt rüber nach Deutschland, da gibt es ja eine zahnärztliche Bereitschaft. Notfalls muss ich in die nächste größere Stadt, in die Kieferchirurgie.« Tapfer lächelte sie Sina zu und verschwand durch die Schwingtür.

Als Sina sich wieder Mareike Duismann zuwandte, saß die immer noch am selben Fleck in ihrem arretierten Rollstuhl. Ihr Kopf war nach vorne gesunken, und aus dem Weinen war ein unkontrolliertes Schluchzen geworden. Ihre Schultern zuckten.

Sina seufzte. Am liebsten hätte sie mitgeheult.

20.

Stahnke pfiff durch die Zähne, als er die Datei öffnete. Donnerwetter, das waren ja mehr, als er gedacht hatte! Na ja, es gab ja auch allerhand zu transportieren auf einer Insel, die jedes Jahr gut zweihunderttausend Feriengäste beherbergte und bewirtete, mal abgesehen von den knapp zweitausend mehr oder minder ständigen Bewohnern. Deren Anzahl übrigens rückläufig war, hatte Lüppo Buss ihm erzählt. Warum wohl? Hatten die Langeooger vor lauter Tourismus-Stress keine Zeit für die Nachproduktion von kleinen Insulanern? Oder waren vielleicht Grundstückspreise und Mieten durch den Bade-Boom derart angestiegen, dass sie für viele Einheimische unerschwinglich geworden waren?

Nicht sein Problem, nicht sein Thema. Darüber konnte er irgendwann mal mit Lüppo diskutieren, wenn sonst nichts los war und sie abends gemütlich vor dem *Café Leiß* bei einem guten Glas Wein oder Bier zusammensaßen. Daran war derzeit nicht zu denken.

Der Hauptkommissar schaute zur Uhr. Lüppo Buss musste schon beim Fähranleger sein, um die Kollegen aus Wittmund in Empfang zu nehmen. Zwei von denen würden gleich an Ort und Stelle Posten beziehen, um darauf zu achten, ob Renko Heidergott etwa versuchte, die Insel zu verlassen. Auch Bahnhof und Flugplatz mussten im Auge behalten werden. Wie viele Kollege blieben dann noch übrig, um die Insel gründlich zu durchkämmen? Lächerlich wenige.

Heidergott. Stahnke scrollte die Zulassungsliste für

Elektrokarren herauf und herunter. Der Name Heidergott stand nicht darauf. Offenbar bekam längst nicht jeder Gastronom oder Händler auf Langeoog die Genehmigung für solch ein Fahrzeug. Davon war er eigentlich ausgegangen, aber bei näherem Nachdenken war es sinnvoll, mit Zulassungen zu knausern. Schließlich gab es die Inselreederei und die Speditionen, die in erster Linie für den Gütertransport zuständig waren, seit die Inselbahn das nicht mehr machte, sondern sich ganz auf die Kurgäste und ihr Gepäck konzentrierte. Die brauchten ja eine gewisse Auslastung, damit sich ihr Geschäft auch lohnte. Und der Reiz der fünf autofreien Ostfriesischen Inseln rührte eben nicht zuletzt von ihrer Autofreiheit her. Ausnahmen davon gab es schon genügend – Rettungsdienste, Baumaschinen, Traktoren. Elektrokarren waren zwar nicht so laut und stinkig wie benzingetriebene Autos, aber sie sahen Autos doch ein bisschen ähnlich, irgendwie. Also galt es, ihre Anzahl nach Möglichkeit in Grenzen zu halten, um die Idylle nicht mehr als unbedingt nötig zu stören.

Heidergott gehörte also nicht zu den Haltern zugelassener Elektrokarren. Konnte er sich irgendwie einen besorgt, einen geliehen haben? Natürlich konnte er das, ein gebürtiger Insulaner wie er war mit Sicherheit gut vernetzt, da lief bestimmt eine Menge auf Gegenseitigkeit. Tja, und genau das war das Problem, denn die Menge der Möglichkeiten, wen er gefragt haben könnte, war wohl ebenso groß wie diese Zulassungsliste lang.

Bea Wulff. Dass er mit der kooperierte, hatte Heidergott selbst ausgesagt. Stahnke scrollte erneut – vergebens. Auch auf diesen Namen gab es keinen Eintrag.

Stopp. Was war das gerade gewesen? Irgendetwas,

das da gerade über den Bildschirm geflitzt war, hatte in seinem Hirn ein Glöckchen angetippt. Irgendein Name. Welcher war es?

Hier: Grendel. Ach, das war ja interessant. Wieso hatte der denn eine Zulassung? Der junge Mann hatte doch noch nicht einmal einen Laden, beziehungsweise ein Restaurant. Hatte der sich etwa im Vorgriff eine Erlaubnis beschafft? Und warum hatte man ihn so bevorzugt behandelt? Gab es in der Gemeindeverwaltung etwa Leute, die Grendels Pläne nach Kräften unterstützten?

Ach, Moment. Da stand ja gar nicht ›Grendel, Heiko‹. Sondern ›Grendel, Tjabbe‹. Heiko Grendels soeben verstorbener Onkel also. Eine der älteren Zulassungen. Und dort die Adresse. Hafenstraße, aha, ziemlich am Ortsrand. Dort sollte also demnächst der neue Schnellfress-Tempel entstehen? Na denn, ihm sollte es egal sein.

Oder auch nicht. Denn entstehen würde dieses *McDaisy's* ja nur, wenn er, Stahnke, seinen Job hier auf Langeoog anständig machte und die beiden verschwundenen Finanziers des Projekts heil und gesund wieder herbeischaffte. Andernfalls ... tja.

Andernfalls kam Langeoog wenigstens nicht in den zweifelhaften Genuss der modernen Fett-Kultur.

Hatte er das wirklich gerade gedacht? Ausgeschlossen. Das ging nun wirklich alles viel zu wild durcheinander! Stahnke schüttelte den Kopf – und stellte fest, dass das schon wieder ganz gut ging. Zeit für den nächsten Außeneinsatz.

21.

So weit war Harm Bengen den Schniederdamm in Richtung Großes Schlopp schon lange nicht mehr gelaufen. Spaziergänge waren nicht seine Sache, Gewaltmärsche schon gar nicht. Da saß er lieber mit seinen Kumpels auf der Bank am Bahnhof und zog über die Vorbeilaufenden her. Heute aber war ihm nicht danach. Er war unruhig. Zu viel ging ihm im Kopf herum.

Auf die Umgebung achtete er überhaupt nicht. Sehr spektakulär war die hier auch nicht, voraus saftiges Grasland, dann die Wasserfläche des Binnensees, rechts das schimmernde Watt; linker Hand war in einiger Entfernung der Dünengürtel zu erkennen, der die Seeseite schützte und dessen Anblick als weitaus typischer für die Insel galt. Mochten sich die Touristen an so etwas berauschen, für Harm Bengen war das Alltag, und zwar von Kindesbeinen an.

Instinktiv trat er zur Seite, als er es hinter sich summen hörte. Wer fährt denn hier mit seinem Elektrokarren entlang, dachte der Alte ebenso automatisch, weil er nun einmal aufs Meckern geeicht war. Ausgerechnet heute, an einem hohen christlichen Feiertag! Als ob ihm die Kirche nicht völlig egal wäre. Außerdem gab es angesichts der Massen an Feriengästen, die über Ostern Langeoog bevölkerten, so etwas wie Feiertage für die Insulaner und ihre Angestellten überhaupt nicht. Auch die entfernter liegenden Gaststätten und Unterkünfte wollten versorgt werden, und wenn Vorräte zu Ende gingen, dann duldete deren Ergänzung keinen Aufschub. Selbst die Zeitung wurde ausgeliefert. Also mussten Elektrokarren rollen, jederzeit.

Nicht, dass sich Harm Bengen wirklich dafür interessiert hätte. Aber so war es eben.

Das langsam näher kommende Summen klang ungewohnt, registrierte er unterbewusst. Nicht so seidenweich wie das der üblichen, modernen Fahrzeuge, die mit ihren kräftigen Gleichstrommotoren ausgewachsene, voll beladene Anhänger ziehen konnten. Es klang rauer, irgendwie heiserer, und längst nicht so gleichmäßig, wie man es kannte. Harm Bengen blieb stehen und drehte sich um.

Der Elektrokarren blieb ebenfalls stehen. Die Tür der Fahrerkabine öffnete sich, und Heiko Grendel streckte seinen pflasterverzierten Kopf heraus. »Moin, Harm!«

Harm Bengen sackte der Unterkiefer weg. Stumm starrte er Grendel und sein dunkelblaues, staubverkrustetes Vehikel an.

»Tja, da staunst du.« Heiko Grendel lachte. »Ab sofort gehöre ich auch zu den Privilegierten auf unserer schönen, autofreien Insel. Muss nur noch ein bisschen üben. Die olle Kiste bockt mir noch zu viel.«

Harm Bengen starrte immer noch; seine Augen, durch die dicken Brillengläser ohnehin stark verzerrt, wirkten riesig. »Seit wann ...« Er schluckte, setzte neu an: »Das ist doch nicht dein Karren, ist das doch nicht, oder?«

»So, glaubst du.« Grendels Lachen verschwand wie weggewischt, aber er zwang es zurück. »Klar, dieses alte Ding, das kann ja nicht von mir sein. Hat Onkel Tjabbe gehört, und er hat es bis zuletzt in Schuss gehalten. Im Gegensatz zu vielem anderen, was ihm gehört hat.« Er stieg aus und reckte sich; an die Haltung hinterm Steuer in der engen Kabine musste er sich offenbar erst gewöhnen. »Aber jetzt ist er ja nicht mehr, der liebe Onkel. Und siehe da, jetzt ist der Karren hier tatsächlich meiner.«

»Ach.« Bengen stemmte die Arme und seine mageren Hüften. »Das ging aber fix, nich'? Hat sich der Notar schon gemeldet bei dir, wegen dem Testament? Oder hat Tjabbe dir seinen letzten Willen kurz vorher noch eben per Post geschickt?« Der Alte zuckte erschrocken zusammen. Jetzt war seine scharfe Zunge doch mit ihm durchgegangen! Das hemmungslose Lästern hatte er sich in den letzten Jahren auf der Bahnhofsbank angewöhnt, und wenn man in dieser Rolle erst mal drin war, dann kam man da so leicht nicht wieder raus. Bloß fehlte ihm hier der Schutz der Gruppe, der Rückhalt durch seine drei Kumpane. Au weia, hoffentlich wurde der Heiko jetzt nicht grantig! Wo er doch allen Grund dazu hatte.

Heiko Grendel aber schüttelte nur den Kopf. »Ihr Langeooger«, sagte er vorwurfsvoll, obwohl er doch selber einer war, »ihr gönnt mir aber auch nicht das Schwarze unterm Fingernagel, was? Wenn einer nicht nach eurer Mütze ist, dann könnt ihr euch überhaupt nicht vorstellen, dass bei dem auch mal etwas klappt. Aber ich sag dir, mein Alter, diesmal liegt ihr daneben. Diesmal läuft es bei mir mit, diesmal fällt mir auch etwas zu! Und ich werde was draus machen, das werdet ihr schon sehen.«

Harm Bengen klappte seinen Mund auf und zu wie ein Fisch auf dem Trockenen. Aber was immer er hatte sagen wollen, er behielt es für sich. »Und was hast du jetzt damit vor?«, fragte er stattdessen und zeigte auf den alten Elektrokarren. »Fahrstunden geben? Oder machst du 'ne neue Spedition auf? Aber du hast doch bestimmt keine Zulassung dafür. Die alte ist sicher längst abgelaufen.«

Heiko Grendels Augen verengten sich. Vorsichtig befingerte er seine verpflasterte Stirn. »Pfeif doch auf Zulassung«, sagte er mit gefährlich leiser Stimme. »Wer soll sich da wohl drum kümmern heute? Lüppo hat im Moment andere Sorgen. Was ich vorhabe, dauert außerdem nicht so lange. Das wird ziemlich schnell gehen.«

Harm Bengen begann zu zittern, und sein Kopf schwankte auf seinem dürren Hals. »Was redest du da?«, stieß er hervor. »Mann, das klingt ja gefährlich. Mach bloß keinen Unsinn!«

»Ja klar«, knurrte Grendel. »Euer Heiko kann ja nur Unsinn machen, was? Der hat ja von nichts eine Ahnung, nicht? Aber ihr täuscht euch, glaube mir, ihr täuscht euch. Zum Beispiel weiß ich ganz genau, wer mir hier Knüppel zwischen die Beine werfen will. Und ich weiß, wer da geglaubt hat, er kann mich mal eben überfallen und mir was vor den Schädel hauen, und ich erkenne ihn nicht. Das weiß ich ganz genau! Und dieser Jemand, der wird jetzt was erleben, da kannst du dich drauf verlassen.«

Wieder fuhr Harm Bengen erschrocken zusammen. Er taumelte rückwärts und wäre fast gestürzt. »Ja, wie … wer?«, stammelte er.

»Wer?« Heiko Grendel machte zwei große Schritte auf den alten Mann zu. »Als ob du das nicht ganz genau wüsstest!«

Bengen stand wie versteinert. Er brachte nur noch ein Krächzen hervor.

»Renko Heidergott natürlich!«, schrie Grendel, ohne Rücksicht auf die vorbeiradelnden Touristen, die sich verwundert die Hälse verrenkten. »Renko, der glaubt, er kann das Gesetz mal eben in die eigenen Hände nehmen, als wäre er nicht Renko, sondern Django! Aber der wird sich noch umgucken. Was der kann, kann ich schon lange. Und ich werde es auch tun.«

Mit diesen Worten ließ er den alten Mann stehen, drehte sich um und zwängte sich wieder in die Fahrerkabine des Elektrokarrens. Knarrend und ruckelnd setzte sich das Vehikel in Bewegung.

Harm Bengen starrte ihm hinterher. »Der spinnt doch«, murmelte er vor sich hin. »Ich muss Renko warnen.«

Nachdenklich kratzte er sich am Kopf. »Andererseits ...«

22.

Am späten Nachmittag traf Sina die Ernährungsberaterin im Aufenthaltsraum wieder. Sie sah jetzt wieder so proper und frisch aus wie gewohnt; der leidende Zug um den Mund, der so gar nicht zu ihr gepasst hatte, war verschwunden.

Sina nickte ihr über ihre Kaffeetasse hinweg zu. »Na, geht's wieder?«

Christina lächelte fröhlich und setzte sich mit ihrem Malventee zu ihr an das kleine Bistrotischchen. »Fürs Erste ja. Hab mal zwei Schmerztabletten eingeworfen. Das mache ich sonst fast nie, deshalb haben die Dinger auch wohl so prompt gewirkt. Mal schauen, wie lange es dauert, bis sich der Zahn wieder muckt.« Sie nahm ein Schlückchen Tee, wobei sie den Kopf schieflegte, damit der lädierte Zahn ja nichts von der heißen Flüssigkeit abbekam. »Und? Wie ist es mit Mareike weitergegangen? Hat sie sich wieder beruhigt?«

Sina nickte. »Ja, hat sie. Aber geändert hat sich nichts. Immer noch keine Chance, dass sie auch nur einen Bissen herunterbekommt. Ich wusste mir nicht anders zu helfen, als sie zur medizinischen Bereitschaft zu bringen. Die haben gleich die Klinikleitung informiert. Jetzt müssen die da oben entscheiden, wie weiter mit Frau Duismann zu verfahren ist.« Sie schüttelte den Kopf. »Vielleicht muss sie sogar verlegt werden, aufs Festland. Ach, das ist schon blöd, dass ich so gar nichts erreichen konnte bei ihr. Aber hier geht es schließlich nicht um mich und meine dumme Berufsehre, sondern um Leben und Tod.« Sie lauschte den

Worten nach. »Leben und Tod. Klingt ziemlich pathetisch. Aber ich fürchte, das ist nicht übertrieben.«

»Mach dir bloß keine Vorwürfe.« Christina legte ihre Hand auf Sinas Unterarm. Sie fühlte sich warm und ganz zart an. »Das Erste, was die mir gesagt haben, als ich hier anfing, war: Du kannst nicht allen helfen. Ich fand das natürlich total bescheuert und brutal, aber inzwischen habe ich erkannt, dass das einfach so ist. Das musst du dir klarmachen. Sonst gehst du hier kaputt.«

Sina richtete sich auf, um einen Grund zu haben, ihren Unterarm wegzuziehen. »Hast ja recht, ich weiß. Trotzdem klingt das ziemlich brutal.«

Christina zuckte die Achseln. »Möglich. Aber wir haben es hier mit Patienten zu tun, die an massiven Essstörungen leiden. Das ist keine Modeerscheinung, sondern eine schwere psychische Erkrankung. Zwanzig Prozent der Betroffenen sterben früher oder später daran. Natürlich wollen wir das in jedem einzelnen Fall verhindern. Aber wir werden es nicht jedes Mal schaffen, das ist unmöglich, das steht fest. So viel Mühe wir uns auch geben. Das musst du akzeptieren. Sonst zerbrichst du entweder daran, oder du wirfst die Brocken vorzeitig hin. Und das fände ich echt schade.«

Sina setzte zu einer Erwiderung an, entschied sich aber dagegen. Was nutzte das, wenn sie selbst nicht mehr vom Gegenteil überzeugt war? Wie hart es auch klang, was die junge Frau gesagt hatte, und wie sehr das auch im Widerspruch zu ihrer äußeren Erscheinung stand, sie lag vermutlich richtig. Nein, ganz sicher tat sie das. Und ihr letzter Satz hatte viel Sympathie ausgedrückt. Das konnte Sina immerhin als positiv verbuchen.

Christina trank einen weiteren Schluck Tee, wieder mit schiefgelegtem Kopf. »Ein Dauerzustand ist das aber nicht«, sagte sie und deutete auf ihren Kiefer. »Nach Ostern muss ich auf jeden Fall unters Messer. Na, in Leer kennen die mich ja schon.«

»Dein Zahnarzt hat seine Praxis in Leer? Ganz schön umständlich für dich, so weit weg.«

Christina schüttelte den Kopf. »Nee, das ist kein normaler Zahnarzt. Bei vollem Bewusstsein lasse ich nichts an meinen Zähnen machen, dafür habe ich viel zu viel Panik. Und meine Zahnsubstanz ist auch viel zu schlecht, leider, das ist erblich bedingt. Immer, wenn es wieder so weit ist, gehe ich in die Tagesklinik, zum Kieferchirurgen. Und ich lasse natürlich eine Vollnarkose machen. Kostet zwar hundertfünfzig Euro extra, aber das ist es mir wert. Wenn ich bedenke, welche Ängste ich sonst ausstehen würde, dann ist das echt ein geringer Preis.«

»Vollnarkose? Jedes Mal?« Sina deutete ein Schaudern an. »Auf Dauer eine ganz schöne Belastung für den Körper. Und ja auch nicht ganz ungefährlich.«

Christina zuckte die Achseln. »Ist wohl so. Aber weißt du, nachdem ich einmal im Behandlungsstuhl bei lokaler Betäubung vor Angst fast gestorben wäre, gehe ich lieber das Risiko ein. Und bisher ist ja immer alles gutgegangen.«

Vollnarkose. Risiko. Bisher gutgegangen. Im Sinas Kopf rumorte es; die Begriffe rotierten wie Figuren auf einem Karussell. »Weißt du …« Sie zögerte. »Vorhin, als ich Mareike Duismann zur Ambulanz begleitet habe, haben die Kollegen natürlich ihre Krankenakte gezogen. Ich habe mal einen Blick hineingeworfen. Sie scheint bisher eine relativ stabile Gesundheit gehabt zu haben, allzu viel stand nämlich nicht drin. Aber mehrere Zahn- und Kieferoperationen hat sie gehabt.«

»Kommt in den besten Familien vor«, kommentierte Christina trocken. »Da solltest du erstmal meine Akte sehen, da stehen mehr Zahn-OPs drin als ein Masernkranker Punkte hat!«

Sina schüttelte unwillig den Kopf. »Verstehst du nicht? Jedesmal Vollnarkose, jedesmal das Risiko, dass etwas schiefgeht! Mensch, ich fahnde doch schon die ganze Zeit nach den tieferen Ursachen für die Blockade, die Mareike Duismann am Essen hindert und kurz davor ist, sie zugrunde zu richten! Stell dir vor, es wäre bei ihr mal etwas schiefgegangen, also bei einer ihrer Kieferoperationen, meine ich. Was glaubst du, wie fühlt sich das wohl an?«

»Darüber will ich gar nicht nachdenken.« Christina kniff die Augen zusammen. »Weißt du, Zahnärzte und Kieferorthopäden, das sind für mich mehr so Handwerker. Mal klappt das, was die machen, mal klappt es nicht oder nicht ganz, dann muss nachgebessert werden. Das sehe ich relativ gefühlsneutral. Aber ein Anästhesist, zu dem muss ich Vertrauen haben. Wenn ich das nicht hätte, dann würde ich mich doch niemals in dessen Hände begeben! Nee, nee, da habe ich blindes Vertrauen, da bin ich auch noch nie enttäuscht worden. Und deswegen will ich das auch gar nicht in Frage stellen.«

»Blindes Vertrauen«, murmelte Sina. Das grenzte an das Urvertrauen, das eigentlich nur kleine Kinder ihren Eltern gegenüber aufbrachten. Schutz- und wehrlos, total in die Hände derer gegeben, die es gut mit ihnen meinten. Hoffentlich.

»Ja, ganz genau. Das meine ich so, wie ich es sage.«

Christina klang auf einmal schroff und zickig. Dass Sina ihr in diesem Punkt offenbar nicht folgen konnte, schien sie als Missachtung zu empfinden. »Ich finde, Vertrauen ist etwas Wertvolles, das muss man schützen und bewahren. In beide Richtungen, also, ich meine: Wenn mir einer vertraut, dann setze ich alles daran, ihn nicht zu enttäuschen. Und wenn sich einer mein Vertrauen verdient hat, warum soll ich den dann verletzen, indem ich ihm dieses Vertrauen nicht gewähre? Wär doch fies. Und glaube mir, Dietz hat sich mein Vertrauen verdient. Er hat mich noch nie enttäuscht.«

»Ich wünsche dir, dass das auch so bleibt«, erwiderte Sina. »Und glaube du mir, das meine ich ganz ehrlich.« Dabei schaute sie Christina so offen und großäugig an, wie es eben ging. Sie kam sich direkt lächerlich dabei vor. Auf ihr Gegenüber aber schien das die beabsichtigte Wirkung zu haben. Die Ernährungsberaterin strahlte wieder über das ganze sommersprossige Gesicht.

Dann stutzte Sina. An Christinas Angewohnheit, alle Menschen nach kürzester Zeit zu duzen, seien es Kollegen, Vorgesetzte oder Patienten, obwohl Letzteres eigentlich total verpönt war, hatte sie sich inzwischen gewöhnt. Trotzdem: »Wer ist Dietz?«

»Mein Anästhesist«, antwortete Christina. »Dr. Dietz Lichterfeld. Ihm gehört auch diese Tagesklinik in Leer, jedenfalls zum Teil.«

»Und sein, äh, Partner heißt van der Werft?«

»Kann sein«, sagte Christina. »Ich nenne ihn nur Henning. Hat so ’ne spitze, lange Nase.« Sie kicherte. »Eigentlich sieht der total verboten aus. Aber wenn der an mir rumoperiert, dann sehe ich ihn ja nicht, dann schlafe ich schon. Vorher sehe ich immer nur Dietz, und der sieht deutlich besser aus.«

Es stimmt schon, was die Leute sagen, dachte Sina. Die Welt ist wirklich klein.

23.

Diesmal hat sein Entführer ihm Hand- und Fußgelenke dick mit Klebeband umwickelt. Außerdem noch die Knie, was jede Bewegung zusätzlich erschwert. An Bewegung aber ist sowieso nicht zu denken; sein gesamter Körper ist ein einziger Klumpen Schmerz, und jedes Muskelzucken steigert die Pein ins Unerträgliche. Hat sein Entführer ihn vielleicht wieder geschlagen und getreten, aus lauter Wut über den nur knapp vereitelten Fluchtversuch? Möglich, aber mitbekommen hat er nichts davon, die Treppenstufe hat ihn gründlich ausgeknockt. Vielleicht ist er ja auch an den Fußknöcheln die ganze Treppe hinunter geschleift worden, und die vielen schmerzhaften Prellungen und Schrammen rühren daher.

Oder – hat ihm sein Peiniger etwa wieder eine Spritze gesetzt?

Nein, denkt er, nein, das fühlt sich anders an. Ganz anders. Viel schlimmer. Ein Gedanke, an den er sich klammert und von dem er hofft, dass er ihn trägt.

Wehe, es stellt sich heraus, dass er sich täuscht!

Wehe, tja. Wehe wem? Wen kann er verfluchen? Sein Stoßgebet zu Gott ist ins Leere gestoßen. Sinnlos, noch einen Fluch hinterherzuschicken. Ins Nichts. Vakuum statt himmlisches Paradies, das sagt die Physik ja schon lange. Und die Physik, das ist seine Welt, dort ist er zu Hause, nicht in der Metaphysik. Er ist Arzt, also Wissenschaftler, was hat er hier überhaupt zu glauben und zu beten? Gar nichts!

Also auch nichts zu hoffen. Das ist das Problem.

Ist *das* sein Problem? Nein, korrigiert er sich, *mein*

Problem ist, das ich in diesem Keller hier verschimmeln und verfaulen werde. Zusammen mit meinem Kollegen und Partner Henning van der Werft.

Er kann den anderen flach atmen hören. Scheint immer noch bewusstlos zu sein. Wurde er schon gespritzt? Wer weiß. Aber es sieht wohl so aus, dass Henning das Gleiche bevorsteht, das er schon erdulden musste.

Spürt er da eine leise Dankbarkeit? Dass sein Peiniger jetzt ein neues Ziel für seine perversen Aktionen hat, dass der Typ vielleicht von ihm ablässt, um sich ausgiebig mit dem frischen Opfer zu befassen? Ist das für ihn schon ein Grund zu hoffen? Womöglich gar ein Grund zu danken, Gott zu danken, dass der ein zweites Opferlamm geschickt hat? Wie verächtlich wäre das denn.

Dann wird er sich wohl verachten müssen, stellt er fest. Genau das ist nämlich tatsächlich sein Wunsch, seine Hoffnung. Dass Henning an seiner Stelle leiden muss, wenigstens eine Weile lang. So denkt er, so fühlt er, das ist nicht zu leugnen.

Es ist seine einzige Hoffnung.

Und dann? Das Todesversprechen steht im Raum, und nichts spricht dagegen, dass es irgendwann in naher Zukunft eingelöst wird. Vielleicht jetzt, da ihr Entführer seine beiden Opfer beisammen hat? Oder will er etwa noch mehr?

Aber warum?

Kann es dafür überhaupt eine rationale Erklärung geben?

Vielleicht. Aber eher nicht. Oder doch? Henning van der Werft und Dietz Lichterfeld, das Erfolgsduo der regionalen Medizin- und Finanzszene, nein, das kann kein

Zufall sein. Der Mann wollte genau sie beide, und jetzt hat er sie.

Lohnt sich die Frage nach dem Warum noch?

Er hat sich die Frage natürlich schon oft gestellt. Wenn auch nicht so oft, wie er wohl vermutet hätte, wäre er in einer anderen Situation danach gefragt worden. Andere Fragen haben sich vorgedrängt, keinen Aufschub geduldet, lauter gebrüllt: Reicht die Kraft für den nächsten Atemzug? Werden mich die Schmerzen wahnsinnig machen, oder ist das schon geschehen? Wann gibt es die nächsten Folterspritzen? Und vor allem: Wie lange habe ich noch?

Der Kerl hat sich keine Mühe gegeben, sein Gesicht vor ihm zu verbergen. Selten nur ist es hell genug gewesen, um etwas zu erkennen, aber was er gesehen hat, sagt ihm nichts. Ein Dutzendgesicht, das ihm zwar vage bekannt vorkommt, das er aber nicht zuordnen kann. Der Mann hat mit ihm gesprochen, mit gedämpfter Stimme. Auch die Stimme erinnert ihn an jemanden, mit dem er schon zu tun gehabt hätte. Das ist aber auch schon alles.

Vielleicht hätte er sich näher mit den Menschen befassen sollen, die um ihn herum diese Welt bevölkern. Hat er aber nicht. Ein Dietz Lichterfeld hat sein Augenmerk stets nur auf die Menschen gerichtet, die wichtig waren. Und das sind nie sehr viele gewesen.

Was also will der Mann von ihm? Was will er von ihnen beiden? Seit Henning hier ist, wird ihm ihr Schicksal umso rätselhafter, je länger er darüber grübelt. Wenn sie nicht die Zufallsopfer eines Irren sind, was sind sie dann? Geiseln eines Erpressers? Aber von Forderungen ist nie die Rede gewesen, nicht ein Wort. Und welcher Geiselnehmer behandelt seine Geiseln dermaßen bestialisch, ehe Geld geflossen ist? Mehr als einmal hat er sich so dicht an der Schwelle zum Tod gesehen, es ist beinahe ein Wunder, dass er überhaupt noch lebt. Wer macht so was?

Solange er alleine hier lag, hat er trotzdem noch vermuten können, dass sein Entführer sich bei Melina, seiner Frau, gemeldet und Forderungen gestellt hat. Er hat sich an die Vorstellung geklammert, Melina könnte alles an Geld zusammenkratzen, was da ist, jedes Konto bis an die Grenze belasten, jeden Kreditrahmen nutzen, jedes Besitzstück von Wert zum Pfandleiher tragen, um ihn auszulösen. Aber das taugte höchstens als Spielchen, um seine Gedanken zu beschäftigen und die Nerven zu beruhigen, was nie geklappt hat. Er hat ja gewusst, dass es nicht so sein kann, sein Peiniger hat sich ja deutlich genug geäußert. Trotzdem, ein Strohhälmchen war es doch.

Jetzt ist das anders. Henning ist alleinstehend, Henning ist misstrauisch, Henning vertraut niemandem und nur sehr ungern jemandem etwas an. An Henning van der Werfts Geld kommt man nur über Henning selbst heran. Jedenfalls zu dessen Lebzeiten. Welche Regelungen Henning für den Fall seines Ablebens getroffen hat, weiß er nicht. Aber davon hat ihr Entführer ja auch nichts.

Nein, der Irre will kein Geld. Leider. Der ist auf etwas anderes aus. Wenn er nur wüsste, was das ist! Womöglich könnte man verhandeln. Obwohl …

Das Todesversprechen steht im Raum. Überdeutlich.

Er ist so mit seinen Gedanken beschäftigt, dass er die Schritte beinahe überhört hätte. Schon knirscht der Schlüssel im Schloss, knarrend schwingt die Tür auf. Der Schatten seines, ihres Peinigers teilt den schmalen Teppich aus fahlem Licht, der in ihren Kerker fällt. Er ist wieder da! Und er hat sein Spritzbesteck in der Hand.

Oh Himmel, Herrgott …

Er wirft ihm nur einen kurzen Blick zu, geht an ihm vorbei, hockt sich vor seinem neuen Opfer hin. Oh Herr, danke, Herr! Vor Angst, Lust und Scham krampft sich sein Unterbauch zusammen. Ein Gefühl, als ob er gleich ejakuliert. Was bin ich denn für ein Schwein, denkt er. Aber es hat ihn im Griff, lässt ihn nicht los.

Der Entführer grunzt. Ein leichtes Klatschen ist zu hören, aha, er will ihn wecken. Wasser gluckert. Henning van der Werft röchelt und hustet. Sein Atem bleibt flach, rasselt jetzt nur etwas.

Der Entführer erhebt sich. »Dann eben später«, murmelt er vor sich hin. »Auch egal. Es ist sowieso noch zu hell.« Er verlässt den Bunkerraum, zieht die Tür hinter sich zu, schließt ab. Die Schritte entfernen sich.

Diesmal lauscht er, bis sie endgültig verklungen sind. Der Irre hat die Spritzen wieder mitgenommen, denkt er. Gott sei Dank.

Dann denkt er: Heute Nacht also.

24.

»Hallo? Ist hier jemand?« Berühmte letzte Worte, dachte Stahnke, als er die Tür aufdrückte.

Verschlossen war sie nicht, wie denn auch – dort, wo das Schloss hätte sein sollen, klaffte ein Loch im Holz des Türblatts. Aber unbefugtes Eindringen blieb unbefugtes Eindringen.

Und wenn schon. Der Hauptkommissar schob sich über die Schwelle, schön langsam, nach allen Seiten sichernd, die Hand an der Dienstwaffe. »Hallo?«

Keine Antwort, kein Laut. Dem ersten Anschein nach war niemand hier. Was natürlich noch nichts heißen musste.

Er ließ seinen Blick schweifen. Was für eine Bruchbude! Stahnke hatte bereits einen Hausumbau hinter sich und damit eine gewisse Vorstellung, wie viel Geld Heiko Grendel in diesen Kasten würde stecken müssen, um daraus ein akzeptables Restaurant zu machen. Überschlägig kam er auf eine halbe Million. Bei entsprechenden Sonderwünschen konnte das freilich noch deutlich mehr werden. Dabei war dieses Gebäude weder besonders schön noch fand Stahnke die Lage wirklich ansprechend. Lohnten sich solche Investitionen denn überhaupt?

Na ja, dachte er, es ist ja nicht Grendels Geld, das er hier reinstecken will. Und wenn seine Geldgeber mitziehen – was sollte ihn dann noch hindern?

Wie auch immer, das war nicht Stahnkes Sorge, deswegen war er nicht hier. Der Elektrokarren, dachte er, wo mochte der sein? Allzu viele Möglichkeiten gab es ja nicht, erster Stock und Keller kamen kaum in Betracht. Am besten suchte er systematisch das Erdgeschoss ab.

Das tat er – erfolglos. Schließlich stieß er auf die Tür zu einem hölzernen Anbau von der Größe einer Doppelgarage. An den Wänden lagerte allerhand Gerümpel, in einer Ecke stand eine Werkbank. Die Mitte des Raumes war leer.

Stahnke bückte sich, leuchte mit seiner Minitaschenlampe den Boden ab. Da waren Reifenspuren, die zu einer großen, zweiflügeligen Tür hin verliefen, außerdem roch es nach altem Gummi. Die Türflügel hatten Schleifspuren auf dem verstaubten Boden hinterlassen. Der Hauptkommissar richtete sich auf. Ein weiterer Rundblick. Aha, der Kasten dort auf der Werkbank war ein Batterieladegerät. Daneben ein aufgerolltes Kabel.

Tjabbe Grendels Elektrokarren existierte also noch. Und er funktionierte. Und er war weg. Kam er als Tatfahrzeug in Frage?

Wenn ja, wer hatte ihn gefahren? Erste Wahl: Heiko Grendel. Natürlich konnte sich auch jeder andere Zutritt zu diesem Haus verschaffen, wie er selbst gerade demonstriert hatte, aber immerhin war es Grendels Haus, wenn auch vorerst noch inoffiziell. Also Heiko Grendel. Aber mit welchem Motiv? Henning van der Werft war sein Finanzier, ohne den nichts lief, und er hatte – im Gegensatz zu Dietz Lichterfeld – bisher keinerlei Bedenken am gemeinsamen Projekt geäußert. Grendel sollte ihn lieber in Watte packen anstatt ihn niederzuschlagen und abzutransportieren. Nein, das ergab keinen Sinn.

Es sei denn, die Dinge lagen etwas anders. Was, wenn inzwischen eine kleine Kettenreaktion eingetreten war?

Wenn Lichterfeld mit seinen Skrupeln seinen Partner angesteckt hätte? Stahnke korrigierte sich; Skrupel waren van der Werft anscheinend fremd. Aber wenn Lichterfeld tatsächlich nicht mehr mitziehen wollte, konnte es dann nicht sein, dass van der Werft nicht bereit war, das finanzielle Risiko allein zu tragen? Was seinen Rückzug zur Folge gehabt hätte. Und Heiko Grendel hätte schön im Regen gestanden.

Okay, mächtig sauer wäre er gewesen, klar. Aber was konnte er durch eine Entführung gewinnen?

Hm. Einiges. Er konnte van der Werft zwingen, bindende Unterschriften zu leisten – auch wenn deren Gültigkeit natürlich im Nachhinein angefochten werden konnten. Es kam darauf an, wie schnell und planvoll er vorging. Er konnte van der Werft zum Beispiel veranlassen, Gelder zu ihm zu transferieren, und konnte diese Gelder auf anderen Konten verstecken, ehe er sein Opfer wieder freiließ. Oder seine beiden Opfer, wer konnte das wissen.

Stahnke schüttelte den Kopf. Nein, Räuberpistole, entschied er. Damit käme der niemals durch. Nicht, wenn er vorhat, anschließend am angestammten Ort zu bleiben und ein bürgerliches Leben zu führen. Die beiden Ärzte, vor allem van der Werft, würden keine Ruhe geben, die würden ihm die Hölle heißmachen.

Es sei denn, er brachte beide um, nachdem sie ihm verschafft hatten, was er wollte.

Stahnke stützte sich an der Wand ab. Seine eigene Schlussfolgerung hatte ihn buchstäblich aus dem Gleichgewicht gebracht. War es denkbar, dass Heiko Grendel, dieser Loser, dem keiner seiner Mit-Insulaner irgendetwas zutraute, derart weit ging? Natürlich war das denkbar, er, Stahnke, tat es ja gerade. Und gekränkte Ehre und verletzter Stolz waren höchst gefährliche Triebfedern. Heiko Grendel, der vielfach Gescheiterte, wollte es einmal allen zeigen, unbedingt. Er hatte sich schon weit aus dem Fenster gelehnt. Und jetzt sollte es wieder eine Pleite werden? Das durfte er nicht zulassen. Um keinen Preis …

Verdammt.

Stahnke eilte zurück zur Eingangstür, fingerte in der Tasche nach seinem Mobiltelefon, um Lüppo Buss über seine neuen Erkenntnisse zu informieren. Dabei passierte er die Kellertür. Nach ein paar Metern stoppte er ab, drehte sich um. Hier? Konnte das möglich sein? Aber Tjabbe Grendel war doch gerade erst gestorben!

Andererseits, überlegte der Hauptkommissar weiter, hatte sich der Tod von Heiko Grendels Onkel schon lange angekündigt; ohne Grund ging niemand in ein Hospiz. Heiko mochte also schon seit Wochen hier ungehindert ein und aus gegangen sein. Zeit genug, um alles zu erkunden. Und vorzubereiten.

Spekulationen halfen nichts, er musste nachschauen.

Die Kellertür war aus Stahl, die Stufen bestanden aus Beton. Das Licht funktionierte nicht, aber er hatte ja seine Mini-Lampe. Unten im Gang fielen ihm dicke Rohre und große Ventilräder auf. Ein alter Bunker, eindeutig. Das ließ auf das Baujahr dieses Gebäudes schließen. Kein Wunder, dass es so marode war.

Er fand einen weiteren altmodischen Lichtschalter und drehte den Knopf. Diesmal flammte eine Glühbirne auf, die unter einem dreckigen Glassturz in einem Drahtkorb steckte. Auch das wirkte ganz schön martialisch. Stahnke steckte seine Taschenlampe ein. Zwei Türen zweigten vom Gang ab. Mal schauen, ob sie verschlossen sind, dachte er.

Von irgendwo her hörte er ein Geräusch. Es klang wie ein Scharren. Waren das Schritte, oder machte sich jemand an einer dieser Türen zu schaffen?

Das Geräusch wiederholte sich. Nein, es kam nicht von den Türen hier. Es kam ... von hinten. Von oben. Nochmals verdammt! »Hallo!«, rief er laut. »Ist da jemand? Polizei!« Er zog seine Pistole und rannte zurück zur Treppe.

Mit einem lauten Knall wurde die Stahltür oben zugeschlagen. Knirschend drehte sich der Schlüssel im Schloss.

»He, verdammt! Polizei! Lassen Sie das! Machen Sie die Tür auf!« Stahnke stürmte die Treppe hinauf und hämmerte gegen die stählerne Tür. »Los jetzt! Aufmachen!«

Unten im Kellergang erlosch das Licht.

25.

Lüppo Buss wusste nicht mehr, wo ihm der Kopf stand. So viele Leute wie jetzt hatte er noch nie zur Verfügung gehabt. Um nicht zu sagen: unter sich. Aber wovon er bisweilen schon geträumt hatte – nämlich im Sommer, wenn mehr Touristen als üblich verrückt spielten und er und seine wenigen Kollegen, die ihn während der Hochsaison unterstützten, einfach nicht genügend Hände hatten –, das erschien ihm jetzt wie ein Albtraum. Alle wollten etwas von ihm, jede Frage wurde an ihn verwiesen, jede Information ging an seine Adresse. Und kaum hatte er alle, die mit der Fähre vom Festland herübergekommen waren, eingeteilt, eingewiesen und mit kopierten Fotos der beiden Verschwundenen versehen, da lief auch schon die nächste Fähre ein, und neue, arbeitswillige Beamte bauten sich vor ihm auf und forderten mit großen Augen Einteilung und Einweisung. Von ihm! Wie kamen die eigentlich alle darauf, dass er hier den Überblick hatte?

Und nicht nur das. Kaum waren weitere Trüppchen eingeteilt, schon kamen die zuerst Losgeschickten mit ersten Resultaten zurück. Siehe da, einigte der Befragten glaubten sich tatsächlich daran zu erinnern, Dietz Lichterfeld oder Henning van der Werft in den letzten Tagen gesehen zu haben. Diese Aussagen galt es jetzt zu überprüfen, auf Exaktheit und Glaubwürdigkeit hin zu kontrollieren, Übereinstimmungen festzustellen. Fand man welche, stand die nächste Phase dieser Aktion an. Einer Aktion, die unterdessen größer und größer wurde.

Verdammt, warum ich, dachte Lüppo Buss und stöhnte

vor sich hin. Hatten wir nicht vereinbart, dass Stahnke die Leitung übernimmt? Ja, das hatten wir. Und was ist? Ich tobe hier zwischen Fähranleger und Bahnhof hin und her wie ein rollender Furz auf der Gardinenstange, und der feine Herr sitzt in meinem Büro auf meinem schönen, warmen Stuhl und führt gemütlich ein paar Telefonate. Hat er jedenfalls gesagt. Weil sein Kopf noch brummt, soso, dass ich nicht lache! Wie lange ist das denn eigentlich schon wieder her? Er kam ja nicht einmal mehr dazu, auf die Uhr zu schauen! Dabei ging es doch bestimmt schon auf die Abendbrotzeit zu.

Na warte, dachte der Inselpolizist, den Herrn Hauptkommissar werden wir jetzt mal in die Senkrechte bringen. Der soll gefälligst antanzen und mich hier unterstützen, ehe ich ganz und gar absaufe!

Während er auf dem Handy seine eigene Dienststellennummer wählte, ging ihm durch den Kopf, dass die ja womöglich besetzt sein würde, falls Stahnke immer noch Telefonrecherche betrieb. Die Sorge war jedoch unbegründet, der Ruf ging raus.

Aber es ging keiner ran.

Wo mochte der Kerl sein? Lüppo Buss drückte die Kurzwahl für Stahnkes Handy. Eine Automatenstimme ertönte: »Die gewählte Nummer ist momentan nicht erreichbar.« Auch das noch! Wie kam denn der Mann dazu, während der laufenden Ermittlungen einfach mal sein Mobiltelefon abzustellen?

Oder aber er steckte in einem Funkloch. Dann hatte er wohl das Büro an der Kaapdüne verlassen und war hoffentlich auf dem Weg hierher.

Der Oberkommissar kam nicht dazu, sein Handy wieder

einzustecken; schon klingelte es erneut. Resigniert drückte er den Annahmeknopf und meldete sich vorschriftsmäßig.

»Lüppo? Bea hier. Sag mal, was ist hier eigentlich los?«

»Bea.« Lüppo Buss schnaufte. »Moin. Du, tut mir leid, im Moment habe ich leider überhaupt keine Zeit ...«

»Das meine ich ja. Auf einmal sind hier überall Polizisten unterwegs, alles ist in Aufregung. Man hört die wildesten Gerüchte. Was wirklich los ist, will ich wissen. Alles wegen der Sache mit Heiko Grendel?«

»Ja, äh, nein, ich meine ...« Der Inselpolizist rief sich zur Ordnung. Jetzt war nicht die Zeit für die übliche Lockerheit. »Leider darf ich dir überhaupt keine Auskunft geben. Aus dienstlichen Gründen, verstehst du? Oder vielmehr ermittlungstechnischen. Sorry. Du musst dich gedulden, wie alle anderen auch.«

»Was soll das denn heißen?« Bea Wulff war leicht auf die Palme zu bringen, und sie dachte nicht daran, das zu verheimlichen. »Was redest du denn mit mir wie so 'n Fernseh-Cop! Vergiss ja nicht, wo du hier bist. Auf Langeoog bleibt sowieso nichts lange unter der Decke, das weißt du doch genauso gut wie ich.«

»Weiß ich. Trotzdem.« Lüppo Buss wand sich; am besten, er beendete das Gespräch einfach ohne weitere Kommentare, sonst verplapperte er sich noch. Andererseits hatte Bea gute Kontakte zu Renko Heidergott. Vielleicht ... »Du, Bea«, platzte er heraus, »hast du eine Ahnung, wo Renko steckt?«

»Renko?« Eine Sekunde lang herrschte beredtes Schweigen am anderen Ende der Verbindung. »Ihr sucht nach Renko? Mit solch einem Aufgebot? Also sag mal, wozu soll das denn gut sein? Was soll der arme Kerl denn angestellt haben, dass ihr so viel Aufwand betreibt? Wegen der Kloppe für Heiko allein würdet ihr das doch nicht machen. Komm, sag, was steckt wirklich dahinter?«

Lüppo Buss fing an zu schwitzen. Da hatte er sich ja schön vergaloppiert! »Was ist, weißt du es nun oder nicht?«, drängelte er.

»Wer, ich? Nee.« Es raschelte im Hörer, dann ertönte ein Tuten. Bea hatte die Verbindung unterbrochen.

Der Inselpolizist fluchte leise vor sich hin. Das war ja gründlich schiefgegangen! Wenn Bea mit Heidergott zusammensteckte, dann war der jetzt gewarnt. Tolle Wurst! Jetzt wurde alles noch komplizierter.

Wo steckte bloß dieser Stahnke, wenn er ihn mal brauchte?

26.

»Frau Duismann! Sie noch hier draußen, so ganz alleine?«

Sina konnte die Bemerkung nicht unterdrücken, so sinnlos, ja schädlich sie auch war. Natürlich war Abendessenszeit, das wusste Mareike Duismann genauso gut wie sie. Aber während Sina nur schnell ins Freie gegangen war, um sich an der frischen Luft noch etwas Appetit für die anstehende Mahlzeit zu holen, hatte ihre Patientin natürlich andere Gründe, sich auf dem Platz vor dem Haupteingang der Klinik aufzuhalten statt im Speisesaal. Was für gesunde Menschen ein Genuss war und für kranke eine schwierige Aufgabe, das war für sie eine Qual. Vor der sie lieber flüchtete. Wer wollte ihr das verdenken?

Na ja, sie sollte das tun, sie und alle anderen, die um die Gesundheit dieser armen Frau besorgt waren. Nur: Was half es, die Frau zu quälen, wenn man dadurch doch keinen Schritt weiterkam?

Mareike Duismann richtete sich in ihrem Rollstuhl auf. Sie lächelte ein schmerzliches Lächeln. »Vorläufig will man es beim Tropf bewenden lassen«, sagte sie müde. »Erst einmal keine Magensonde. Auch keine Verlegung aufs Festland. Aber unterschwellig drohen sie damit, natürlich ohne offen Druck aufzubauen, darin sind sie ja ganz groß.« Ihr schwacher Seufzer klang wie das Fiepen eines kleinen getretenen Tieres. »Aufs Festland! Intensivstation! Und das, wo Dieter sich gerade hier auf der Insel eingerichtet hat. Das wäre richtig bitter.«

Dieter? Richtig, ihr Mann. »Wo ist Ihr Mann denn

eigentlich, wollte er Sie nicht besuchen kommen?« Themenwechsel, dachte Sina, auch eine Art Flucht.

»Ja, sicher, er war ja auch schon hier«, beeilte sich Mareike Duismann zu erwidern. »Aber er hat doch momentan noch so wenig Zeit. Musste gleich wieder weg. Das wird aber besser, das hat er mir versprochen.« Der tapfere, zuversichtliche Ausdruck, den sie auf ihre totenkopfähnlichen Züge zwang, war für Sina kaum zu ertragen.

»Keine Zeit? Für Sie? Warum, ich meine, wenn er doch sowieso schon hier ist …«

»Ach, ich hatte Ihnen doch gesagt, wie eng es bei uns aussieht, finanziell, meine ich. Deswegen hat Dieter hier einen Job angenommen. Das ging nur, weil er sich bereit erklärt hat, auch an Sonn- und Feiertagen zu arbeiten, sagt er.« Sie nickte ernsthaft, wie ein Schulkind, das im Unterricht gut aufgepasst hat. »Ab morgen, sagt er, hat er wieder alle Zeit der Welt für mich.« Sie strahlte ihre Therapeutin an: »Alle Zeit der Welt, hat er gesagt.«

Sina konnte nicht anders, sie musste auf Mareike Duismanns Zähne starren. Auf den ersten Blick war an diesem Gebiss nichts Ungewöhnliches; weder war es besonders gleichmäßig, noch stand einzelne Zähne schief. Auch die Farbe war normal, gerade nicht so hagelweiß, dass es unnatürlich gewirkt hätte. Aber bei genauerem Hinsehen gab es doch ein paar Auffälligkeiten. Einige Zähne wichen farblich leicht ab, einer davon schien über dem Zahnfleisch zu schweben, was auf eine Brücke schließen ließ. Andere Zähne wiesen an der Vorderseite Füllungen auf. Ja, an diesem Gebiss musste schon viel gearbeitet worden sein. Da war sicher eine Menge Geld in die Kassen der Ärzte und ihrer Klinik geflossen.

Sina wandte ihren Blick ab – zu spät. Mareike Duismann hatte ihn bemerkt. Schnell presste sie ihre Lippen aufeinander. Ihre Miene gefror.

Jetzt ist es auch egal, dachte Sina. »Mareike, erzählen Sie doch mal«, platzte sie heraus. »Wie war das bei dieser Kiefer-Operation? Was ist da schiefgelaufen?«

Die Augen ihrer Patientin weiteten sich, und sie begann so heftig ihren Kopf zu schütteln, dass Sina um ihre Halswirbel fürchtete. »Nein«, stieß Mareike Duismann hervor, »nein, nein. Alles ist gut gelaufen, alles gut. Da war nichts. Alles in Ordnung. Alles gut.«

Sina kniete sich vor Mareike Duismann Rollstuhl aufs die Pflastersteine und legte ihre Hände auf die ihrer Patientin. »Mareike, ich glaube Ihnen ja«, sagte sie sanft. »Am Ende war alles gut. Sie sind hier, Sie leben. Aber bitte, lassen Sie uns trotzdem darüber sprechen, was bei dieser OP vorgefallen ist. Wie sie verlaufen ist. Erzählen Sie es mir, ja?«

Mareike Duismann schüttelte weiterhin den Kopf und hielt ihren Blick von Sinas abgewandt. Aber ihre Hände zog sie nicht weg.

»Er ist doch ein guter Arzt«, flüsterte sie. »Er weiß doch, was er tut. Er hat alles richtig gemacht.«

»Was hat er denn gemacht?«, fragte Sina ebenso leise.

»Er hat gesagt, immer diese Vollnarkosen, das ist auf Dauer nicht gut«, hauchte Mareike Duismann. »Damit hat er ja auch recht. Und trotzdem ... Sie müssen wissen, er verdient ja viel mehr an einer Vollnarkose, also war es doch sehr nett von ihm, dass er zuerst an mich gedacht hat und nicht ans Geschäft, nicht?«

Wäre ja auch wohl noch schöner, dachte Sina. Aber sie wusste inzwischen allerhand über Krankenhäuser und

Kliniken und die Gesetze, nach denen sie funktionierten. Und sie wollte das, was da gerade im Aufkeimen begriffen war, nicht durch eine unvorsichtige Bemerkung ersticken. Also nickte sie.

»Er hat alles richtig gemacht«, wiederholte Mareike Duismann mit kräftigerer Stimme. »Er weiß, was zu tun ist. Er ist nicht nur Doktor, er forscht auch auf seinem Gebiet! Er kennt sich wirklich aus.« Sie wurde lauter; kleine Speichelflöckchen zeigten sich auf ihren ausgedörrten, spröden Lippen. »Und es war doch gar nicht seine Schuld! Alles wäre gut verlaufen, wenn nicht dieser Blödmann …« Ihre Stimme überschlug sich. Sie hielt inne, sog rasselnd Luft ein, schluckte unkontrolliert. Ein Hustenanfall folgte, als wehre ihr Körper sich jetzt schon dagegen, auch nur körpereigene Sekrete die Speiseröhre hinunter zu befördern.

Sina nahm ihre Patientin in den Arm, stützte sie, rieb ihr den Rücken, bis der Anfall vorbei war. »Alles gut«, sagte sie, »alles gut. Ganz ruhig. Ist ja vorbei.« Als Mareike Duismann zu husten aufgehört hatte, behielt Sina ihre Haltung bei, ließ das Reiben in leichte Streichelbewegungen übergehen. »Er konnte also gar nichts dafür, richtig?«

»Nein, konnte er nicht«, sagte die Frau im Rollstuhl mit vom Husten heiserer Stimme. »Er hat mir ein Mittel gegeben, das mir die Angst nehmen sollte. Du bist heiter und gelöst und alles ist dir schnurzpiepegal, hat er gesagt. Und das stimmte! Genau so habe ich mich gefühlt. In dem Zustand hätte wer weiß was passieren können, und ich hätte darüber gelacht.« Sie stockte, hielt sich mit beiden Händen den Unterkiefer, so dass man die nächsten Worte kaum verstehen konnte: »Aber doch nicht das.«

Sina biss sich auf die Lippen, fragte nicht, streichelte nur weiter.

Nach einer Weile nahm Mareike Duismann die Hände wieder vom Gesicht. »Der Zahnarzt hatte sich bei der örtlichen Betäubung für ein anderes Medikament entschieden«, flüsterte sie. »Ohne sich mit seinem Kollegen, der die Anästhesie machte, abzusprechen. Er hat außerdem zu viel davon genommen, weil er noch keine Erfahrung damit hatte, er hat sich einfach verrechnet. Und er hat falsch gespritzt. So ist das dann passiert.« Sie nickte ernsthaft. Tränen rannen ihr über die Wangen, ohne Vorwarnung, als hätten sich Schleusen geöffnet. Ihr Mund stand halb offen, und ihr Blick war über Sinas Schulter in weite Fernen gerichtet. Es war, als schaue sie unendliches Leid und leide dabei ebenso stark an ihrer Unfähigkeit zu helfen, an ihrer Hilflosigkeit. Sina ahnte, dass es das eigene Leid war, das ihre Patientin da sah.

»Es lief alles anders«, sagte sie mit einer Stimme, ebenso fern wie ihr Blick. »Ich sah alles glasklar, bekam alles so genau mit wie unter einer Lupe, einem Mikroskop. Jedes kleine Detail. Nur tun konnte ich nichts mehr, denn ich war gelähmt. Es war alles umgekehrt!« Ihre Augen zuckten, sie keuchte, als stoße ihr Kopf nach langem Tauchen durch die Wasseroberfläche. Plötzlich schien sie Sina wieder wahrzunehmen. »Es war genau umgekehrt!«, wiederholte sie. »Ich konnte alles sehen, ich konnte alles spüren, den Schmerz, die Angst, alles. Aber ich konnte nichts mehr sagen. Mein Mund, meine Stimmbänder, alles war gelähmt. Und dann spürte ich, wie ich nach und nach die Kontrolle über alle meine Muskeln verlor.«

Sie schloss die Augen, schüttelte sich, öffnete die Lider

wieder, schaute Sina direkt an, umklammerte mit den Händen ihre Oberarme. »Kennen Sie das mit Sokrates, dem griechischen Philosophen? Den man zwang, den Schierlingsbecher zu leeren? Dessen Körper soll auch gefühllos geworden sein, aber von unten nach oben, von den Füßen an. Als die Wirkung des Giftes oben angelangt war, starb er. So ist es überliefert. Bei mir war es anders herum. Es fing oben an und breitete sich nach unten aus.«

»Bis ganz nach unten?«, fragte Sina mitfühlend, ohne nachzudenken.

»Das weiß ich nicht«, erwiderte Mareike Duismann. »Denn als es meine Brust erreichte, merkte ich, dass ich nicht mehr richtig atmen konnte. Atmen ist eine Sache der Muskeln, wussten Sie das? Unsere Lungen können alleine gar nichts machen, das sind nur ein paar Blasebälge, die auseinander gezogen werden müssen, damit da Luft hineinströmt. Das besorgen die Brustmuskeln und das Zwerchfell.« Sie atmete betont tief ein, so dass ihre magere Brust sich weitete. »Als meine Brustmuskeln gelähmt waren, wurde das Atmen schon sehr schwer. Es war, als müsste ich in meinem eigenen Körper ersticken, als müsste ich ertrinken! Nur das Zwerchfell arbeitete noch. So hielt ich mich mit größter Mühe irgendwo zwischen Leben und Tod. Ich konnte nichts sagen, ich konnte keine Handzeichen geben, nicht einmal mehr mit den Augen rollen. Irgendwann fielen mir meine Beine ein, und ich fing an, mit den Füßen zu zucken.«

»Und? Was ist dann passiert?«, fragte Sina.

»Dann«, sagte Mareike Duismann, »dann hat diese Sprechstundenhilfe meine Beine mit einem Riemen fixiert.«

Auch bei Sina öffneten sich die Schleusen. Sie weinten stumm, Wange an Wange. Die Ströme ihrer Tränen mischten sich.

»Es war zum Verzweifeln«, flüsterte Mareike Duismann irgendwann weiter. »Diese Hilflosigkeit! Ich konnte mir förmlich beim Sterben zugucken, während dieser Zahnarzt an mir herumfuhrwerkte, ohne einen Gedanken daran zu verschwenden, dass es mir vielleicht nicht gut gehen könnte. Dass ich vielleicht gerade dabei war, unter seinen Händen zu sterben. Und auch der Anästhesist hat nichts bemerkt. Ich glaube, Dietz war durch irgendwas abgelenkt.«

»Dr. Dietz Lichterfeld?«, fragte Sina ungläubig.

Ihre Patientin nickte. »Ja, genau.«

Die Welt, dachte Sina, ist gerade wieder ein Stückchen kleiner geworden.

»Er hat sich nachher unheimlich große Vorwürfe gemacht«, fuhr die Frau im Rollstuhl fort. »Weil auch er nicht gemerkt hatte, was gerade mit mir vorging. Dass ich nur deswegen so ruhig war, weil ich meine Panik nicht herausschreien konnte! Ich war schon so weit, ich dachte, gleich ist es vorbei, dann ist es überstanden. Aber dann kam es noch schlimmer.« Sie stöhnte auf. »Das war mein Glück.«

»Wieso?« Bitte, sprich weiter, dachte Sina. Vielleicht verstehe ich es ja dann.

»Meine Zunge rutschte mir in den Hals«, sagte Mareike Duismann. »Plötzlich war meine Luftröhre komplett verschlossen, nichts kam mehr durch, nicht einmal das bisschen, das ich vorher noch gerade so hatte einsaugen können. Ich war kurz davor, meine eigene Zunge zu verschlucken. Na gut, dachte ich, dann geht es eben etwas schneller vorbei. Soll mir recht sein.« Sie hustete. »Aber plötzlich merkten die Ärzte etwas. Das mit der Zunge fiel dann doch auf.«

Klar, dachte Sina. Dass jemandem, der plötzlich das Bewusstsein verliert und stürzt, die Zunge in den Hals rutschen, ihn ersticken oder durch Sauerstoffmangel schlimme Hirnschäden hervorrufen kann, das weiß heutzutage jeder, aus der Sportschau. Das wissen sogar die Dümmsten. Sogar Ärzte.

»Dietz ist sofort hergesprungen gekommen, hat Herrn Dr. van der Werft zur Seite gestoßen, zugefasst und meine Zunge wieder herausgeholt, ganz professionell«, berichtete Mareike Duismann weiter. »Dann erst hat er gemerkt, wie es wirklich um mich stand. Er hat sofort Alarm geschlagen. Und während der Notarzt unterwegs hat, hat er mich beatmet, damit ich erst mal wieder Sauerstoff bekommen. Damit es keine Spätfolgen gab, für mein Gehirn und so.« Ihr Blick ging wieder in weite Ferne: »Er hat Mund-zu-Mund-Beatmung bei mir gemacht. Er hat mir das Leben zurückgegeben. Das war ein herrliches Gefühl.«

Sina musterte ihr Gegenüber. Sie wird tatsächlich rot, dachte sie. Wie ein Backfisch.

»Herr Dr. van der Werft hat die ganze Zeit nur daneben gestanden und gesagt: ›Ich bin nicht schuld. Ich bin nicht schuld!‹, erzählte Mareike Duismann weiter. »Der Notarzt hat mich dann intubiert und mit Sauerstoff beatmet. Ich wurde ins Klinikum gebracht, dort wurde erst einmal eine Blutanalyse vorgenommen, dann wurden Gegenmittel gespritzt, glaube ich. Alles habe ich nicht mitbekommen, ich war zu geschwächt, aber auch zu erleichtert, dass ich doch noch am Leben war. Dietz Lichterfeld ist die ganze Zeit über dabei gewesen. Vom Chef der Anästhesie im Klinikum hat er sich einiges anhören müssen! Er hat nur genickt und nichts gesagt. Dabei ist er doch gar nicht schuld gewesen, ganz egal, was Herr van der Werft sagt.« Sie lockerte die innige Umarmung, löste sich daraus, ganz behutsam, wie um Sina nicht zu brüskieren,

Wie kann sie ihn nur so in Schutz nehmen, fragte sich Sina. Mag ja sein, dass er nicht allein schuld war, vielleicht nicht einmal in erster Linie. Aber nicht aufzupassen als verantwortlicher Arzt, abgelenkt zu sein, das reicht ja wohl auch!

Die ganze Zeit über hatte sie das Gefühl gehabt, dass die Schilderung ihrer Patientin sie an irgendetwas erinnerte. Jetzt fiel ihr wieder ein, woran. In den USA, einem der Länder, in denen noch Menschen hingerichtet wurden, tötete man die Delinquenten entweder mit dem elektrischen Stuhl, der Gaskammer oder der Todesspritze. Letztere bestand eigentlich aus mehreren Spritzen, die von einer per Knopfdruck ausgelösten Mechanik betätigt wurden. Zunächst bekam der Verurteilte ein Beruhigungsmittel, danach ein starkes Betäubungsmittel. Als Letztes folgte das Gift, das alle Muskeln lähmte und den Tod herbeiführte. Wenn alles nach Plan lief, bekam der Delinquent das nicht mehr mit. Aber wenn nicht … es gab Berichte, denen zufolge die Positionierung dieser Spritzen schon falsch vorgenommen worden war, versehentlich oder mit Absicht, wodurch sich die Reihenfolge der verabreichten Präparate veränderte. Der Verurteilte wurde dann nicht zunächst betäubt, sondern sofort gelähmt – und bekam seinen eigenen, langsamen Tod qualvoll mit, ohne auch nur einen Laut von sich geben zu können. Furchtbar, hatte sie gedacht, als sie zum ersten Mal davon gelesen hatte. Grauenhaft, barbarisch. Die sind doch pervers, diese Amis.

Genau so eine Perversion musste Mareike Duismann durchlebt haben. Fast bis zum Schluss. Und wenn sie erzählte, wie einer der Schuldigen sie mit seinem Mund, seinen Lippen gerade noch gerettet hatte, lief sie rot an. War das zu fassen?

»Dietz ist die ganze Zeit bei mir geblieben.« Mareike Duismann schien sich inzwischen entschieden zu haben, ihre Geschichte bis zum Ende zu erzählen – offenbar als eine Geschichte, an der sie selbst nur mittelbar beteiligt war, denn je weiter sie in ihren Schilderungen kam, desto weniger Emotionen ließ sie erkennen. »Ich erinnere mich daran, wie er sich zu mir herunterbeugte, als ich wieder einigermaßen klar denken konnte. Das war auf der Intensivstation im Klinikum. Dieter stand auf der anderen Seite meines Bettes.«

Was würde Stahnke tun, wenn mir so etwas widerfahren wäre, fragte sich Sina. Er tut ja immer so beherrscht, aber ich weiß, dass in ihm drin allerhand brodelt, das er beherrschen *muss*. Jedenfalls wäre es gut, wenn dann ein Bett zwischen ihm und dem anderen stünde. Besser das ganze Krankenhaus.

»Dietz hat sich bei mir entschuldigt, mehrmals«, sagte Mareike Duismann. »Und dann hat er die hundertfünfzig Euro aus der Tasche gezogen und mir hingehalten.«

»Was für hundertfünfzig Euro?« Sina schüttelte ungläubig den Kopf.

»Na, die Zuzahlung, weil ich doch einen Anästhesisten

in Anspruch genommen hatte«, erläuterte Mareike Duismann ganz ernsthaft. »Die Krankenkasse verlangt dabei eine Zuzahlung, kann man ja auch verstehen, sonst würde das ja jeder machen, und das führt dann zu Missbrauch. Das Gesundheitswesen ist auch so schon teuer genug.«

Sina fühlte sich in einen uralten Waschmittel-Werbespot versetzt, den sie mal in irgendeiner Dokumentation gesehen hatte: *Schau, jetzt hast du ein gutes Gewissen*. Unglaublich albern und klischeehaft war ihr der vorgekommen. Aber sie zwang sich dazu, bestätigend zu nicken.

»Diese hundertfünfzig Euro hatte Dieter vorher in bar am Empfangstresen bezahlen müssen«, sagte Mareike Duismann. »Er war noch etwas ärgerlich gewesen, weil er das vorher nicht gewusst hatte und daher sein letztes Bargeld zusammenkratzen musste. Und weil die junge Frau am Tresen recht zickig zu ihm war.« Sie lächelte entschuldigend. »Die jungen Dinger in den Arztpraxen müssen sich bestimmt allerhand anhören, da muss man schon verstehen, wenn die einen so ruppig behandeln. Das ist wohl reiner Selbstschutz.«

Klar, besonders denen gegenüber, die höflich oder vielleicht verunsichert sind, dachte Sina und fand sich ziemlich zynisch. Diese Frau lässt sich offenbar alles gefallen und hat für jeden Dreck Verständnis. Das darf auf keinen Fall so bleiben.

»Und warum hat er Ihnen das Geld zurückgegeben?«, fragte Sie nach.

»Er sagte, weil er für eine so schlechte Leistung ja kaum Geld verlangen kann«, antwortete Mareike Duismann. »Ich fand das sehr fair. Aber ich konnte meine Hände nicht bewegen, um das Geld zu nehmen. Also hat er es

Dieter gereicht, quer übers Bett, ohne ihn anzugucken. Er hat dabei immer nur mich angesehen.« Ein leichtes Schmunzeln zuckte über ihr Gesicht. »In diesem Moment ist mein Mann explodiert. Er hat geschrien und Dietz beschimpft und ihm gedroht, dass wir ihn verklagen würden und dass ihn das viel teurer kommen würde als diese lumpigen hundertfünfzig Euro, die ja noch nicht einmal seine wären. Das war schlimm, oh, war das schlimm.«

Kann ich nicht finden, dachte Sina. Endlich eine normale, angemessene Reaktion! Wenn auch leider nicht von Frau Duismann selbst.

»Dietz scheint davon aber gar nichts mitbekommen zu haben«, fuhr Mareike Duismann fort. »Er hat überhaupt keine Reaktion gezeigt. Als ob er so etwas total ausblenden kann. Als ob er Lider an den Ohren hätte.« Ein scheues Lächeln huschte über ihr Gesicht. »Dietz hat sich dann ganz freundlich verabschiedet, nur von mir natürlich, und ist gegangen. Dieter hat sich zu mir aufs Bett gesetzt. Ich habe ihm gesagt, dass ich auf keinen Fall will, dass wir irgendwen verklagen. Dietz nicht und auch nicht Herrn van der Werft oder das Krankenhaus. Weil mir das nicht gut tun würde, alles wieder und wieder durchleben zu müssen. Dass es besser wäre, wenn ich dieses furchtbare Erlebnis so schnell wie möglich vergesse. Und dass er mir dabei helfen soll.«

»Das nennt man Verdrängung«, sagte Sina leise, »es ist so ziemlich das Gegenteil von Verarbeitung oder Bewältigung.«

Mareike Duismann nickte. »Das hat Dieter auch gesagt. Aber ich habe nicht zugelassen, dass er etwas Unüberlegtes tut. Glaube mir, habe ich zu ihm gesagt, ich weiß wirklich am besten, was gut für mich ist. Und ich habe ihm das Versprechen abgenommen, sich in diesem Fall mal an das zu halten, was ich möchte. Unbedingt, wenn er will, dass ich wieder gesund werde.« Sie seufzte. »Er hat es mir versprochen. Leichtgefallen ist es ihm sicherlich nicht, aber er hat es getan.«

Nicht leicht gefallen? Ich wäre geplatzt, dachte Sina.

»Später ist Dietz, also Dr. Lichterfeld, dann noch einmal zu mir gekommen, als Dieter nicht da war, kurz bevor ich entlassen wurde. Er hat mich gefragt, wie wir uns denn entschieden hätten, ob wir klagen würden. Aber da konnte ich ihn beruhigen. Nein, habe ich gesagt, Dieter und ich werden alles unterlassen, was unnötige Erinnerungen wachrufen könnte. Das fand er schön, und er hat sich bedankt.«

Kann ich mir vorstellen, dachte Sina.

Mareike Duismann nestelte an ihrem Kragen, brachte das goldene Kettchen zum Vorschein, das Sina schon früher aufgefallen war, und zog einen Anhänger hervor. Es war eine Möwe mit ausgebreiteten Flügeln, fein gearbeitet aus massivem Gold. »Ein paar Tage später bekam ich ein Päckchen nach Hause, und darin war das hier«, sagte sie mit stolzem Lächeln. »Von Dietz! Mit einem schönen Brief, handgeschrieben, in dem er sich noch einmal entschuldigte und für mein Verständnis und meine Nachsicht bedankte. Die Möwe sei eine kleine Aufmerksamkeit, schrieb er, weil wir beide doch die Nordsee so lieben. Rührend, oder? So ein teures Stück!«

»Haben Sie es Ihrem Mann gezeigt?«

»Natürlich. Er fand die goldene Möwe auch sehr schön. Ich habe gesagt, dass wir Dr. Lichterfeld jetzt aber wirklich nicht mehr böse sein dürften. Da hat er genickt.«

Möwe, gut und schön, dachte Sina. Aber vielleicht hätte er besser ein Schaf genommen! Oder gleich ein Schafspärchen. Wie kann man sich nur so nach der Opferrolle drängen! Kein Wunder, dass *Opfer* heutzutage ein Schimpfwort ist.

Sie schaute auf ihre Armbanduhr. »Abendessen ist gleich vorbei«, sagte sie und erhob sich. »Was halten Sie davon, wenn wir in der Cafeteria einen Milchkaffee trinken? Und dabei erzähle ich Ihnen, was mir vorhin eingefallen ist. Ich glaube nämlich, dass ich endlich weiß, wie wir beide in der Therapie den entscheidenden Schritt weiterkommen können.«

Ihr zuversichtliches Strahlen schien auf ihre Patientin abzufärben. »Tatsächlich? Ach, das wäre ja schön«, erwiderte sie. »Was schwebt Ihnen denn da vor?«

»Konfrontationstherapie«, sagte Sina knapp. »Ich erkläre es Ihnen nachher. So packen wir Ihr Problem an der Wurzel.« Sie nahm sich vor, in ihrer Erklärung vorerst noch nicht zu weit zu gehen, um Mareike Duismann nicht gleich wieder zu erschrecken. Denn genau genommen würde die Therapie darin bestehen, genau das zu tun, was ihre Patientin so peinlich hatte vermeiden und verdrängen wollen. Womit sie sich so richtig schön in den Psycho-Sumpf geritten hatte.

Der Weg hinaus würde auch nicht angenehm werden. Aber er führte eben hinaus, und nur darauf kam es an.

Während Mareike Duismann schon Richtung Haupteingang rollte, rief Sina noch rasch Stahnke an, weil sie jemanden brauchte, mit dem sie diese gute Nachricht teilen konnte. Endlich, endlich der Durchbruch! Legal war das zwar auch nicht, weil sie natürlich über alles, was ihre Patienten betraf, Stillschweigen wahren musste, aber Stahnke tratschte nichts weiter.

Aber er war nicht erreichbar. Sein Handy hatte wohl keinen Empfang.

»Mensch, wo steckst du bloß schon wieder«, murmelte sie. Dann folgte sie ihrer Patientin zurück in die Klinik.

27.

Kein Netz. Natürlich. War das nicht immer so, wenn man sein Handy einmal wirklich dringend brauchte?

Aber vielleicht kam es ihm auch nur so vor, musste Stahnke zugeben. Außerdem war das hier ein Bunker, einer mit dicken, eisenarmierten Betonmauern und einer Stahltür. Da war jedes Handy entschuldigt.

Er stellte fest, dass er keinerlei Panik verspürte. Warum auch, hatte er doch schon in schlimmeren Lagen festgesteckt. Irgendwie war er immer herausgekommen, entweder war ihm etwas Rettendes eingefallen oder einem seiner Kollegen. So was prägt, dachte er. Gott sei Dank.

Dann fiel ihm ein, dass ja keiner seiner Kollegen wusste, wo er gerade steckte. Und auch sonst hatte er es niemandem erzählt. Das war freilich ärgerlich. Aber immer noch kein Grund, sich verrückt zu machen.

Wenigstens hatte er noch seine Taschenlampe, so stand er hier nicht im Dunkeln. Das mit dem Herausdrehen der Sicherung war natürlich ein übler Streich, aber so wusste er immerhin, dass er mit Absicht eingesperrt worden war. Denn dass ein eifriger Hauswart die Tür verschlossen und noch schnell aus Sparsamkeit die Hauptsicherung ausgeschaltet hatte, erschien ihm mehr als unwahrscheinlich. Danach sah das Haus nun wirklich nicht aus.

Die stählerne Ausgangstür oben an der Treppe hatte er natürlich als Erstes untersucht. Sehr stabiles Ding; sie öffnete sich nach außen, wohin denn auch sonst, so dass an die Angeln nicht heranzukommen war. Unten waren zwar zwei oder drei Zentimeter Luft, aber ohne

Brecheisen nützte ihm das gar nichts, seine Finger allein konnten nichts ausrichten. Vielleicht war mit dem Schloss etwas anzufangen, aber dafür benötigte er zunächst einmal ein passendes Werkzeug. Den Gedanken an seine Pistole verwarf er; die Gefahr durch Querschläger war viel zu groß.

Also tappte er zurück in den Kellergang. Der war nicht sehr lang; zwei Türen gingen seitlich davon ab. Hätte dieser Bunker nicht größer bemessen sein müssen? Dieses Haus war schließlich für Gäste gedacht, vielleicht war es sogar einmal ein Hotel gewesen. Da hatte wohl jemand damals bei der Planung zu kleinkariert gedacht. Oder nur an sich.

Er öffnete die rechte Tür. Eine Pfütze, die fast den ganzen Boden einnahm, reflektierte das Licht seiner Lampe. Die Außenwand wies lange Risse auf, aber natürlich kein Fenster. Damit hatte er auch nicht ernsthaft gerechnet. Aber einen Notausgang konnte es doch vielleicht geben, überlegte er. Hatten Bunker nicht so was? Sonst wurden sie im Falle eines direkten Treffers auf das Haus darüber doch schnell zur tödlichen Falle. Was nutzte es, wenn man im Bunker ein Bombardement überlebte, nur um dann unter Tonnen von Schutt nicht mehr herauszukommen und jämmerlich zu verhungern und zu verdursten?

Falle. Das hätte er jetzt nicht denken sollen.

Als er nach der Klinke der gegenüberliegenden Tür griff, hörte er ein Geräusch. Der Hauptkommissar erstarrte. Die Lampe, die er auf Augenhöhe hielt, knipste er aus, ohne die Hand herunter zu nehmen. War hier noch jemand außer ihm? Hatte es sich derjenige, der ihn eingesperrt hatte, anders überlegt, hatte er sich für eine schnellere Lösung entschieden, um ihn unschädlich zu machen? Jetzt spürte er doch ein Unwohlsein unterhalb der Magengegend.

Der Verstand aber behielt nach wie vor die Oberhand. Nein, die Tür oben an der Kellertreppe hatte sich zwischenzeitlich nicht geöffnet, das hätte er mitbekommen, auf jeden Fall. Also konnte das leise Geräusch nur hinter der Tür, vor der er stand, verursacht worden sein. War dort vielleicht jemand eingesperrt? Womöglich eine der Personen, nach denen sie suchten? Oder gar alle beide?

Stahnke nahm die Taschenlampe in die linke Hand, mit der rechten zog er seine Dienstwaffe. Er leuchtete den Türgriff an, hob seinen rechten Fuß, setzte ihn auf die Klinke, balancierte seinen Körper aus, so gut es ging, drückte dann mit dem Fuß die Klinke herunter und das Türblatt kräftig nach innen. Sein Herzschlag beschleunigte sich, nicht allein wegen der ungewohnten Haltung. Was würde ihn drinnen erwarten?

Krachend schlug die herumschwingende Tür gegen die Wand. Geduckt betrat Stahnke den Raum, Lampe und Waffe erhoben, und schaute sich sichernd um. Beide Ecken links – nichts. Beide rechts – einige roh gezimmerte Holzregale mit aller Geschirr darin, verstaubte Teller, Tassen, Schüsseln, Krüge, Platten und Terrinen. Boden …

Eine große Pfütze bedeckte den Boden, wie in dem anderen Raum auch. Sie reichte bis direkt vor seine Zehenspitzen. Dünne ölige Schlieren zogen sich über den Wasserspiegel, der völlig glatt war, aber leicht zu vibrieren schien, als übertrage sich Stahnkes Anspannung über Schuhsohlen und Boden auf das Wasser. Guck mal, dachte Stahnke, jetzt bringst du schon Beton zum Beben.

Toll. Aber was, zum Teufel, hat hier drinnen ein Geräusch verursacht?

Ein Platschen, das in der Stille unnatürlich laut klang, ließ ihn zusammenzucken. Ein dicker Wassertropfen hatte sich von der Decke gelöst und war in die Pfütze gefallen, auf deren Oberfläche sich jetzt konzentrische Ringe ausbreiteten. Der Hauptkommissar leuchte nach oben: große feuchte Flecken, aha. Mehrere kugelige Tropfen hingen dort, bereit zum Absprung. Als ob ich mich noch einmal veräppeln lassen würde, dachte Stahnke und zog sich in den Korridor zurück.

Im Hinausgehen warf er noch einen Blick auf die hölzernen Regale. Das Zeug auf den Brettern sah stark gebraucht aus, die meisten Geschirrteile waren angeschlagen. Offenbar lauter Sachen, die dem letzten Pächter den Abtransport nicht wert gewesen waren. Das war alles. Nichts wies darauf hin, dass sich hier in letzter Zeit Menschen aufgehalten hätten, geschweige denn dass hier zwei Entführte gefangen gehalten worden wären.

Der einzige Gefangene hier, rief Stahnke sich ins Bewusstsein, war er selbst. Er ging noch einmal zu den Regalen zurück, musterte die Restbestände genauer. In einem abgedeckten Karton fand er ein paar Besteckteile billiger Machart, Marke Gefängnisblech. Vielleicht kann ich damit etwas anfangen, überlegte er und steckte eine Gabel und drei Dessertlöffel ein.

Vom Gang her hörte er es wieder plätschern. Oh nein, dachte er, nicht noch einmal! Diesmal lasse ich mich von diesem blöden feuchten Schuppen nicht ins Bockshorn jagen. Ja, tropf du nur, mich regst du nicht mehr auf.

Das Geräusch aber hielt an. Es klang auch nicht nach

einzelnen Tropfen, die in Pfützen platschten. Es musste deutlich mehr Wasser sein, das da plätscherte.

Die Vermutung erwies sich als richtig. Kaum war der Hauptkommissar wieder auf dem Korridor, da kam ihm das Wasser schon entgegen. Es bedeckte bereits den ganzen Gangboden und breitete sich in die angrenzenden Räume aus. Aus dem Plätschern war ein Rauschen geworden.

Rohrbruch, dachte Stahnke. Aber warum gerade jetzt? Ein Zufall kann das kaum sein. Mal schauen, ob ich da was abdichten kann, sonst hole ich mir hier noch nasse Füße.

Der suchende Strahl seiner Lampe streifte die Treppe. Sie schien sich verwandelt zu haben; ihre Stufen waren lebendig geworden, befanden sich in quirliger Bewegung. Stahnke konnte einen Schrei nicht unterdrücken. Was war das?

Es war das Wasser. Es schäumte und strömte die Betontreppe herab wie der Katarakt eines ungezähmten Flusses. Die Quelle lag jenseits der Stahltür. Eine ergiebige Quelle offenbar, denn das Tempo, mit der das Wasser durch den breiten Spalt unter dem Türblatt hindurch schoss, war beachtlich. Wenn da ein Rohr gebrochen war, dann das einer Hauptleitung.

Etwas griff eiskalt nach Stahnkes Knöcheln. Das Wasser schwappte ihm schon in die Halbschuhe. Der kleine Kellerbunker begann sich zügig zu füllen. He, he, nun mal keine Panik, schalt sich der Hauptkommissar. Ehe beide Räume und der Gang völlig mit Wasser gefüllt sind, vergeht bestimmt eine Menge Zeit! Also bitte. Bis dahin …

Tja, was war bis dahin? In erster Linie war kein Funkempfang. Es gab niemanden, der wusste, wo er sich befand. Es gab eine verstärkte Inselpolizei, die viel zu viel zu tun hatte, um ihn so bald zu vermissen – und wenn doch, dann nur, um auf ihn und seine Abwesenheit zu schimpfen, nicht etwa, um ihn zu suchen.

Es bestand also die Gefahr, dass wesentlich mehr von ihm nass wurde als nur die Füße. Und die Decke des Kellers kam ihm auf einmal gar nicht mehr so hoch vor.

28.

In der Küche des *Seestern* sah es aus wie auf einem Schlachtfeld. Sämtliche Küchenutensilien, angefangen bei den gusseisern Portionspfannen bis hin zu den übergroßen Kochtöpfen, schienen benutzt, achtlos irgendwo abgestellt und nicht auch nur ansatzweise gereinigt worden zu sein. Schmutziges Geschirr stand in fragilen Türmchen, die der Schwerkraft nur mit Mühe trotzten, auf jeder erreichbaren Stellfläche; obwohl die Spülmaschine dampfend toste, schien sie der anfallenden Massen nicht Herr werden zu können. Der Boden sah unbeschreiblich aus. Scherben hatten sich mit zertretenen Bratkartoffeln, verschmierten Saucenresten, Gemüsepartikeln und etwas, das nur Fischgedärm sein konnte, zu einer flächendeckenden Bodenmalerei vermengt, die mit dem Titel »Albtraum« noch gut bedient gewesen wäre. Über allem schwebte ein Brodem aus verschiedensten Gerüchen, der von einer strengen Ruß-Note dominiert wurde. Obwohl der Höhepunkt der abendlichen Küchenschlacht deutlich überschritten war und die ersten Beteiligten bereits ihre Wunden versorgten – einige davon buchstäblich –, glaubte Bea Wulff die wilden Schreie dieses Getümmels noch in der Luft hängen zu hören.

Ach ja, dachte sie. Muss das schön sein, wenn einem die Gäste dermaßen die Bude einrennen!

»Wo ist Renko?«, fragte sie Silvio, den Beikoch.

Silvio, für seinen Berufsstand ungewöhnlich hager, sah aus wie frisch gegart. Sein weißes T-Shirt, das er anstatt einer Kochjacke trug, war durchgeschwitzt und klebte an seiner Haut, so dass man die Rippen zählen konnte. »Renko, ach ja?«, fragte er bissig zurück. »Wo der ist? Ja, das wüsste ich auch recht gerne!« Sein sächsischer Akzent klang stärker durch denn je. »Ruft mal eben kurz an, gerade als es hier richtig losgeht, und verkündet, dass er heute Abend nicht kommen kann und dass wir den Laden mal alleine schmeißen sollen. Mann, der hat vielleicht Nerven!« Er strich sich seine klitschnassen schwarzen Haare aus der schweißverklebten Stirn. »Und das am Karfreitag, die Insel ist gerappelt voll mit Touris, und wir sind ein Fischrestaurant! Na Mahlzeit. Das war vielleicht ein Kampf! Wir kamen kaum dagegen an. Möchte nicht wissen, wie viel Mecker sich der Service anhören musste.«

»Willste nich' wissen? Kann ick da trotzdem sajen.« Eine ebenso gestresste Bedienung, die offenbar aus dem Brandenburgischen stammte, war mit einem weiteren Tablett voll schmutzigen Geschirrs erschienen. Sie stellte die Sachen ab, wo immer sich noch ein Plätzchen fand, als sei jetzt sowieso alles egal. »Kann ick machen. Willste aba ja nich wissen.« Und schwupp, war sie wieder durch die Schwingtür verschwunden.

Bea wusste genau, wie es sich anfühlte, einen turbulenten Tag in einer stark frequentierten, unterbesetzten Küche hinter sich zu haben – aber leider wusste sie das nicht von ihrem eigenen Restaurant her. Veganes Essen hatte es nach wie vor schwer, und wenn ihr *Veggie-Paradies* auf der Insel geschätzt wurde, dann dafür, dass man dort immer einen Platz bekam und in Ruhe essen konnte. Während in Läden wie dem *Seestern* der Bär steppte und der Rubel rollte. Ihr Mitgefühl hielt sich daher in Grenzen. Ganz im Gegensatz zu ihrem Neid.

»Renko war also den ganzen Abend nicht hier?«, vergewisserte sie sich.

»Sag ich doch!« Silvio, dem noch das Aufräumen des Schlachtfeldes bevorstand, ehe er an Feierabend denken konnte, war offenkundig leicht reizbar. »Und ehe du mich fragst, was dieser Fahnenflüchtige stattdessen getrieben hat: Ich – weiß – es – nicht! Hoffentlich hat er ’ne fesche Braut vernascht, dann ergäbe das ja noch einen Sinn. Für alles andere habe ich null Verständnis, null, das sag ich dir!«

»Bloß schade, dat du hier nicht der Boss bist, Silvio!« Die Bedienung war wieder erschienen und schleppte ein weiteres Tablett voller Spülgut heran. »Dann könnste ihn jetzt raushauen, wa? Leida biste aba nich der Boss. Also hau ma lieber hier ’n Schlach ran, sonst haut der Renko noch dich raus!«

»Weißt du denn, wo er steckt?«, fragte Bea schnell, ehe die junge Frau wieder verschwinden konnte.

»Soll ’n ick det wissen?« Trotz ihrer patzigen Replik blieb die Bedienung stehen, das leere Tablett flach vor dem Bauch. »Mir sacht er ja nüscht. Könnt mir nur vorstellen, dass er wieder mal in einer seiner alten Bruchbuden zugange is. Da treibt er sich in letzta Zeit ja öfta rum.«

»Was denn für Bruchbuden?« Bea verstand kein Wort.

»Ach, zwee so runtergekommene Häuschen.« Die Serviererin machte eine abfällige Handbewegung. »Irjendwo bissken Richtung Osten. Ziemlich abgängige Dinger. Willer wohl wieda herrichten und vamieten. Na, musser ja selba wissen, ob er sich sowat ans Bein bindet. Bloß dass er uns dafür hängen lässt, det find ick bescheiden.« Sie drückte ihren Rücken durch. »So, denn muss ick ma weita, sonst nimmt det hier ja keen Ende heute.« Schon war sie wieder draußen.

Zwei heruntergekommene Häuschen? Bea pfiff durch die Zähne. Immobilien, die man an Feriengäste vermieten konnte, waren auf Langeoog grundsätzlich Gold wert. So heruntergekommen konnten die gar nicht sein. Wer hatte hier denn in letzter Zeit Häuser verkauft? Von so etwas hörte man doch in der Regel. Und es gab wohl kaum einen solventen Insulaner, der sich solch ein Angebot hätte entgehen lassen.

Wie solvent war Renko? Sein Laden lief gut, schlecht konnte es ihm also nicht gehen, so finanziell. Und selbst wenn sein Eigenkapital alleine zum Kauf nicht ausgereicht hatte, was sicherlich der Fall gewesen war, denn Grund und Boden war hier viel teurer als auf dem Festland – Geldgeber fanden sich in solchen Fällen immer. Es bestand ja kaum ein Risiko.

Heiko Grendel hatte es vorgemacht. Selbst er, der ja nicht gerade den Ruf genoss, ein erfolgreicher Geschäftsmann zu sein, hatte für sein Projekt Finanziers aufgetan. Na gut, es war auch ein einzigartiger Plan, fast schon revolutionär, der im Falle des Gelingens gute Profite versprach. Zwei Ferienhäuser dagegen, das war eher etwas aus der Normalo-Kiste. Trotzdem, auch dafür fand man Geldgeber, denn hierbei lag die Profitchance weniger im Erfolg als im möglichen Scheitern. Schaffte es der Käufer nicht, alte Häuser so herzurichten, dass sie sich gewinnträchtig vermieten ließen, und konnte er womöglich den Schuldendienst nicht leisten, dann übernahm der Investor einfach die Immobilien selbst, mit einiger Sicherheit weit unter Nennwert, und stieß sich daran gesund. So einfach war das, wenn man nur genügend Geld hatte. Der Teufel schiss sowieso immer auf den größten Haufen, da hatte der Volksmund völlig recht.

Es war sogar denkbar, überlegte Bea weiter, dass Grendel und Heidergott dieselben Geldgeber aufgetan hatte, denn wenn ein Investor erst einmal Langeoog für sich entdeckt hatte, dann war es nur logisch, dass er sich nicht mit einem einzigen Projekt zufriedengab. Vielleicht also waren auch bei Renko diese beiden Leeraner Ärzte im Spiel, um die gerade so viel Wirbel gemacht wurde. Was nicht einer gewissen Ironie entbehren würde, waren doch Heiko und Renko demnächst unmittelbare Konkurrenten. Vielleicht ging Renko Heidergott sogar nur deshalb ein finanzielles Wagnis ein, weil er befürchtete, durch Heiko Grendels Projekt seine Existenzgrundlage zu verlieren! Und egal, welcher von beiden das bessere Ende für sich behalten würde, die Geldgeber waren auf jeden Fall auf der Gewinnerseite.

Nachdenklich verließ Bea Wulff die Küche, in der sie doch nur störte. Renko Heidergott war ein Choleriker, und wenn ihm etwas gegen den Strich ging, neigte er zu Handgreiflichkeiten. Dass er Heiko Grendel eine kleine Entscheidungshilfe in Form eines Schlages vor den Kopf verpasst hatte, glaubte Bea sofort. Würde er eventuell noch weiter gehen? Und wenn ja, wie weit?

Sie musste unbedingt mit ihm reden. Vor wenigen Minuten waren es noch Neugier und Freundschaft gewesen, die sie dazu veranlasst hatten. Jetzt war es Sorge. Hatte ihr geschätzter Kollege womöglich noch mehr Dummheiten gemacht, als man wusste? Und war er vielleicht im Begriff, weitere zu begehen?

Sie versuchte es noch einmal mit dem Handy; wieder antwortete nur die Mailbox. Es half nichts, sie musste ihn persönlich aufsuchen. Aber wie bekam sie nur heraus, wo diese Häuser standen, die er gekauft hatte und bei denen er sich vermutlich aufhielt?

Sie blickte sich unauffällig um. Der Gastraum des *Seestern* hatte sich inzwischen vollständig geleert, alle Tische waren abgeräumt, die Aufräumarbeiten konzentrierten sich auf die Küche. Alle Angestellten hatten gut zu tun, niemand achtete auf sie. Wo sich Renkos Büro befand, wusste sie. Also los, nur keine falsche Scheu. Falls sie erwischt wurde, würde ihr schon eine passende Ausrede einfallen.

Renko Büro sah auch nicht viel anders aus als die Küche seines Restaurants, nur waren es hier Papiere aller Art, die sich auf jeder erdenklichen Fläche stapelten und einsturzgefährdete Türmchen bildeten, die sich beim leisesten Windstoß in Wanderdünen zu verwandeln drohten. Wie sollte man hier etwas finden, wo sollte man bloß mit dem Suchen anfangen?

Bea setzte sich an den Schreibtisch, dort, wo ein DIN-A4-großes Stück der grünen Schreibunterlage gerade noch zu erkennen war, streckte beide Hände aus und ließ sie federleicht über die obersten Schichten der gut erreichbaren Stapel wandern. Hier müssten sich eigentlich die jüngsten Sedimentschichten befinden, dachte sie und kam sich vor wie eine Paläontologin. Am besten, sie suchte erst einmal nach Rechnungen.

Das war nicht weiter schwer, aber auch kein guter Plan, denn Rechnungen bildeten, wie es aussah, den größten Teil des Papiergebirges. Rechnungen und Mahnungen.

Kein gutes Zeichen, dachte sie; Rechnungen gehörten zum Alltag jedes Selbstständigen, und da es galt, alle Zahlungsfristen möglichst auszureizen, um liquide zu bleiben, ließen sich auch Mahnungen hin und wieder nicht vermeiden. Allzu viele Mahnungen aber bedeuteten Zahlungsschwierigkeiten. Stand es also doch schlecht um Renko, seinen guten Umsätzen im Restaurant zum Trotz?

Anscheinend, denn da war auch ein Erinnerungsschreiben von Renkos Hausbank. Sehr höflich gehalten zwar, wie das so üblich war, aber ganz eindeutig hatte Renko fällige Zinszahlungen nicht geleistet. Noch wurde das als mutmaßlicher Irrtum eingestuft. Das nächste Schreiben aber würde deutlicher ausfallen, das wusste Bea aus eigener Erfahrung.

Noch also stand Renko nicht wirklich unter Druck von seiner Hausbank, aber dieser Druck deutete sich an. Die wahre Ursache dafür mochte anderswo liegen als hier im *Seestern*. Nämlich, dass Renko das Geld für seine regulären Verpflichtungen fehlte, weil er es an anderer Stelle benötigt hatte.

Oder verloren?

Als nächstes fand Bea zwei Rechnungen, wie sie sie kannte. Baustoffe! Darum kam man nicht herum, wenn man in seine Immobilie investierte. Handwerker vermied man, wo immer man konnte; vieles ließ sich selbst erledigen, für anderes gab es Freunde und Bekannte, die sich mit ein paar Scheinen unter der Hand oder einer entsprechenden Gegenleistung zufrieden gaben. Aber Materialien benötigte man ja notgedrungen, und die musste man sich vom Festland liefern lassen, zum Beispiel von Adde Cassens aus Esens. Na, wie lautete die Lieferadresse?

Aha, Willrath-Dreesen-Straße! Und zwei Hausnummern, anscheinend benachbart. Endlich wusste sie, wo sie Renko finden konnte. Eilig erhob sie sich. Spuren ihrer Anwesenheit gab es keine zu verwischen – Zimmer und Schreibtisch sahen noch genauso chaotisch aus wie vor ihrem unbefugten Eindringen. Ein kurzer Blick durch den Türspalt: niemand in Sicht. Bea verließ das Büro, huschte durch den leeren Speisesaal und stand Sekunden später auf der dunklen Straße.

Nichts wie hin, ehe er noch mehr Mist baut, dachte sie.

29.

Jetzt wacht er auf, denkt er. Henning wird wach. Endlich.

Das schwache Gefühl der Erleichterung schlägt noch im selben Moment ins Gegenteil um. Wenn wir beide wach sind, kommt der Kerl wieder, denkt er. Verflucht, kann Henning nicht noch etwas länger ohnmächtig bleiben?

Aber das ist ja alles Quatsch. Wiederkommen tut er sowieso. Heute Nacht, hat er gesagt. Und nach allem, was er schon erlebt hat, gibt es keinen Grund, seinem Entführer nicht zu glauben.

Vielmehr ihrem Entführer. Diesem perversen Irren.

Henning van der Werft hustet, räuspert sich, spuckt. Rücksichtnahme war noch nie seine starke Seite, denkt Dietz Lichterfeld. »Hallo, Henning«, spricht er ihn an.

Stille. Dann: »Wer ist da? Was soll das hier?«

»Ich bin es. Dietz.« Tja, und wie soll er die zweite Frage beantworten? »Er hat dich vor ein paar Stunden hier hereingeschleppt. Du warst bewusstlos. Ich bin schon seit ein paar Tagen hier.« Jedenfalls fühlt es sich so an; genau weiß er es nicht, sein Zeitgefühl ist ihm verlorengegangen.

Van der Werft stöhnt. »Wer?«, fragt er dann.

»Wenn ich das wüsste.« Im Dunkeln zuckt Dietz Lichterfeld die Achseln. Seine gefesselten Handgelenke schmerzen.

»Was will er? Geld?«

Ach ja, Henning, der kühle Analytiker. Kalt wie eine Hundeschnauze. In dieser Situation tut das sogar gut, stellt Dietz Lichterfeld fest. »Von Geld hat er noch nichts gesagt«, gibt er zurück. Die Erinnerung daran, was ihr

Entführer stattdessen getan hat, droht ihn zu überwältigen. Dieses Qualen, dieses stundenlange Sterben ohne Erlösung durch den Tod!

»Was dann?«, fragt van der Werft.

»Er will uns töten«, stößt Dietz Lichterfeld hervor.

»Töten?« An van der Werfts Tonfall ändert sich nichts. »Uns beide umbringen? Das ergibt keinen Sinn. Was hat er denn davon?«

»Woher soll ich denn das wissen!« Dietz Lichterfeld brüllt, es bricht aus ihm heraus, seine Stimme schnappt über. »Glaubst du, ich kann so einem Gestörten hinter die Stirn gucken? Ich bin Anästhesist, kein Psychologe! Das ist ein Irrer, der Kerl ist wahnsinnig, der geilt sich daran auf, uns zu quälen!« Er keucht, ringt nach Atem. Unglaublich, wie schwach er schon ist. Die Entbehrungen der letzten Zeit fordern ihren Tribut. »Was heißt uns«, fährt er in beherrschterem Tonfall fort. »Mich hat er gequält, die ganze Zeit. Mich! Das kannst du dir gar nicht vorstellen, wie sich das angefühlt hat. Als ob du zuerst innerlich verbrennst und dann erstickst, als ob du im eigenen Körper ertrinkst!«

»Was hat er denn gemacht?« Van der Werfts Stimme klingt unbeteiligt, noch nicht einmal interessiert.

»Injektionen«, stöhnt Dietz Lichterfeld. »Irgendein Präparat, das zuerst unglaubliche Schmerzen und dann lokale Muskellähmungen hervorruft. Immer wieder ist er reingekommen und hat mir Spritzen gegeben. Erst brennt es wie die Hölle, dann wird alles gefühl- und bewegungslos davon, und du kriegst nicht mehr genügend Luft. Um jeden einzelnen Atemzug musst du kämpfen! Er kriegt die Dosierung immer gerade so hin, dass du nicht abnippelst. Eine Weile schaut er zu, wie du dich quälst, danach lässt er dich mit deinen Schmerzen allein.« Lichterfeld schüttelt sich: »Ich weiß nicht, was schlimmer ist.«

»Dann versteht er also etwas von der Sache«, sagt van der Werft nüchtern. »Was meinst du, ein Kollege?«

»Kollege? Du nennst so was einen Kollegen?« Dietz Lichterfeld ist schon wieder kurz vorm Ausrasten. »Mann Gottes, wir haben einen Berufsethos! Glaubst du denn, der Hippokratische Eid ist bloß ein Stück Papier?«

»Erzähl mir bloß nicht, du glaubst etwas anderes.« Van der Werfts Stimme trieft vor Hohn. »Du verstößt doch genauso oft dagegen wie jeder andere von uns! Jedes Mal, wenn du einem Privatpatienten die besseren Medikamente gibst. Wenn der Selbstzahler schneller seinen Termin bekommt als der von der Kasse. Wenn du zulässt, dass der Kassenpatient nur so lange therapiert wird, wie es der Kostenerstattungsrahmen zulässt, und der Privatkunde kriegt das volle Programm! Mensch, Dietz, Junge, erzähl mir doch nichts.«

»Ja, aber … das kannst du doch nicht vergleichen!« Lichterfeld ist schockiert. »Mag ja sein, dass das moralisch nicht ganz korrekt ist. Aber ich foltere doch niemanden. Und ich bringe niemanden um!«

»Red dich nur raus«, sagt van der Werft spöttisch. »Das tun wir ja schließlich alle. Aber vor sich selbst sollte man auch mal ehrlich sein. Und wenn du das bist, musst du zugeben, dass wir ständig Entscheidungen über Leben und Tod treffen. Und über Lebensqualität! Und dass eben nicht jeder das von uns bekommt, was er braucht. Sondern das, was er sich leisten kann. Wir verkaufen Lebenszeit und Schmerzfreiheit an den Meistbietenden. So sieht es doch aus, mein Lieber, so und nicht anders.«

Das kann mir doch alles egal sein, was der da labert, denkt Dietz Lichterfeld. Das ändert doch sowieso nichts. Sowie der Kerl wiederkommt, ist es aus und vorbei, das steht fest, was sollen wir denn dagegen machen? Und doch treffen ihn die Worte seines Partners erstaunlich hart. Dann erkennt er auch, warum. So schlimm es auch war und ist, diesem wahnsinnigen Entführer ausgeliefert und dem Tod geweiht zu sein – wenigstens hat er sich dabei noch moralisch überlegen fühlen können. Als der bessere Mensch. Genau das macht sein Partner Henning van der Werft ihm gerade kaputt.

»Ich glaube nicht, dass unser Entführer wahnsinnig ist«, fährt van der Werft fort, nüchtern und analytisch wie immer. »Jedenfalls nicht in dem Sinne, wie du meinst. Ich glaube nicht, dass er dich gequält hat, um sich daran aufzugeilen. Du sagst doch, er hat dir Spritzen gegeben, ein Weilchen gewartet und dann den Raum verlassen, richtig? Hat also nicht die ganze Zeit neben dir gesessen und dir zugeschaut, wie du dich abmühst, um an Luft zu kommen? Oder hat er hier irgendwo ein Aufnahme- oder Übertragungsgerät installiert? So mit Infrarot? Müsste man doch sehen können, eigentlich. Irgendwas glimmt und schimmert doch immer bei diesen Dingern.«

Dietz Lichterfeld schüttelt den Kopf. »Nein«, sagt er mit Verspätung. »Er ist nie sehr lange geblieben. Nur gerade so lange, um zu sehen, wie die Spritzen anschlagen. Und Geräte habe ich hier auch keine gesehen.« Er schluckt trocken. »Ich glaube, es ist ihm auch ganz egal gewesen, ob ich die Tortur überlebe oder nicht. Weil er mich am Ende ja doch umbringen wird, davon bin ich jedenfalls fest überzeugt. Und dich auch, schätze ich.«

»Das denke ich ebenfalls«, sagt van der Werft. »Dass er das will. Aber er will das nicht, um irgendeinen Trieb zu befriedigen. Vielmehr verfolgt er einen Zweck. Das Ganze hat einen Sinn, jedenfalls für ihn.«

»Und was ändert das für uns?« Dietz Lichterfeld ist kurz davor, loszuheulen. »Tot ist tot, oder was? Siehst du da etwa einen Unterschied?«

»Ich sehe da einen riesigen Unterschied«, erwiderte van der Werft. »Natürlich nicht zwischen Tod und Tod. Sondern darin, ob wir unseren Tod verhindern können oder nicht. Da spielt das Motiv des Täters eine gewaltige Rolle.«

»Was heißt hier Motiv? Wenn er doch nichts anderes will als unseren Tod!«, stößt Dietz Lichterfeld hervor.

»Motiv heißt, dass er irgendein Ziel verfolgt, das er dadurch zu erreichen hofft, dass er uns beide tötet«, sagt van der Werft, als handele es sich um ein Denkspiel. »Die entscheidende Frage ist, ob es uns gelingt, ihn davon zu überzeugen, dass er dieses Ziel auf andere Weise eher oder besser erreichen kann. Wobei wir ihm hilfreich sein können. Das heißt, dass wir ihm lebendig nützlicher sind als tot.«

»Wie willst du das denn schaffen?«, ruft Dietz Lichterfeld. »Dazu müsstest du ja erst einmal wissen, *wie* wir ihm nützlich sein können! Du musst sein Motiv kennen. Aber woher sollen wir denn wissen, was er will? Vorausgesetzt, er will wirklich noch etwas anderes als uns tot sehen.«

»Wenn ich wüsste, wer der Mann ist, dann wüsste ich auch, was er will«, sagt van der Werft. »Erst einmal müsste ich ihn identifizieren. Hast du ihn wirklich nicht erkannt?«

»Nein, habe ich nicht«, antwortet Lichterfeld trotzig. »Immer, wenn er hier drin war, hatte ich ein paar andere Sorgen, als auf seine persönlichen Kennzeichen zu achten.« Er schweigt einige Sekunden lang. Dann sagt er: »Aber du kannst das ja bestimmt besser. Wie du ja bekanntlich alles besser kannst. Gleich kannst du zeigen, wie gut du bist.«

»Wieso?«, fragt van der Werft.

»Weil ich ihn gerade kommen höre.«

30.

Einen Milchkaffee hatte Mareike Duismann dann doch nicht genommen. Stattdessen einen Espresso mit dem obligatorischen Glas Leitungswasser dazu. An dem nippte sie jetzt ab und an, während der Dampf, der aus ihrer Tasse aufstieg, immer dünner wurde. Sina nahm einen kräftigen Schluck aus ihrem Milchkaffee-Schüsselchen, wischte sich den Milchbart ab und lächelte ihrem Gegenüber aufmunternd zu.

Ihre Patientin stellte das Wasser weg, griff nach ihrem Kaffee. Ohne Sina aus den Augen zu lassen, setzte sie die Tasse an ihre Lippen und nahm einen kräftigen Schluck. Dann schloss sie ihre Augen. Ihre Halsmuskeln zuckten, und das Geräusch, das laut aus ihrer verkrampften Kehle drang, klang wie »glorks«. Marike Duismann öffnete ihre Augen wieder und strahlte.

»Sehr gut«, sagte Sina. »Beim nächsten Mal dann mit etwas Zucker drin, okay?«

Das Strahlen schwand, ein Lächeln blieb, mit einem leicht ironischen Zug um die Mundwinkel. »Gegen Ängste ist schwer kämpfen«, sagte sie leise, obwohl sie eine Nische der Cafeteria ganz für sich alleine hatten. »Wenn du glaubst, dass jeder Schluck dich qualvoll ersticken lässt, dann hörst du irgendwann auf mit dem Schlucken, ganz egal, was die Folgen sind. Wenn man weiß, dass man doch sterben muss, dann zieht man den weniger qualvollen Weg vor. Und Verhungern tut irgendwann nicht mehr weh.« Sie nahm ein zweites Schlückchen Espresso; diesmal schien ihr das Schlucken schon leichter zu fallen.

»Du Arme«, sagte Sina. Unwillkürlich war auch sie jetzt ins Du verfallen, das sie sich aus Respekt vor ihrer Patientin so lange verkniffen hatte.

»Wer weiß, ob ich überhaupt noch leben würde, wenn Dieter nicht wäre«, sagte Mareike Duismann. Sie stellte die Tasse wieder ab.

»Dein Mann hat dir Kraft gegeben, nicht wahr?«

Mareike Duismann musste lachen. Gerade noch rechtzeitig konnte sie ihren Kaffee auf der Untertasse abstellen, sonst hätte sie ihn verschüttet. »Du kennst Dieter nicht, das merkt man«, sagte sie kopfschüttelnd. »Übrigens, ist das in Ordnung, wenn ich du sage?«

»Aber klar, tue ich doch auch! Ich heiße Sina.«

»Weiß ich doch.« Mareike Duismann strich sich die Haare aus der Stirn. »Dieter, mein Mann, ist keiner, der anderen Kraft gibt. Er ist mehr so einer, der die Kraft aus einem herausholt, verstehst du? Ein Antreiber, ein Pusher. Er duldet es nicht, wenn man sich hängen lässt. Er selber tut das auch nicht, das muss man ihm zugute halten. Das wirkt ansteckend, ob man will oder nicht. Jedenfalls bei mir.«

»Verstehe«, sagte Sina, war sich aber nicht sicher, ob das stimmte. Solch einen Druckmacher hatte Mareike zum Mann, und das in ihrer Situation? Sina konnte nicht erkennen, inwiefern das hilfreich sein sollte.

»Dieter ist ein sehr gläubiger Mensch«, erläuterte Mareike Duismann. »Christ, natürlich, aber schon einer von der strengen Sorte. Er geht immer zu so einer Freikirche zum Gottesdienst, regelmäßig, da gibt es kein Vertun. Da muss es wohl ziemlich streng zugehen, aber er sagt, das sei richtig so und tue ihm gut.« Sie beugte sich vor und ergänzte in verschwörerischem Ton: »Die Leute dort haben es wohl mehr mit dem Alten Testament. Das merkt man an den Themen der Predigten, die da gehalten werden. Manchmal erzählt Dieter mir davon. Kaum etwas von Jesus ist dabei, aber immer wieder Moses und die alten Propheten.« Sie lehnte sich zurück und lachte wieder. »Na ja, was soll's, wenn es ihm etwas gibt – von mir aus! Dieter hat nie verlangt, dass ich dieser Kirche ebenfalls beitrete. Und wenn er mir da meine Freiheit lässt, dann lasse ich ihm seine auch, nicht wahr?«

Freiheit, dachte Sina, ist kein Wort, das mir im Zusammenhang mit solchen Gemeinschaften in den Sinn käme. Freiheit des Denkens schon gar nicht. Jede Religion trachtet doch danach, ihren Mitgliedern vorzuschreiben, wie sie zu leben haben, und zum Leben gehört das Denken nun einmal maßgeblich dazu. Zum Vorschreiben kommen die Vorschriften, na klar, und dazu die Kontrolle ihrer Einhaltung. Zwang ist häufig ein probates Mittel. Diskutiert wird sowieso nicht. Über Gott lässt sich weder diskutieren noch abstimmen, punktum. Weshalb eine religiöse Demokratie auch ein Widerspruch in sich ist. Gebote sind einzuhalten, Verstöße ziehen Strafen nach sich. Je kleiner die religiöse Gemeinschaft, desto rigider ist sie in aller Regel. Bis hin zu den offen menschenverachtenden, brutalen Sekten. Am Ende stehen dann häufig entweder Mord oder Selbstmord. Auf jeden Fall Opfer.

»Selbstmord«, sagte Mareike Duismann, »Selbstmord ist für Dieter absolut undenkbar.«

»Was?« Sina schreckte aus ihren Gedanken auf. »Wieso? Warum Selbstmord?« Hatte sie etwa laut gedacht?

»Weil es eine Todsünde ist, freiwillig aus dem Leben zu

scheiden«, erklärte Mareike Duismann. »Deshalb durften Selbstmörder früher auch nicht in geweihter Erde bestattet werden, also auf dem Friedhof. Ist das eigentlich heute auch noch so? Keine Ahnung.«

Sina zuckte die Achseln. »Ich weiß auch nicht. Aber dass Selbstmörder angeblich in der Hölle braten mussten, das weiß ich. Behauptete jedenfalls die katholische Kirche. Vermutlich, damit die einfachen Leute, deren Leben früher nur aus Not und Elend bestand, nicht so einfach ihr Leid verkürzen und sich ins Jenseits davonmachen konnten. Dadurch wären der Kirche ja eine Menge Einnahmen entgangen. Das ging natürlich auf gar keinen Fall.«

Mareike Duismann legte sich die flache Hand über den Mund, als ob Sina etwas Unanständiges gesagt hätte, das zwar zum Lachen reizte, aber dafür doch zu unschicklich war. »Gut, dass Dieter das nicht gehört hat!«, ertönte es zwischen ihren Fingern hindurch.

»Wieso?«, tat Sina unschuldig. »Ich dachte, er ist kein Katholik.«

»Nee, ist er auch nicht. Die katholische Kirche findet er viel zu lasch.« Mareike Duismann griff abermals nach ihrer Tasse. Vorher aber riss sie ein Zuckertütchen auf, schüttete den Inhalt in ihre Tasse und rührte um, ehe sie nippte. Es ging immer besser, stellte Sina fest.

»Dieters Freikirchler geben nichts auf den Papst. Sie richten sich nur nach der Bibel. Und zwar im Wortlaut! So wie es geschrieben steht, ist es wahr. Interpretation ist von Übel.«

Du lieber Himmel, dachte Sina, wie sollte man denn die Bibel wörtlich befolgen? Dieses Buch war doch ein Sammelsurium von einzelnen Texten, die untereinander total widersprüchlich waren. Aufgezeichnet von Leuten, die Jahrzehnte, wenn nicht Jahrhunderte nach den behaupteten Ereignissen gelebt hatten. Und von Päpsten zensiert. Von den grundsätzlichen Unterschieden zwischen Altem und Neuem Testament ganz zu schweigen. »Und was hat das alles mit Ihrer, äh, mit deiner Krankheit zu tun?«

»Für Dieter ist es nicht erst dann Selbstmord, wenn man Hand an sich legt«, erläuterte Mareike Duismann. »Schon, wenn man aufhört, um sein Leben zu kämpfen, ist das für ihn Verrat an Gott. Das hat er mir immer wieder deutlich gemacht. Nicht nachlassen, niemals aufgeben!« Sie seufzte. »Klingt eher nervig, so, wie ich es sage. Auch für meine Ohren. Aber ein Ansporn war es doch. Wusste ich doch wenigstens, dass es einen gab, dem es wichtig war, dass es mich gab.«

»Tja – sollst du nun seinetwegen kämpfen, deinetwegen oder für seinen Gott?« Sina biss sich auf die Lippen, aber diese Bemerkung war unwiderruflich in der Welt.

Mareike Duismann blieb gelassen. »Jedenfalls weiß ich genau, für wen ich gekämpft habe. Nämlich für mich und für Dieter. So sieht es aus.«

Irgendwie musste sie von diesem Thema weg, das war Sina klar, die sich fühlte wie auf dünnem Eis, und das auf glühenden Schlittschuhen. Andererseits blickte sie in Sachen Dieter noch nicht ganz durch. Ein christlicher Fundamentalist, ein Fanatiker womöglich, und zugleich ein toleranter, verständnisvoller Ehemann? Sina glaubte nicht an Wunder. »Du hast erzählt, dein Mann hätte heute wenig Zeit, weil er noch arbeiten muss«, sagte sie. »Wo arbeitet er denn? Und was ist er überhaupt von Beruf?«

»Speditionskaufmann«, antwortete Mareike Duismann. »Angefangen hat er als Lagerarbeiter und Lkw-Fahrer. Er kennt das ganze Metier von der Pike auf. Deshalb war es auch nicht sehr schwer für ihn, hier auf der Insel einen Job zu bekommen. Hier gibt es auch Speditionen.«

»Klar, Speditionen schon. Es gibt ja genügend zu transportieren. Aber doch keine Lastkraftwagen.«

Mareike Duismann lächelte schon wieder. »Du kennst Dieter wirklich nicht. Der ist unheimlich flexibel und für keine Art von Arbeit zu stolz. Notfalls lädt er von Hand – er hat ja auch die Kraft dazu. Und er fährt jede Art von Fahrzeug, selbst Pferdekutschen, wenn es drauf ankommt. Oder diese kleinen Dinger, die sie hier haben, diese Mini-Lastwagen, die so elektrisch summen, wie heißen die noch?«

»Elektrokarren?«

Mareike Duismann nickte: »Genau.«

Sina wurde es heiß und kalt. Sie dachte daran, was Stahnke widerfahren war und was er ihr erzählt hatte. Viel war es nicht, aber von Entführung war die Rede gewesen. Und von einem Elektrokarren.

Sie zwang sich, äußerlich ruhig zu bleiben. »Sag mal«, fragte sie Mareike Duismann, »wenn dein Dieter so auf das Alte Testament schwört, wie steht er denn dann zum Thema Rache?«

»Och.« Sie hob ihre Schultern: »Positiv, würde ich sagen.«

31.

Nasse Füße waren nun wirklich nicht das Schlimmste an seiner Situation. Trotzdem ertappte Stahnke sich dabei, wie er lauthals losbrüllte wie ein Stier, als es ihm wieder einmal eiskalt in die Schuhe schwappte. Nur die Ruhe, mahnte er sich, nur nicht die Nerven verlieren. So schlimm ist das alles nicht.

Aber natürlich glaubte er sich selbst kein Wort, denn seine Lage war selbstverständlich schlimm. Wenn auch in anderer Weise, als ihm der erste Schreck vorgegaukelt hatte. Denn dass er in diesem Keller hier ertrinken würde, war so gut wie ausgeschlossen. Obwohl das kalte Wasser in einem breiten, ergiebigen Strom unter der Stahltür hervor und die Treppe hinunter quoll, anscheinend unaufhaltsam, würde es Stunden dauern, bis das Kellergeschoss vollgelaufen war. Und selbst dann blieb ihm immer noch die Luft oberhalb der Treppe direkt hinter besagter Tür. Ehe der Wasserstand die Oberkante der Tür erreichen konnte, müsste fast das gesamte Erdgeschoss des alten, maroden Hauses voll Wasser gelaufen sein. Und das war schlechterdings unmöglich.

Nein, das wirklich Schlimme an seiner Lage bestand darin, dass er hier eingeschlossen und kaltgestellt war, buchstäblich, während draußen wichtige Ermittlungen abliefen. Jedenfalls hoffte er das. Ermittlungen, zu deren Leiter er offiziell berufen worden war. Und er hatte zugestimmt! Öfter schon hatte er hier auf Langeoog ermittelt – selten war das offiziell geschehen. Meist war er bei seinen Maßnahmen auf das Wohlwollen und die

Verschwiegenheit von Lüppo Buss angewiesen gewesen. Jetzt hatte man ihn endlich, endlich mal offiziell als Chefermittler auf der Insel eingesetzt – und er glänzte durch Abwesenheit!

Ganz egal, was Lüppo und seine Kollegen derweil draußen trieben, sein Fehlen musste zwangsläufig auffallen. Und es würde öffentlich werden. Alle würden davon erfahren, nicht zuletzt Dedo de Beer, sein direkter Vorgesetzter in der Polizeiinspektion Leer/Emden, dem er in tief empfundener Abneigung innig verbunden war. Ausgerechnet de Beer, der früher in Wittmund und damit auch für Langeoog zuständig gewesen und ihm mehr als einmal in die Parade gefahren war! Was für ein gefundenes Fressen für das alte Graugesicht, dachte Stahnke. Was für ein innerer Vorbeimarsch! Die Häme, die ihn erwartete, würde unbeschreiblich sein.

Verbissen stocherte er weiter mit dem verbogenen Dessertlöffel im Schlüsselloch herum. Verdammt, warum wollte das Ding denn nicht greifen? War das abgeknickte Stück denn immer noch zu kurz? Vorhin war es zu lang gewesen, da hatte er das Teil gar nicht weit genug in die Schließmechanik hineinbekommen. Der Unterschied konnte doch kaum mehr als zwei Millimeter betragen!

Fluchend zog er den Behelfs-Dietrich heraus und schob den Löffelstiel in den Türspalt, der ihm als Schraubstock diente. So, vorsichtig wieder geradebiegen. Dann im Licht der kleinen Taschenlampe neu Maß nehmen. Diesmal also ein Millimeter weniger. Jetzt vorsichtig drücken, biegen …

Knack. Das ermüdete Metall brach an der Biegestelle ab, das Stiel-Ende, das den Schlüsselbart hätte spielen sollen, plumpste ins einströmende Wasser und wurde mitgerissen, die Treppe hinab. Wütend warf Stahnke den Rest des Löffels hinterher.

Und bereute es im selben Moment. Das war schon der zweite Löffel gewesen, den er ruiniert hatte. Wie viele hatte er sich eingesteckt? Drei. Also war nur noch einer übrig. Zwar wusste er, wo sich Nachschub befand, aber der Weg dorthin war mittlerweile ziemlich beschwerlich geworden. Ob das Wasser da unten inzwischen wohl schenkel- oder schon hüfthoch stand? Nass war er zwar jetzt schon, aber wenn er noch einmal dort hinein musste, würde er komplett durchweicht sein. Dann holte er sich womöglich ernsthaft etwas weg, falls er noch länger hier ausharren musste, und fiel endgültig für die Ermittlungen aus. Und diesen Triumph wollte er demjenigen, der ihn hier eingesperrt hatte, nun wirklich nicht gönnen.

Wer mochte das gewesen sein?

Ein allzu großes Rätsel war das nicht. Stahnke hatte sich inzwischen seinen Reim darauf gemacht. Die Aktion passte ins Bild. Das Wasser stellte keinen Anschlag auf ihn dar, sondern einen Sabotageakt an Heiko Grendels geerbtem Haus. Marode wie es war, würde ihm ein derartiger Wasserschaden mit großer Wahrscheinlichkeit den endgültigen Garaus machen. Und war das Gebäude erst einmal baufällig und musste weg, dann erloschen auch alle Konzessionen, die jemals dafür erteilt worden waren. Das *McDaisy's*-Schnellfress-Projekt würde neu beantragt werden müssen – falls die Investoren nach solchen Rückschlägen noch bereit waren, ihr Geld hier anzulegen. Und ob der Landkreis, der dann zuständig war, überhaupt die notwendigen Genehmigungen erteilen würde, stand in den Sternen. Die Burger-Gegner hatten einen erfolgversprechenden Coup gelandet.

Renko Heidergott oder Bea Wulff also. Oder beide zusammen.

Und warum hatten sie ihn im Keller eingeschlossen? Ein Versehen? Oder eine Verwechslung, weil sie Heiko Grendel dort unten vermutet hatten? Jedenfalls kein Spaß. Der Hauptkommissar knurrte durch die gefletschten Zähne, während er mit beiden Händen in seinen Taschen wühlte. Das sollten die beiden nicht umsonst gemacht haben.

Ein Glück, da war noch dieser eine kleine Löffel! Stahnke knipste seine Lampe wieder an, stellte fest, dass das Licht schon trüb zu werden begann, hielt das Löffelchen in den Lichtkegel und nahm Maß. Jetzt durfte nichts mehr schiefgehen, sonst musste er doch noch abtauchen.

Vorsichtig schob er das Stielende in den Schraubstock-Türspalt. Nicht zu wenig, nicht zu weit. So, war es das jetzt? Vorsichtig bog er den Stiel rechtwinklig um, dann wand er ihn um fünfundvierzig Grad in die andere Richtung. Der Behelfs-Schlüsselbart stand jetzt parallel zum Stiel, wie bei einem altmodischen Schlüssel. Also wieder einen Test wagen. Hoffentlich war es der letzte.

Okay, hineinschieben ließ er sich diesmal. Und anscheinend fasste der Bart auch. Stahnke bückte sich, obwohl sein Rücken stark schmerzte, suchte auf vor Nässe quietschenden Sohlen die beste Position und richtete den immer gelblicher werdenden Lichtkegel seiner Lampe auf das Schlüsselloch. Mit dem Daumen fixierte er den Dessert-Dietrich in der mutmaßlich richtigen Position. Jetzt behutsam Druck aufbauen. Wenn er Pech hatte, rutschte ihm das Ding wieder mal ab, dann hieß es: alles von vorne. Wenn er ganz großes Pech hatte, dann brach ihm auch dieser Stiel ab, und er musste nach unten, ein eisiges Bad nehmen.

Es knackte, so laut, dass es sogar das Rauschen des Wassers auf der Treppe übertönte. Der Hauptkommissar zerbiss einen saftigen Fluch. War es doch wieder passiert?

Nein, das Knacken kam von der Schlossmechanik. Da bewegte sich etwas! Jetzt nur nicht unvorsichtig werden. Langsam den Druck erhöhen, nicht rucken, nicht abrutschen. Okay, der Löffel-Bart schien an der richtigen Stelle angesetzt zu sein. Stahnke drehte weiter; der gefühlte Gegendruck blieb konstant. Super, die Schlossmechanik spielte mit!

Bloß eine andere Mechanik tat dies nicht, nämlich die seines Handgelenks. Das hatte er jetzt schon so weit herumgedreht, mehr ging nicht. Umgreifen? Bloß nicht, dabei konnte der Bart abrutschen, und alles war umsonst. Lieber drehte Stahnke seinen ganzen Arm mit, dann auch die Schulter, dann den kompletten Körper. Bloß gut, dass niemand sehen konnte, was für Verrenkungen er hier auf der Kellertreppe vollführte!

Schnack – plötzlich war der Gegendruck weg. Stahnkes Herz setzte einen Schlag aus. War ihm das blöde Ding im letzten Moment doch noch weggerutscht? Oder hatte er Glück gehabt, und der Mechanismus war zur richtigen Seite umgeschnappt? Zaghaft betätigte er die Klinke.

Die Tür ließ sich aufdrücken. Wenn auch mit einiger Mühe. Zum ersten Mal sah der Hauptkommissar, wie eine Tür eine Bugwelle warf.

Das gesamte Erdgeschoss stand knöcheltief unter Wasser. Aus allen Richtungen rauschte und plätscherte es, sogar von oben, die Treppe zum ersten Stock herab. An der Decke hatten sich große dunkle Flecken gebildet, an einer Stelle hing die Verkleidung schon gefährlich durch.

In der Küche waren sämtlich Wasserhähne voll aufgedreht; die Siphons der Spülbecken waren abgeschlagen oder -getreten worden, so dass das Wasser ungehindert durchrauschen konnte. In die Toiletten schaute Stahnke gar nicht erst; das Wasser kam ihm schon in der Tür entgegen. Wenn hier nicht bald etwas unternommen wurde, war dieses Haus tatsächlich abbruchreif. Vielleicht war es das sowieso jetzt schon.

Sollte er nach dem Hauptventil suchen? Er hatte doch wirklich Wichtigeres zu tun!

Der Zufall kam ihm zu Hilfe. Im Korridor stand eine Wandschranktür offen; dahinter befand sich ein großer, altmodischer Sicherungskasten. Alle Sicherungen waren herausgedreht. Auch das große grüne Ventilrad der Hauptwasserleitung unter dem untersten Regalbrett war nicht zu übersehen. Stahnke bückte sich ächzend und drehte.

Das Rauschen verstummte, das Plätschern wurde weniger. Nur aus Richtung der beiden Treppen war der Nachlauf noch deutlich zu vernehmen. »So weit, so gut«, knurrte der Hauptkommissar. »Aber glaubt ja nicht, dass ich auch noch das Feudeln übernehme.«

Er eilte zur Haustür. Stoppte abrupt ab. Wohin zuerst? Ins Polizeibüro? Zum Fährhafen? Oder zu Sina, etwas Trockenes anziehen, damit er sich nicht doch noch den Tod holte? Draußen war es immerhin schon dunkel, und seine nassen Klamotten produzierten unangenehm viel Verdunstungskälte. »Ein Königreich für eine Entscheidungshilfe«, murmelte er.

Sein Handy klingelte. Außerhalb des Kellers hatte er offenbar wieder Empfang. Er zog es hervor und schaute aufs Display. »Na dann«, knurrte er und nahm das Gespräch an.

32.

Als sie direkt davor stand, stellte Bea Wulff fest, dass sie Heidergotts neue Häuser sehr wohl kannte. Und ob! Wie jeder andere Insulaner auch kannte sie die beiden Gebäude als »die Katastrophenhäuser«. Während ringsumher ein Haus nach dem anderen renoviert, verschönert oder runderneuert worden war, verströmten diese beiden immer noch den fragwürdigen Charme der späten fünfziger Jahre, und ihr Zustand schien sich von Jahr zu Jahr weiter verschlechtert zu haben, ohne dass etwas dagegen unternommen worden war. Mein Lieber, dachte sie, da hat sich Renko aber ganz schön was aufgehalst.

Jetzt, nach Einbruch der Nacht, sah man natürlich wenig davon, was es hier noch alles zu tun gab, ehe sich diese beiden Häuser an Feriengäste mit gehobenen Ansprüchen vermieten ließen. Für entsprechend viel Geld. Und als ob sie das wüssten, hüllten sich die Häuschen in schamhafte Dunkelheit. Nur über einem der beiden Eingänge brannte eine matte Lampe. Diesen Eingang steuerte Bea an.

»Renko?« Sie suchte vergeblich nach Klingel oder Namensschild, entschied sich dann, leise anzuklopfen. »Renko, bist du hier?« Sie klopfte energischer und lauter, erst mit dem gekrümmten Finger, schließlich mit der Faust. »Renko, verdammt! Mach endlich auf!« Nichts, keine Reaktion. Nur ein kurzer Lichtreflex, der ganz oben über die Milchglasscheibe wischte, die oberhalb der Tür eingelassen war.

Bea hielt inne und lauschte. Woher war das gekommen, von drinnen oder von draußen, von irgendwo hinter ihr? Waren im Haus Schritte zu hören? Sie war sich nicht sicher. Irgendetwas glaubte sie von drinnen vernommen zu haben, aber es wiederholte sich nicht, ebenso wenig wie der Lichtschimmer. Was hatte das zu bedeuten? Hockte Renko etwa da drin und stellte sich tot? Hatte er sie erkannt und wollte nicht mit ihr reden? Kindisch genug dafür war er, jedenfalls manchmal.

Jetzt wurde Bea langsam sauer. Sie holte weit aus und hämmerte mit aller Wucht, die ihr zur Verfügung stand, an die alte Haustür, die unter ihren Schlägen zu beben und zu dröhnen begann. »Renko! Schluss jetzt mit dem Blödsinn, mach endlich auf, ich muss mit dir reden!«

Sie hörte, wie eine Haustür geöffnet wurde und Renkos gedämpfte Stimme erklang: »Bea! Also sag mal, was ist denn mit dir los? Willst du die ganze Nachbarschaft rebellisch machen?«

Bea Wulff starrte die Tür vor ihrer Nase an, die nach wie vor verschlossen war. Dann wandte sie ihren Kopf nach links. Renko Heidergott stand in der geöffneten Tür des komplett dunklen Nachbarhauses, in Holzfällerhemd und Arbeitshose mit Latz und Hosenträgern, die Arme in die Seiten gestemmt. »Was ist denn nun? Warum machst du hier so einen Radau?«

Zwischen den Türen der beiden benachbarten Häuser gab es nur ein paar verlotterte Beete ohne Blumen und ein niedriges Mäuerchen. Kurz entschlossen setzte Bea Wulff in drei langen Sätzen darüber hinweg, packte Renko Heidergott am Arm und drängte ihn zurück ins Haus. »Halt du dich mal lieber selber still«, zischte sie ihn an. »Die suchen dich überall! Polizei, jede Menge Bullen! Pass lieber auf, sonst verbringst du die Nacht bei Lüppo an der Kaapdüne.«

»Was, wer sucht mich? Lüppo? Und wer noch?« Heidergott schüttelte verständnislos den Kopf, ließ es aber zu, dass Bea ihn vor sich herschob und hinter ihnen beiden die Tür ins Schloss drückte. »Warum soll die Polizei mich denn suchen?«

»Weil Lüppo denkt, dass du hinter all dem hier steckst«, sagte Bea. Sie fasste Heidergott mit beiden Händen an den Hosenträgern, drückte ihn mit dem Rücken gegen die Wand und fixierte ihn so eindringlich, wie das in dem dunklen Hausflur möglich war. »Mensch, Renko, die haben Verstärkung vom Festland geholt, ein Riesenaufgebot an Polizisten! So viele hatten wir hier noch nie. Und sie fahnden überall nach dir. Was hast du bloß angestellt, du oller Brausekopp?«

»Ich? Was soll ich denn angestellt haben?« Bea konnte spüren, wie er seine mächtigen Brustmuskeln anspannte, aber er ließ sich ihren Griff auch weiterhin ohne Gegenwehr gefallen. »Du meinst, Heiko Grendel eins vorn Latz gehauen? Tja, ich gebe ja zu, dass ich mit diesem Gedanken echt gespielt habe. Verdient hat der Kerl allemal, was er gekriegt hat, und auch wohl noch ein bisschen mehr! Aber glaub mir, Bea, ich war's nicht. Kam gar nicht dazu. Weil mir irgendwer zuvorgekommen ist.«

»Ach was, von wegen Heiko! Um den geht es doch längst nicht mehr!« Sie versuchte, Renko Heidergott zu schütteln, ohne damit allzu viel zu bewirken, ihrer kräftigen Figur zum Trotz. »Jedenfalls nicht um ihn allein! Dieser verschwundene Doc aus Leer, und dann noch dieser andere, sein Partner, dieser van der Werft, der mit dem einen neulich bei mir gegessen hat. Niedergeschlagen und entführt! Mensch, Renko, das sind

Kapitaldelikte, bei so was verstehen die Bullen keinen Spaß!«

Renko Heidergott zeigte keine Reaktion. Wie versteinert stand er mit dem Rücken zur Wand, die dringend eines Anstrichs bedurfte, und starrte mit leeren Augen über Beas Schulter hinweg. Seine muskulösen Arme hingen bewegungslos herab. Lediglich seine Kiefermuskeln bewegten sich, doch schienen sie nicht in der Lage zu sein, seinen Mund zum Öffnen zu bewegen.

»Renko, Mann, sag doch was!« Heidergotts Apathie begann Bea Wulff Angst zu machen. Hatte sich ihr Kollege, ihr guter Freund tatsächlich so weit verrannt, dass er keinen Ausweg mehr sah? Das konnte zu einer Kurzschlussreaktion führen, und die wollte sie möglichst nicht miterleben. »Hey! Ich stehe direkt vor dir!« Sie hieb ihm mit ihren flachen Händen auf den Brustkorb.

Heidergott blinzelte, seine Augen zuckten, sein Blick fand ins Diesseits zurück. »Ich soll das gewesen sein?«, fragte er mit schwacher Stimme. »Sagen sie das, ja? Bea, die spinnen doch. Du glaubst denen doch nicht etwa.« Es klang wie eine Feststellung, nicht wie eine Frage. Aber überzeugend klang es nicht.

»Warum warst du heute nicht in deinem Laden, Renko? Was treibst du hier? Und warum hast du verschwiegen, dass du diese beiden Häuser gekauft hast? Renko, ich dachte, wir wären Freunde!«

»Freunde.« Renkos Körper straffte sich, sein Blick wurde finster. Er hob die Hände und schob Bea behutsam, aber nachdrücklich von sich weg. »Freunde, ja? Natürlich sind wir das, wenn du das meinst, in Ordnung. Aber verheiratet sind wir nicht, okay? Wie kommst du darauf, dass ich dir alles erzählen müsste, was ich so treibe? Willst du vielleicht noch Konteneinsicht? Möchtest du meine Pin-Nummern wissen?«

Bea dachte an ihr unbefugtes Eindringen in Heidergotts Büro und errötete. »Natürlich nicht, Renko, du bist mir keine Rechenschaft schuldig. Aber darum geht es auch nicht! Du übertreibst maßlos. Wir haben doch darüber gesprochen, was es für uns und unsere Läden bedeutet, wenn Heiko seinen *McDaisy's* aufmacht, richtig? Und was man dagegen unternehmen könnte. Ich finde, da gehört es sich, dass man dann auch mit offenen Karten spielt! Schließlich geht es um meine Existenz ebenso wie um deine. Es kann doch nicht angehen, dass du so tust, als würden wir uns gemeinsam zur Wehr setzen, und dann im Stillen deine eigenen Pläne verfolgst.«

Renko Heidergott blieb eine Antwort schuldig. Bea stemmte die Fäuste in die Hüften und tappte ungeduldig mit dem rechten Fuß. Heidergott verschränkte seine kräftigen Arme und schaute überall hin, nur nicht auf Bea. Er will nicht raus mit der Sprache, dachte sie. Was immer er treibt, er ist noch nicht bereit, offen darüber zu reden. Schwanken tut er, aber er kippt nicht. Da muss ich wohl andere Saiten aufziehen.

Ihre Augen hatten sich inzwischen an das Halbdunkel im Hausflur gewöhnt. Die einzige eingeschaltete Lichtquelle schien sich in einem der hinteren Zimmer zu befinden; ein schmaler Streifen Licht schaffte es bis in den Korridor. Genug, um die stählerne Kellertür auszumachen. Rechter Hand, gleich weit von ihr wie von Renko entfernt. Es half nichts, sie musste sich jetzt selbst überzeugen. Falls sie wirklich fand, was sie befürchtete, dann musste sie eben damit leben.

Und mit Renkos Reaktion.

Sie öffnete den Mund und hob die Hand, als wollte sie eine weitere Strafpredigt vom Stapel lassen. Renko schaute zur anderen Seite weg. Genau die Gelegenheit, auf die Bea spekuliert hatte. Mit drei langen Schritten war sie an der Kellertür; wenn sie wollte, konnte sie flink sein wie eine Gazelle. Der Schlüssel steckte, davon hatte sie sich vorher überzeugt. Sie griff zu und drehte ihn.

»He, Augenblick mal! Was fällt dir denn ein?« Fast ebenso schnell war Renko hinter ihr. »Hör mal, du kannst dir doch nicht alles erlauben!« Schon lagen seine Hände auf ihren Oberarmen, packen schmerzhaft fest zu, gerade als sich die Tür zu öffnen begann.

Renko zog Bea zur Seite und nach hinten. Sie musste nur den Türgriff festhalten, alles andere geschah wie von selbst. Jedenfalls fast. Ein Wegdrehen der Schulter, ein Abdrucken des Kopfes, ein zusätzlicher Zug aus dem Ellenbogen kamen schon noch dazu. Der größte Teil der Wucht, mit der die Kante der Stahltür gegen Renkos Kopf krachte, stammte jedoch eindeutig von ihm selbst.

»Sorry, Alter«, murmelte Bea, als sie den benommenen Renko Heidergott von sich stieß, nicht härter als nötig. »Es geht nicht anders. Du wirst mir dafür noch dankbar sein.« Heidergott ging zu Boden, Bea Wulff wandte sich der Kellertreppe zu. Stoppte noch einmal, zog den Schlüssel ab. Dann stieg sie in das muffige Betongewölbe hinab.

Ein alter Bunker, registrierte sie. Darum stehen die Häuser hier also so hoch. Bloß gut, dass das Licht funktioniert.

Der Boden war fleckig, und Spuren im Staub ließen erkennen, dass hier vor Kurzem jemand gegangen war. Wozu wurde so ein Keller genutzt? Ihre Lebensmittel würde sie in solch einem feuchten Loch nicht gerne lagern. Das war hier ja wie in einem Verlies.

Verlies. Das Wort brachte die Angst zurück, die Angst davor, was sie hier finden würde.

Direkt vor ihr war eine weitere stählerne Tür. Ebenfalls verschlossen, auch hier steckte der Schlüssel außen. Bea wappnete sich. Los jetzt, trau dich, feuerte sie sich an. Sie brauchte Gewissheit.

Ein gedämpfter Knall ließ sie zusammenfahren. Ihre Hände zuckten von der Metalltür zurück, als sei sie glühend heiß. Der Knall aber war nicht von dort gekommen, sondern von hinten und oben. Ach, die Haustür! War da jemand gekommen?

Auf Zehenspitzen ging sie ein paar Schritte zurück, lauschte. Nichts zu hören. Also war wohl keiner gekommen, sondern es war einer gegangen.

Renko. Mann, musste der einen Betonschädel haben! Trotz dieses harten Schlages war er noch in der Lage, aufzustehen und …

Zu flüchten. Tja, dachte Bea, das ist wohl eindeutig. So gut wie ein unterschriebenes Geständnis.

Zitternd vor Aufregung und Angst wandte sie sich wieder der verschlossenen Tür zu.

33.

Die Helligkeit schmerzt in den Augen. Reflexartig kneift er sie fest zusammen. Zum ersten Mal, seit Dietz Lichterfeld gefangen in diesem Keller liegt, ist die Deckenbeleuchtung eingeschaltet worden. Anders als sonst, denkt er. Das hat etwas Endgültiges. Showdown bei Festbeleuchtung. Danach ist alles vorbei.

Als er die Augen wieder öffnen kann, steht ihr Entführer mitten im Raum. Schlagartig erkennt er ihn. Wie hat er nur so blind, so blöd sein können! Plötzlich ist alles wieder da, sonnenklar und eindeutig.

Und das Fünkchen Hoffnung, das Henning van der Werft in ihm entfacht hat, ist erloschen.

»Herr Duismann«, sagt van der Werft in einem Tonfall, als sei man sich soeben auf einem Cocktailempfang über den Weg gelaufen. »Vielleicht könnten wir in Ruhe über alles reden. Ich sehe da durchaus Möglichkeiten …«

Dieter Duismann tritt an den Liegenden heran, geht langsam in die Hocke und schlägt ihm wie beiläufig mit der flachen Hand ins Gesicht. »Nicht reden«, befiehlt er ruhig. »Zuhören.« Mit einem Seitenblick auf Lichterfeld setzt er hinzu: »Du auch.«

Ihr Mann, denkt Dietz Lichterfeld. Natürlich, ihr Mann. Wie konnte ich ihn denn nicht gleich erkennen! Er hat doch praktisch neben mir gestanden, damals, als Mareike auf der Intensivstation lag, nach dieser verfluchten Operation. Er hat mich beschimpft, und das war sein gutes Recht. Schließlich habe ich Mist gebaut, wir beide haben Mist gebaut, Henning und ich. Aber ich habe ja gar nicht richtig hingehört. Und ich habe nur Augen für sie gehabt.

»Auge um Auge, Zahn um Zahn«, sagt Duismann. »Ihr wisst, was ihr getan habt. Dass ihr Strafe verdient habt, wisst ihr auch. Eure Strafe wird euren Taten entsprechen.« Er zieht ein schwarzes Etui aus der Innentasche seiner Jacke. Langsam zieht er den Reißverschluss auf. Lichterfeld schließt die Augen. Er braucht nicht zu sehen, was dieses Etui enthält. Er weiß es auch so.

»Auge um Auge.« Das ist Henning van der Werfts Stimme. »Altes Testament, zweites Buch Mode, Exodus, richtig?«

Dietz Lichterfeld glaubt nicht richtig zu hören. Woher weiß Henning das denn? Und woher nimmt er die Kaltschnäuzigkeit, jetzt und hier mit ihrem Peiniger ein Gespräch über Glaubensfragen anzufangen?

»Richtig«, erwidert Duismann. »So steht es geschrieben, so wird es getan.«

Lichterfeld schaut wieder hinüber. Duismann zieht in aller Ruhe eine Spritze auf. Schaudernd stellt der Arzt fest, dass diesmal gleich ein ganzes Spritzensortiment bereitliegt.

»Eine häufig missverstandene Bibelstelle«, fährt van der Werft im Plauderton fort. »Sie wird oft zitiert, um aufzuzeigen, wie grausam das Alte Testament doch ist. Tatsächlich hat Jesus ja vieles von dem, was da steht, revidiert und zurechtgerückt. Aber vom eigentlichen Sinn her ist ›Auge um Auge‹ alles andere als grausam. Jedenfalls im historischen Kontext betrachtet.«

»Historisch!« Duismann lacht spöttisch auf. Lichterfeld betrachtet sein Profil, den kantigen, starken Kiefer, die gerade Nase, die hohe, völlig glatte Stirn. Eine kraftvolle Persönlichkeit, in jeder Hinsicht, denkt er. Und offenbar vollkommen mit sich im Reinen. Von Zweifeln keine Spur.

Van der Werft lässt sich nicht beirren. »Ja, historisch. Seinerzeit, also als das Alte Testament entstand, herrschte in Palästina und auch andernorts allgemein die Blutrache. Erlittener Schaden musste mit Blut vergolten und abgewaschen werden. Was natürlich dazu führte, dass sich die jeweils andere Seite ebenfalls wieder zur Blutrache genötigt sah. Und so weiter, und so fort. Gewalt zeugte wiederum Gewalt, eine Kette ohne Ende. Da war die Forderung, für eine unrechte Tat eine Strafe festzusetzen, die exakt deren Schwere entsprach, und die Angelegenheit damit zu beenden, absolut fortschrittlich. Du nimmst ein Auge, die verlierst ein Auge – Schluss, keine weitere Rache mehr. So muss man das interpretieren.«

Er doziert wie im Hörsaal, denkt Lichterfeld. Druckreif. Und ich kann nicht einmal einen klaren Gedanken fassen. Hat er denn keine Angst? Zum Beispiel davor, dass Duismann jetzt völlig ausrastet?

Der Entführer aber scheint die Ruhe selbst zu sein. Sein Gesicht hat einen überlegenen, nachsichtigen Ausdruck angenommen. Das Spritzenetui hat er sinken lassen. Immerhin, denkt Lichterfeld, immerhin! Wieder einmal empfindet er überwältigend stark, wie sehr er doch am Leben hängt. Jede einzelne Sekunde ist kostbar. Alles würde er dafür geben, immer und immer wieder.

Warum kommt ihm jetzt Mareike Duismann in den Sinn? Und dann erst seine eigene Frau?

Würde er auch sie opfern?

»Interpretation«, sagt Duismann, »ist Anmaßung. Das

ist typisch für euch Kurpfuscher. Ihr bildet euch ein, ihr könntet alles erkennen, alles durchschauen, analysieren. Und dann verändern. Denn Interpretation ist nichts anderes als Veränderung, nämlich Veränderung der Bedeutung, des wahren Sinns. Gottes Wort aber ist nicht interpretierbar. Es steht fest, in Stein gemeißelt. Seine Wahrheit steht hoch und weit über euch. Aber das begreift ihr ja nicht, weil ihr immer versucht, alles zu verstehen, alles zu hinterfragen mit eurem begrenzten Verstand, auf den ihr so stolz seid. Aber dazu reicht er nicht. Denn dazu müsstet ihr erst einmal glauben, und das könnt ihr nicht. Was für ein Jammer.«

»Aber die Bibel ist doch gar nicht Gottes Wort, so wie Sie das meinen«, platzt Dietz Lichterfeld heraus. Er erschrickt vor sich selbst. Aber jetzt ist es passiert, jetzt muss es auch heraus. Er haspelt weiter, so schnell er kann. »Also von wegen direkt und unumstößlich. Die Bibel ist doch nur eine Sammlung von Texten, die von Menschen geschrieben wurden, Menschen mit sehr begrenztem Wissen und in den Vorstellungen ihrer Zeit befangen. Und was sie schrieben, wussten sie teilweise nur vom Hörensagen, weil die, von denen da die Rede ist, überwiegend Analphabeten waren. Diese Texte wurden willkürlich zusammengestellt und später von verschiedenen Päpsten verändert und zusammengestrichen. Also, wenn das Gottes Wort ist …«

Duismann ist über ihm. Seine Schläge treffen ihn im Gesicht, hart und brutal. Er hört, wie seine Nase bricht, er schmeckt, wie sein Mund sich mit Blut füllt.

»Du bist Dreck«, zischt Duismann ihn an. »Du bist weniger als Dreck. Du bist ein mieses, dreckiges Schwein. Du hast Mareikes Leben zerstört, du hast mein Leben zerstört. Und du hast nichts begriffen.« Wieder schlägt er zu, jetzt mit der flachen Hand. Von Selbstbeherrschung keine Spur mehr. »Nichts begriffen! Kommst daher, willst dich mit Geld reinwaschen! Und dann mit Gold! Du verfluchtes Schwein! Willst die Gutmütigkeit meiner armen Frau ausnutzen, damit du dir ja kein schlechtes Gewissen machen musst. Damit du nachts auch ja gut schläfst, wie ein Baby!«

Das letzte Wort kommt als Aufschrei. Ein Faustschlag trifft Dietz Lichterfelds gebrochenes Nasenbein, und obwohl er im Gesicht kaum noch zu Schmerzempfindungen fähig ist, wird ihm schwarz vor Augen. Das Bewusstsein aber verliert er nicht, so sehr er sich das auch wünscht.

»Ein Baby.« Da ist die Tigerstimme wieder, raunend und grollend und von feuchtem Atem begleitet, dicht an seinem Ohr. »Wie haben wir uns ein Baby gewünscht! Mareike hat gesagt, nur noch diese eine Zahn-OP, weil, die Narkose ist nicht gut für ein Ungeborenes. Aber gleich danach, dann gründen wir eine richtige Familie. Noch war es nicht zu spät dafür. Aber dann kamst ja du, dann kamt ihr beide, ihr gewissenlosen Verbrecher! Und danach war nichts mehr wie vorher. Mareikes Geist ist krank, und ihr Körper ist diesem kranken Geist zum Opfer gefallen. Ob sie das nun überlebt oder nicht, ganz egal, es ist aus. Keine Hoffnung mehr. Unser Leben, unsere Familie ist zerstört.«

Duismann erhebt sich wieder. »Zwei Leben zerstört. Zwei Menschen in Qualen. Das kostet euch zwei Leben. Und zweimal Qualen.« Leise klirren die Spritzen gegeneinander, als er eine davon aus dem Etui zieht. »Mit Zinsen, meine Herren, mit Zinsen. Ihr habt es uns verflucht schwer gemacht. Kein Grund also, es euch leicht zu machen.«

Lichterfelds Blick hat sich wieder geklärt. Er sieht Duismann zwischen sich und van der Werft stehen, turmhoch über ihnen, jetzt wieder lächelnd, bedrohlich lächelnd. »Na, wer von euch möchte denn zuerst?«

»Nein! Ich nicht!« Die geschrienen Worte lassen sich nicht verhindern, auch wenn sich Lichterfeld furchtbar dafür schämt. Er weiß, was ihnen droht, und dieses Wissen ist zu stark für seine Selbstbeherrschung, so klein und minderwertig es sich deswegen auch vorkommt. Er sieht, wie Duismanns Gesicht von einem höhnischen Grinsen in die Breite gezogen wird. Wie wünscht er sich, dass es damit sein Bewenden haben möge, dass ihr Peiniger sich diesmal damit zufriedengibt, sie in Angst und Schrecken zu versetzen!

Aber auch das weiß er besser.

»Na gut«, sagt Duismann gönnerhaft. »Du hast ja auch schon das Vergnügen gehabt. Hast schon bezahlt. Die Zinsen, wohlgemerkt! Die Hauptschuld steht noch aus.« Er wendet sich van der Werft zu. »Tut mir richtig leid, dass ich mir bei dir nicht so viel Zeit lassen kann. Geht aber nicht. Ich muss die Sache zu Ende bringen. Hab's versprochen.« Er tätschelt van der Werft die Wangen. »Du hältst dich wacker, mein Lieber. Trägst es wie ein Mann, jammerst nicht herum wie dein Komplize da, der greint wie ein Baby. Trägst es wie ein echter Balte, was?«

»Woher wissen Sie ...« Jetzt entgleitet van der Werft die Coolness-Maske doch für einen Moment.

Duismann lacht. »Dass du baltische Vorfahren hast, von denen einer hier auf der Insel begraben liegt, da hinten beim Denkmal? Woher ich das weiß? Nichts leichter als das, mein Lieber. Die Helferinnen in deiner Klinik in

Leer sind nicht nur extrem unfreundlich, sie sind auch ziemlich geschwätzig.« Noch so ein gehässiger Lacher: »Sie sind außerdem unterbezahlt und finden dich arrogant. Darum mögen sie dich auch nicht, unter anderem. Nicht, dass dir diese Info jetzt noch etwas nützen würde. Aber ich dachte, ich sag's dir trotzdem.« Duismann zeigt mit dem Daumen auf Lichterfeld: »Deinen Partner da, deinen Komplizen, den mögen deine Weibsbilder lieber. Aber so sind die Frauen eben, was? Stehen auf Weicheier. Am liebsten hätten sie nur Schwule um sich.« Er spuckt aus, haarscharf neben van der Werfts Kopf.

»Hast du dich gar nicht gefragt, warum ich dich auf dem Friedhof erwischt habe?«, fährt Duismann fort. »Ich wusste, dass du die Gedenkstelle aufsuchen würdest. Weil dein Vorfahr dir wichtig ist, war wohl ein Junker oder so was, Landadel, auf so was stehst du ja. Ich musste dich nur im Auge behalten. Ist nicht besonders schwer, wenn man ständig für eine Spedition im Ort unterwegs ist und der direkte Vorgesetzte frei hat!« Er verzieht sein Gesicht. »Schiefgegangen wäre es beinahe trotzdem. Aber egal, jetzt bist du ja hier, nicht wahr? Wo du hingehörst.«

Er neigt sich zu dem Arzt hinab und grollt mit seiner Tigerstimme dicht an dessen Ohr: »Jetzt wird nachgeholt, was du bisher verpasst hast. Für dich gibt es den Spaß nur einmal, aber dafür einmal richtig, nicht wahr, mein Lieber? An deinem Kollegen konnte ich ja reichlich üben. Jetzt weiß ich genau, wie es am besten geht. Vertauschte Rollen, mein Bester. Nur dass mir im Gegensatz zu dir mit Sicherheit kein Kunstfehler unterlaufen wird. Denn das Ziel meiner Operation, das erreiche ich bestimmt.«

Mit schreckgeweiteten Augen beobachtet Lichterfeld,

wie Duismann die erste Spritze ansetzt. Das Gefühl der Hilflosigkeit, des Ausgeliefertseins ist kaum zu ertragen. Ob es seinen Patienten auch immer so geht? Natürlich versucht er, ihnen die Angst zu nehmen oder sie zumindest zu mildern, sei es durch gutes Zureden, Erklärungen oder launige Bemerkungen, je nach Typ. Anders als Duismann, der seine Opfer auch noch verhöhnt. Aber wer garantiert ihm denn, dass seine Patienten seine Worte nicht ganz genauso empfinden?

Als Duismann sich über van der Werft beugt, kann er nur seinen breiten Rücken und seine Oberarme sehen. Aber deren Bewegungen reichen völlig, um ihn wissen zu lassen, was dort gerade geschieht. Er hat es schon mehrmals am eigenen Leibe erlebt. Van der Werft bleibt still, nur sein Atem geht schneller und lauter, so als wolle er Lunge und Kreislauf noch schnell mit Sauerstoff volltanken und sättigen. Ein naheliegender Gedanke – Lichterfeld hat ihn auch gehabt, wenn auch nicht schon beim ersten Mal. Helfen tut es nichts. Die Qual kommt so oder so, und wenn sie da ist, scheint sie ewig zu dauern.

Er hört, wie ihr Peiniger an van der Werfts Kleidung zerrt, sieht ihn die Spritze noch mehrmals ansetzen. Endlich scheint er zufrieden zu sein und richtet sich wieder auf. »So, mein Guter«, raunt seine Tigerstimme. »Genieße es. Es ist das, was du und dein Komplize meiner Frau beschert haben. Genau das. Koste es aus. Für dich bleibt es bei diesem Mal. Das sollte dich freuen.« Er dreht sich überraschend zu Lichterfeld um: »Du hättest dich auch gefreut, wenn es bei einem Mal geblieben wäre, stimmt's?« Er zwinkert ihm zu.

Lichterfeld spürt, wie er die Kontrolle über seine Blase

verliert. Vor Scham und Verzweiflung schließt er die Augen.

Als er sie wieder öffnet, ragt Duismanns breiter Körper schon über ihm auf, und die Prozedur hat begonnen. Lichterfeld fängt an zu keuchen, Luft zu tanken, solange es noch geht. Die Einstiche der Nadel zählt er nicht, aber es kommt ihm so vor, als seien es diesmal mehr. Duismann hat es ja angekündigt: Dieses Mal soll das letzte Mal sein.

Den Wunsch zu sterben verspürt er nicht. Aber er weiß, der wird noch kommen. Die Qual, die ihm bevorsteht, wird irgendwann seinen Lebenswillen überwältigen. Dann wird er loslassen, dann ist es vorbei.

Aber noch nicht. Er stöhnt.

Duismann erhebt sich. »Gut so«, sagt er und nickt selbstzufrieden. »Alles gut. Dann kann ich euch ja mal kurz alleine lassen. Alles vorbereiten für den letzten Akt.« Sein Blick schweift zwischen seinen beiden Opfern hin und her. »Ihr sollt euren letzten Seufzer ja nicht hier in diesem stinkigen Keller tun, sondern draußen in Gottes freier Natur. Na, ist das nichts? Dafür könntet ihr mir eigentlich dankbar sein.«

Jetzt stöhnt auch van der Werft. Lichterfeld spürt, wie die Wirkung der Spritzen einsetzt. Jetzt beginnt der Kampf.

»Zugegeben, ich tu's ja nicht etwa euretwegen«, spricht Duismann weiter. »Aber es ist ja nicht nötig, dass man eure Kadaver irgendwann hier unten findet und dann früher oder später bei mir zu Hause anklopft. Nee, das muss nicht sein. Jedenfalls nicht gleich. Eine wichtige Sache habe ich noch vor.« Wieder die inspizierenden Blicke, das zufriedene Nicken. »Meine liebe Frau. Euer Opfer, ihr Schweine!« Von einem Moment zum anderen ist sein Gesicht eine verzerrte Fratze, und er scheint sich zwingen zu müssen, nicht nach seinen Opfern zu treten. Mit Mühe bekommt er sich wieder in den Griff. »Ihr habt ihr Leben zerstört. Jetzt will sie es nicht mehr. Und weil Gott nichts dagegen tut, ist er also damit einverstanden, dass sie sich darauf vorbereitet zu gehen. Ich werde ihr helfen, wenn es so weit ist. Ich will ihr den Abschied leicht und schön machen. Unter freiem Himmel, das habe ich mir fest vorgenommen, weil sie so gerne unter freiem Himmel ist.«

Lichterfeld konzentriert sich auf seine Atmung. Er hat kaum noch Gefühl in der Brustmuskulatur. Auch das Zwerchfell beginnt sich seiner Kontrolle zu entziehen. Diesmal geht es zu Ende, das ist deutlich zu spüren. Die Frage ist nur, wie viel Zeit ihm noch bleibt. Offenbar noch eine ganze Weile. Viel Zeit, um zu leiden.

Warum steht Duismann bloß immer noch mitten im Raum? Will er nicht schon längst gegangen sein?

»Ich werde ihr helfen und ihr alles leicht und schön machen«, wiederholt der Entführer versonnen. »Sie soll einen bequemen Weg ins Paradies finden. Auch wenn das für mich ewige Verdammnis bedeutet.« Er seufzt leichthin, wie über einen verlorenen Geldschein. »Hauptsache, sie hat es gut.«

Was für ein Kindskopf, denkt Lichterfeld, während er um seinen nächsten Atemzug kämpft. Selig sind die Armen im Geiste, heißt es nicht so? Wer nichts weiß, muss alles glauben! Tja, so sieht es aus. Jetzt schämt er sich nicht mehr seiner schmutzigen Hosen, jetzt schämt er sich, vor Kurzem noch selbst gebetet zu haben.

Dann wird ihm bewusst, was Duismann gerade gesagt

hat. Nämlich, dass er vorhat, als Nächstes seine Frau umzubringen. Nicht mehr und nicht weniger.

So jämmerlich seine eigene Lage auch ist, die arme Mareike Duismann bedauert er noch weit mehr als sich selbst. Er würde alles darum geben, ihr jetzt zu helfen, sogar seinen kleinen Lebensrest, mit Freuden sogar. Aber gefesselt und halb gelähmt, wie er ist, musst er hilflos zusehen, wie Duismanns breiter Rücken durch die Kellertür verschwindet.

34.

Die Willrath-Dreesen-Straße war wie ausgestorben. Aber eben nur *wie*, dachte Heiko Grendel. So dunkel und fortgeschritten der Abend auch war, immer wieder kamen einzelne Passanten vorbei. Paare nach spätem Restaurantbesuch, Spaziergänger, Hundebesitzer. Unglaublich viel Betrieb – was einem aber nur auffiel, wenn man es gerne einsam gehabt hätte. Jedesmal, wenn einer vorbeikam, faltete Heiko Grendel sich in seinem Fahrerhäuschen zusammen, so gut das in der Enge überhaupt ging, und tat unglaublich beschäftigt, denn unsichtbar machen konnte er sich hinter den großen Fenstern kaum. Auch wenn er Onkel Tjabbes Elektrokarren in einer Gasse geparkt hatte, die nachts nie benutzt wurde, konnte er doch nicht mehr allzu lange hier stehen, ohne unerwünschte Aufmerksamkeit zu erregen.

In dem Häuschen schräg gegenüber tat sich immer noch nichts. Nun komm schon raus, dachte Heiko Grendel ungeduldig. Ich weiß doch, dass du da drin bist! Habe meine Quellen. Wie lange willst du denn da noch rummachen? Es gibt doch für alles eine Grenze. Los jetzt, komm schon. Mach Feierabend.

Die Haustür öffnete sich. Grendel saß wie erstarrt. Kam er jetzt wirklich? Dann wurde es also ernst.

Die hochgewachsene, breite Gestalt unter der trüben Türfunzel wandte ihm den Rücken zu, während sie hinter sich abschloss. Ja, das musste er sein. Grendels Hand zuckte nach dem Zündschlüssel, ehe er sich erinnerte, dass diese Elektrokiste so etwas gar nicht hatte.

Mist, jetzt öffnete sich auch die Nachbartür! Das war mehr als ärgerlich. Für das, was er vorhatte, konnte Grendel keine Zeugen gebrauchen. Obwohl – nicht, dass das wirklich etwas geändert hätte. Auch wenn er vorhatte, das Ganze wie einen Unfall aussehen zu lassen – hier auf der Insel, wo ihn jeder kannte, würde ihm das sowieso niemand glauben. Aber egal, darauf kam es nicht an. Nur darauf, dass in Zukunft niemand mehr denken sollte, mit ihm, Heiko Grendel, könne man es machen. Mal eben so. Oh nein, von wegen!

Auch der breite Mann, der zuerst aus seiner Tür gekommen war, hatte zum Nachbarhaus geschaut. Jetzt duckte er sich blitzschnell weg. He, was soll das denn, fragte sich Grendel. Was hat der denn zu verbergen? Häuser kaufen und selbst renovieren ist doch nicht strafbar. Obwohl, so heimlich, wie der sich anstellt, könnte man es ja beinahe glauben. Aus irgendeinem Grund will er nicht, dass jemand davon weiß. Warte nur, Bursche, da kommen wir dir auch noch drauf.

Irgendwann. Eins nach dem anderen. Jetzt erst einmal …

Der Typ, der aus dem Nachbarhaus gekommen war, schien betrunken zu sein, jedenfalls schwankte er und hielt sich den Kopf. Jetzt knallte er die Tür hinter sich zu. Blödes Touristenpack, dachte Grendel, kommen auf unsere schöne Insel, bloß um hier richtig die Sau rauszulassen! Dann fiel ihm ein, dass er ja künftig von genau diesen Touristen zu leben gedachte, wie die meisten anderen Insulaner auch. An seiner Einstellung aber änderte das nichts.

Wo war denn der Breite geblieben? Der hatte sich nicht nur weggeduckt, der hatte sich versteckt! Er übertreibt wirklich, dachte Grendel. Selbst wenn er unerkannt bleiben will, dieser Besuffski da kann sich morgen doch sowieso an nichts mehr erinnern! Guck, jetzt fällt er sogar auf die Klappe, da hinter dem Busch, der aussieht, als gehörte er auf den Friedhof. Na dann, Ruhe sanft!

Mist, nun waren sie beide außer Sicht. Jetzt hieß es aufpassen, sonst waren alle seine Vorbereitungen für die Katz gewesen. Grendel ließ seinen Elektrokarren ein wenig vorrollen. Das Summen klang laut in der stillen Dunkelheit.

Aha, da war er wieder! Strebte stracks auf die Straße zu, ohne nach links und rechts zu gucken. So soll es sein, dachte Heiko Grendel. Jetzt war auch das Gesicht deutlich zu sehen, eingerahmt von einem struppigen Bart. Eindeutig Renko Heidergott!

»Jetzt sollst du büßen«, knurrte Grendel zwischen seinen Zähnen hindurch und fuhr an. Das kantige kleine Fahrzeug beschleunigte unerwartet zügig. Grendel lenkte mit einer Hand, die andere hielt er am Lichtschalter. Die Scheinwerfer würde er erst im letzten Moment aufblenden.

Ein großer Schatten huschte direkt vor ihm über die Straße. Es knallte. Grendel flog auf seinem Fahrersitz nach vorne und prallte mit der Stirn gegen die Frontscheibe. Zu spät und vergebens stützte er sich mit beiden Händen ab. Die Scheinwerfer flammten auf; anscheinend hatte er sie mit seiner Abwehrbewegung unwillkürlich eingeschaltet. Renko Heidergotts Gesicht erschien für einen Sekundenbruchteil im Lichtkegel, geisterhaft bleich angestrahlt, Mund und Augen aufgerissen. Dann war er vorbei, die Erscheinung war nur noch eine unglaubliche Erinnerung.

»Aua!«, stöhnte Heiko Grendel mit Verspätung und bemühte sich, das Fahrzeug auf der Straße zu halten. Dort war eine Abzweigung, anscheinend der Polderweg. Er bog hinein, fuhr noch etwa fünfzig Meter, dann schaltete er alle Lichter aus und ließ den Karren ausrollen.

Was war denn jetzt das gewesen? Hatte er Renko nun erwischt oder nicht? Eindeutig ja, dachte Heiko Grendel, es hat doch gerummst, mich hat es nach vorne gerissen, also muss ich ihn doch gerammt haben. Aber warum hat er dann da noch gestanden, als das Licht angegangen ist?

Er rieb sich den Kopf, dann zuckte er die Schultern. In der Erinnerung verschoben sich die Dinge eben manchmal, vor allem, wenn die Nerven so angespannt waren wie bei ihm gerade. Renko war ein kräftiger Kerl, den warf so schnell nichts um. Außerdem hatte er ihn ja nicht umbringen, sondern ihm nur einen Denkzettel verpassen wollen, als Buße für den Schlag mit dem hölzernen Riemen, den Renko ihm beim Klohäuschen verpasst hatte. Und das schien ja geklappt zu haben.

Obwohl es schon irgendwie komisch war …

Nein. Heiko Grendel schüttelte energisch den Kopf. Bloß nicht selber verrückt machen! Das führte doch zu nichts. Es hatte geklappt, er hatte sein Ziel erreicht, gut so. Jetzt nichts wie zurück zu Onkel Tjabbes Haus. Es gab eine Menge zu tun.

35.

»Sina.« Stahnke versuchte, seiner Stimme einen warmen Klang zu geben, was ihm angesichts seiner nassen, eiskalten Füße nicht leichtfiel. »Hallo, mein Schatz. Alles klar bei dir?«

»Du hast gut reden!«, platzte Sinas Stimme ihm ins Ohr. Erschrocken hielt er sein Handy eine Handbreit auf Abstand. »Ich hab schon ewig versucht, dich zu erreichen! Wo warst du denn? Warum warst du nicht auf Empfang?«

»Lange Geschichte.« Stahnke räusperte sich. »Ich war, äh, abgetaucht, sozusagen. Ich meine, halb. Jedenfalls ein bisschen.«

»Was redest du denn für ein kariertes Zeug?« Ungeduld und Verständnislosigkeit gingen in Sinas Tonfall eine brisante Verbindung ein. Die befürchtete Explosion aber blieb aus. »Hör mir lieber mal zu. Ich glaube, ich bin da auf etwas Unglaubliches gestoßen.«

»Das finde ich großartig, Sina, glaube mir.« Zu spät bemerkte Stahnke, dass er in den altväterlich begütigenden Ton verfallen war, den Sina so hasste. »Aber weißt du, der Fall, an dem ich gerade arbeite, der nimmt mich schon sehr in Anspruch, gerade jetzt, wo ich die Leitung …«

»Genau davon rede ich doch!«, schnitt Sina ihm das Wort ab. »Hör mir gefälligst zu, dann sag ich dir, wer der Entführer ist, verdammt! Du Leiter mit der langen Leitung!«

Der Hauptkommissar verstummte augenblicklich. Sina erzählte von ihren Gesprächen mit Mareike Duismann. Stahnke lauschte. Zuerst vergaß er seine eiskalten Füße, dann seine nassen Hosen.

»Alles deutet auf Dieter Duismann hin«, schloss Sina ihren Bericht. »Seine ganze Grundeinstellung, sein Fanatismus, alles lässt darauf schließen, dass Rache für ihn eine echte Option und eine starke Triebfeder ist. Zusätzlich vielleicht noch Eifersucht, nachdem er bemerkt hatte, wie Dr. Lichterfeld sich um seine Frau bemühte. Dabei wollte der doch nur sein schlechtes Gewissen beruhigen! Das muss Herr Duismann aber wohl in den falschen Hals bekommen haben. Und mit seinem Geschenk, dieser verfluchten goldenen Möwe, hat er alles noch schlimmer gemacht. Ich halte das für den Auslöser. Aber wie auch immer, Dieter Duismann befindet sich auf dem Rachefeldzug. Hundertprozentig.«

»Du sagtest, er hätte hier auf Langeoog einen Job angenommen?«, fragte Stahnke nach. »Bei einer Spedition? Hatte er das finanziell wirklich so nötig?«

»Natürlich nicht«, erwiderte Sina. »Jedenfalls war das bestimmt nicht der Hauptgrund. Duismann wollte an ein Transportmittel kommen, das war für sein Vorhaben unerlässlich. Und das ist hier auf der Insel gar nicht so einfach. Erstens gibt es fast nur Kutschen und Elektrokarren, und zweitens bekommt auch dafür längst nicht jeder eine Betriebserlaubnis. Wenn er selber eine beantragt hätte, dann hätte er sich dadurch nur verdächtig gemacht, und bekommen hätte er vermutlich keine. So herum war es einfacher.«

»Klar. Irgendwie musste er seine Opfer ja ins vorbereitete Versteck bringen«, sagte der Hauptkommissar. »Aber wo genau befindet sich dieses Versteck? Hast du das auch herausbekommen?«

»Nicht genau«, antwortete Sina. »Irgendwo in der Willrath-Dreesen-Straße.«

»Die kenne ich«, sagte Stahnke, »aber die ist lang. Hausnummer?«

»Hat Mareike Duismann nicht gesagt«, erwiderte Sina. »Ich muss sie noch einmal fragen. Aber vielleicht weiß sie die auch gar nicht, sie war noch nie dort. Bisher hat ihr Mann sie immer in der Klinik besucht, sie sitzt ja im Rollstuhl und hat weitgehendes Bewegungsverbot, wegen ihres Zustandes. Außerdem schläft sie wohl schon.«

»Mist.« Stahnke konnte sich gut vorstellen, wie Lüppo Buss auf den Vorschlag reagieren würde, alle verfügbaren Kollegen die Willrath-Dreesen-Straße entlang ausschwärmen und an alle Türen klopfen zu lassen: ›Haben Sie hier vielleicht zwei Entführte im Keller?‹ Na toll! Und dafür alle möglichen Urlauber aus dem Nachtschlaf reißen … Damit machten sie sich bestimmt jede Menge Freunde.

Überhaupt: Lüppo Buss. Und Freundschaft. Was mochte der wohl inzwischen über ihn denken? Wollte er das wirklich wissen?

»Eine Sache war da noch«, meldete sich Sina noch einmal zu Wort.

»Was für eine Sache?«

»Na, mit dem Ferienhaus. Mareike erzählte, ihr Mann hätte eine Unterkunft gemietet, die eigentlich gerade renoviert wird. Deshalb war sie überhaupt noch frei, und vergleichsweise billig war sie außerdem.«

»Wird renoviert, ja? Kann man das von draußen sehen?« Der Hauptkommissar war skeptisch.

»Herrgott, woher soll ich das wissen? Ich wollte dir doch nur helfen!«

»Sorry, das hast du doch, das hast du! Entschuldige bitte,

wenn ich gerade etwas barsch klang. Dieser Fall ... weißt du, ich hab gerade ziemlich kalte Füße.«

»Wohl eher undankbar als barsch«, versetzte Sina schnippisch. »Barsch bin ich von dir doch sowieso gewöhnt, dazu sage ich schon gar nichts mehr.« Ungeachtet ihrer Worte schien sie aber durch seine Entschuldigung halbwegs versöhnt zu sein.

Stahnke stand immer noch im Flur des gefluteten Hauses, direkt hinter der halb geöffneten Haustür, eine Hand an der Klinke. Draußen näherten sich Scheinwerfer. Gleich darauf war auch das schon so vertraute Summen zu hören. Ein Elektrokarren, der in seine Richtung fuhr. Unwillkürlich schob er Tür bis auf einen Spalt zu.

»Sina? Ich bin dir wirklich dankbar, glaube mir. Du hast mir sehr geholfen. Tust du mir einen Gefallen und rufst Lüppo Buss an? Erzähl ihm einfach das Gleiche wie mir, ja? Und nochmals danke. Tschüss, mein Schatz.« Er beendete das Gespräch, ohne eine Erwiderung abzuwarten, und stellte sein Mobiltelefon auf lautlos.

Der Elektrokarren blieb direkt vor dem Haus stehen. Die Scheinwerfer erloschen.

Stahnke blickte sich nach einer Deckung um, entschied sich für die Küche, bezog Position hinter der angelehnten Tür. Von hier aus hatte er die Haustür im Visier.

Schwere Schritte näherten sich dem Haus. Am Fuß der kleinen Außentreppe verhielten sie abrupt. Ein Stöhnen war zu hören. Dann wieder Schritte, langsamer, fast ängstlich, fand der Hauptkommissar. Die Haustür knarrte, als sie aufgedrückt wurde.

»Ach du große Scheiße!« Eine Männerstimme. Stahnke erkannte sie nicht.

Als eine Taschenlampe aufblitzte, zuckte der Hauptkommissar vom Türspalt zurück. Der helle Lichtkegel wanderte über Wände, Boden und Decke, verharrte auf den schlimmsten Wasserflecken und auf der Treppe, von deren Stufen immer noch Wasser tropfte. »Verfluchter Mist!« Wut und Verzweiflung waren unverkennbar.

Heiko Grendel, kombinierte Stahnke. Der mutmaßliche Erbe dieses Gebäudes, der sich schon ganz als Besitzer fühlt. Jemand hatte ihm einen üblen Streich gespielt, nein, mehr als einen Streich. Das hier überschritt Grenzen, das ging an die Existenz.

Eine Formulierung, die ihm bekannt vorkam. Andere fühlten sich bekanntlich durch Grendels Pläne mit diesem Haus bedroht. Eins und eins ergibt zwei, überlegte Stahnke. Logisch. Nur beweist das leider noch nichts.

Immerhin, die Möglichkeit, dass Grendel sein Haus selbst unter Wasser gesetzt hatte, um die Versicherung auszunehmen, schied aus. Die Gefühle, die aus seiner Stimme sprachen, klangen echt. Außerdem gehörte ihm das Haus offiziell ja noch nicht, von einem Versicherungsbetrug hätte er also erst einmal gar nichts gehabt. Es sei denn, er legte es darauf an, die Versicherungssumme zu erben.

»Renko, du Ratte«, knurrte Grendel. Dann schrie er so laut, dass Stahnke abermals zurückzuckte. »Renko Heidergott, du verfluchtes Schwein! Wenn ich das gewusst hätte, dann wärst du mir gerade eben nicht so davongekommen! Dann hätt ich dich totgemacht!«

Bisher hatte Stahnke darauf verzichtet, seine Pistole zu ziehen. Das holte er jetzt nach.

»Na warte«, knurrte Grendel wieder. »Ich hab dich

einmal gefunden, ich finde dich auch wieder. Und dann wird ernst gemacht, das schwör ich dir! Du willst es ja so!«

Als Heiko Grendel herumwirbelte, blickte er genau in die Mündung von Stahnkes Dienstwaffe. Mit der Linken richtete der Hauptkommissar den trüben Lichtkegel seiner kleinen Lampe auf Grendels Gesicht.

»Stopp«, sagte Stahnke ganz ruhig. »Polizei. Dass es jetzt ernst wird, damit haben Sie recht. Wie ernst, das hängt davon ab, was Sie mir jetzt erzählen. Was haben Sie gemeint, als Sie von *gerade eben* sprachen? Was haben Sie gemacht?«

Einen Moment lang stand Heiko Grendel wie erstarrt. Dann sackte er sichtlich in sich zusammen und ließ seine Taschenlampe sinken. »Polizei?«, stammelte er.

»Ja, Polizei. Los, kommen Sie.« Mit kleinen Bewegungen seiner Waffe und Taschenlampe dirigierte der Hauptkommissar ihn zur Tür. »Erzählen Sie mir alles, was passiert ist. Nichts weglassen, nichts verdrehen, wenn ich bitten darf. Aber machen Sie das draußen. Hier drinnen ist es mir zu feucht.«

Dann kam ihm noch eine andere Idee. »Am besten, wir setzen uns in das Führerhaus Ihres Vehikels da. Los, vorwärts. Wir haben nicht die ganze Nacht Zeit.«

Was für ein blöder Spruch, dachte Stahnke, als Grendel widerstandslos vor ihm her trottete. Und doch hatte er das deutliche Gefühl, dass da etwas dran sein könnte.

36.

Bea atmete tief durch. Zweimal schon hatte sie nach dem Schlüssel gegriffen, der unterhalb der Klinke aus der Metalltür in Renko Heidergotts Ferienhaus-Keller ragte. Zweimal hatte sie ihre Hand zurückgezogen, als hätte sie sich verbrannt. Die bloße Vorstellung dessen, was sich hinter dieser Tür befinden mochte, versetzte sie in Angst und Schrecken. Wenn sich die beiden Entführten hier befanden – in welchem Zustand mochten sie sein? Bea Wulff hielt sich selbst für eine taffe Frau, aber die Möglichkeit, hier auf Leichen zu stoßen, Leichen womöglich, von denen die eine schon länger hier lag, drohte sie doch zu überfordern. Ihre Entschlusslosigkeit war ihr peinlich, auch wenn es hier keine Zeugen gab – aber sie selbst kannte sich nicht so.

Dabei wäre ein Leichenfund an sich noch nicht einmal das Schlimmste. Und das war ein Gedanke, dessen sie sich nicht schämte, auch wenn er das Leben zweier Menschen quasi in die zweite Reihe schob. Weil, wenn die beiden Entführten tatsächlich hinter dieser Tür waren, dann war Renko Heidergott ein Entführer. Und wenn die beiden hier waren, und sie waren tot, dann war Renko ein Mörder. *Das* war eine Vorstellung, die sie mehr entsetzte als alles andere. Klar geworden war ihr das erst in den letzten Minuten hier unten in diesem Kellerbunker. Geahnt und gefühlt aber, so stellte sie rückblickend fest, hatte sie das schon länger.

Oh bitte, bitte, Renko, flehte sie im Stillen, als sie zum dritten Mal nach dem Schlüssel griff. Diesmal drehte sie ihn herum. Sie drückte die Klinke herunter und stieß die Tür auf.

Dumpfe, staubig-feuchte Dunkelheit empfing sie. Ihr Mund wurde trocken, ihre Nase signalisierte ihr menschliche Ausdünstungen. Nur mit Mühe unterdrückte sie einen Schrei. Noch einmal zögerte sie, dann zwang sie sich zum entscheidenden Schritt nach vorne. Ihre Hand tastete dort, wo sich gewöhnlich ein Lichtschalter befand. Da war er. Sie drückte ihn. Es schien endlos zu dauern, ehe die Leuchtstoffröhre unter der Decke grell zu zucken begann. Bea Wulff ertrug die Blitze, ohne zu blinzeln. Jetzt wollte sie es sehen, jetzt wollte sie es wissen.

Vor allem gestapeltes Holz, Latten und glatte Paneele. Farbeimer. Säcke mit Zementgemisch und Gips, einige davon offen, daher das trockene Gefühl im Mund. Plastikeimer mit Kleinteilen. Über einem alten Malerbock hing getragene, durchgeschwitzte Arbeitskleidung, deren Schweißausdünstung bis zur Tür zu riechen war. Dies war Enno Heidergotts Materiallager. Von entführten und gefangenen Menschen, gar von Leichen keine Spur. Bea schnaufte erleichtert durch.

Auf der anderen Seite des Gangs gab es noch eine Tür, aber jetzt war ihre Angst schon besiegt. Ohne zu zögern öffnete sie die Tür, machte Licht, betrachtete eingestaubte alte Möbel und Gerümpelhäufchen. Okay, ihr Verdacht hatte sich als falsch erwiesen. Gott sei Dank.

Zeit, sich um Renko zu kümmern, der auf die Straße gewankt war, möglicherweise ohne ganz bei sich zu sein. Hoffentlich war ihm nichts passiert! Bea eilte zurück zur Kellertreppe. Aber halt, zuerst das Licht. Sie machte kehrt und knipste die Leuchtstoffröhren in den Kellerräumen aus. Verschwendung in jeder Form war ihr ein Gräuel.

Moment mal. Licht. Was fiel ihr dabei ein?

Dieses Haus hier hatte von draußen dunkel ausgesehen. Kein Licht über der Tür, kein Fenster erleuchtet. Deswegen hatte sie auch zuerst am Nachbarhaus geklopft, das ebenfalls Renko Heidergott gehörte, denn dort war das Außenlicht eingeschaltet gewesen. Renko war dann jedoch in der anderen Haustür erschienen.

Warum brannte nebenan das Licht über der Tür, wenn das Haus doch leer stand?

Okay, dachte Bea, während sie die Kellertreppe hochstieg, nun mal langsam. Dafür gibt es ganz bestimmt eine harmlose Erklärung. Zum Beispiel: Renko arbeitet tatsächlich im Nachbarhaus, dann geht ihm die Farbe aus oder irgendetwas anderes, das hier in seinem Materiallager im Keller liegt. Also geht er mal schnell rüber, das Benötigte holen, ohne das Außenlicht anzumachen, denn er kennt sich ja aus und will nicht lange bleiben. In diesem Moment komme ich und klopfe nebenan. Ja, so könnte es gewesen sein.

Könnte. Bea seufzte. Sie kannte sich selbst zu gut, als dass sie annehmen durfte, eine bloße Vermutung könnte sie dauerhaft beruhigen. Es half nichts, sie musste rüber und auch nebenan den Keller in Augenschein nehmen. Wahrscheinlich gab es auch dort nichts Grausiges zu entdecken, aber sie musste auf Nummer sicher gehen, sonst würde sie sich die ganze restliche Nacht lang den Kopf zermartern. Da konnte sie besser gleich zur Tat schreiten.

Sie trat vor die Haustür. Von Renko war weit und breit nichts zu entdecken; auch sonst war niemand auf der Straße zu sehen. Schnell hüpfte sie über Beete und Mäuerchen. Das trübe Licht über der Tür des Nachbarhauses brannte immer noch. Sie krümmte den Zeigefinger, zögerte, ließ die Hand wieder sinken. Klopfen hatte ganz sicher keinen Zweck. Im besten Fall war niemand da, der ihr hätte öffnen können. Und im schlimmsten Fall … konnte ebenfalls niemand öffnen. Ein Schauer überlief sie, und sie schüttelte sich.

Sie griff nach der Türklinke. Wenn abgeschlossen war, hatte sie ein Problem. Die Tür aber ließ sich widerstandlos öffnen. Auf Zehenspitzen huschte Bea in den Flur.

Der Grundriss schien der gleiche zu sein wie der des Nachbarhauses, das erkannte sie selbst bei dem bisschen Licht, das von draußen durch das Türfenster in den Flur fiel; die Anordnung der Türen jedenfalls war identisch. Bea hielt stracks auf die Kellertür zu. Im Gegensatz zur Haustür war sie verschlossen, aber der Schlüssel steckte außen. Sie schloss auf und machte Licht.

Die gleiche Betontreppe wie nebenan, die gleichen grauen Wände, dicken Rohre und Ventilräder, die an Bombenkrieg und Todesangst gemahnten. Sofort wurde Bea wieder mulmig zumute, aber sie ging scharf dagegen an. Renko ist ein verstockter Dickkopf und manchmal ein Eigenbrötler, sagte sie sich, aber er ist kein böser Mensch. Ich gehe mich jetzt davon überzeugen, dass hier unten nichts ist, genauso wenig wie nebenan, dann ist es gut, dann gehe ich Renko suchen und mache ihm kalte Umschläge. Entschlossen nahm sie die Treppe in Angriff.

Sie stockte jedoch schon auf der zweiten Stufe. Da waren Flecken, frische Flecken, wie es aussah. Dunkel auf dem grauen, staubigen Beton, aber sie schimmerten auch ein bisschen rötlich. Wenn das kein Blut ist, dachte sie, dann fresse ich einen Besen.

Na ja – Heimwerkerei, das hieß Sägen, Bohren und

Hämmern, da ging schon mal ein Schnitt, ein Stich oder ein Schlag daneben. Der Geschickteste war Renko ja nicht. Bea zwang sich, weiterzugehen. Aber sie machte einen Bogen um die Flecken.

Auch unten sah es genauso aus wie im Keller nebenan. Zwei stählerne Türen, grau mit rostigen Kanten, die Schlüssel in den Schlössern. Wo beginnen? Sie entschied sich für links.

Da hörte sie von rechts ein Geräusch.

Es klang wie eine Ansaugvorrichtung, rau und langsam, als sei die Mechanik alt und lange nicht gewartet worden. Außerdem schien es von sehr weit weg zu kommen, so schwach und leise war es. Andererseits, so groß war der Keller doch gar nicht.

So klingt kein Mensch, dachte Bea. So kann doch ein Mensch nicht klingen! Mit fliegenden Fingern drehte sie den Schlüssel und öffnete die Tür.

Zwei Menschen. Zwei Menschen, die so klangen, wie Menschen beim Atmen nicht klingen durften, gefesselt und in größter Qual. Zwei Männer an der Schwelle zum Tod. Bea wimmerte auf vor Entsetzen. »Renko, ach Gott, Renko, was hast du gemacht?«, flüsterte sie vor sich hin.

Sie fühlte zwei Augenpaare auf sich gerichtet, verzweifelt, flehend. Keine Rufe, keine Worte, dazu fehlte den beiden Männern wohl schon die Kraft. Sie musste etwas tun, jetzt sofort. Und das würde sie auch.

Eine Hand packte sie am Arm, fest wie ein Schraubstock. Jemand riss sie zurück. Mit dem Rücken krachte sie gegen die andere Stahltür, ohne dass sie das hätte verhindern können. Eine hohe, breite Gestalt schob sich in ihr Blickfeld, ein verzerrtes Männergesicht näherte sich dem ihren, während sich gleichzeitig etwas Stumpfes, Metallenes seitlich in ihren Hals bohrte. Der Entführer, dachte sie, der Mörder. Verflucht, ich bin ihm direkt in die Falle gelaufen.

Aber dieser Mann war nicht Renko, und das milderte ihr Entsetzen stärker, als sie glauben wollte. Renko ist nicht der Täter, dachte sie, Gott sei Dank. Renko ist kein Entführer, kein Mörder. Dann wird bestimmt doch noch alles gut.

Der Druck am Hals wurde stärker. Das musste eine Pistole sein. Mörder, dachte sie, die beiden da drinnen liegen im Sterben, dieser Entführer ist ein Mörder. Zwei oder drei, das ist dem egal, und ich bin Nummer drei.

Die Hand, die sie herumgeschleudert hatte, krallte sich in ihren Ärmel. Der Mann zerrte an ihr, zog sie nach unten. Sie verstand gar nichts, stand nur ganz starr, rührte sich nicht. Er stöhnte, und was sein Gesicht so verzerrte, schien nicht nur Hass zu sein. Er ist verletzt, dachte sie. Etwas mit seinem Bein. Er kann nicht richtig stehen.

Unwillkürlich streckte sie eine Hand aus, die Hand auf der Seite, an der kein Pistolenlauf ihr in die Halsseite drückte, und stützte ihn, so gut sie konnte. Sonst landet er mir noch auf meinem Busen, dachte sie, so weit kommt es noch.

Aber der Mann war schwer, zu schwer für sie, und so landete sein Gesicht tatsächlich auf ihrer Brust. Sein warmer, keuchender Atem durchdrang den Stoff ihres Sweatshirts, sie spürte ihn auf der Haut. Wenn ich ihn jetzt fallen lasse, dachte sie, kommt der nicht wieder hoch.

Aber wenn sie ihn tatsächlich fallen ließ, dann würde

er sie erschießen. Dieses Gefühl war sehr deutlich. Der Druck an ihrem Hals hatte nicht nachgelassen.

Er richtete sich wieder auf, stöhnend und mit eng zusammengekniffenen Augen, hopste ein paarmal auf dem Bein, das anscheinend sein gesundes war, und schaffte es, sich zu stabilisieren. Der Zug an ihrem Ärmel wurde schwächer, und die Hand mit der Waffe rutschte tiefer, ruhte jetzt vorne an ihrer linken Schulter, die Mündung auf ihren Unterkiefer gerichtet.

»Also gut«, keuchte der Mann. »Wenn du schon hier bist, dann wirst du mir jetzt helfen.«

37.

»Angefahren?« Stahnke mochte es kaum glauben. »Sie haben ihm aufgelauert und ihn mit diesem Karren angefahren? Ja, Mann, sind Sie denn noch zu retten?«

Heiko Grendel bot ein Bild des Jammers, wie er da neben ihm in der Fahrerkabine des Elektrokarrens hockte, der immer noch vor dem Haus von Onkel Tjabbe stand. Zwar hatte der Hauptkommissar seine Waffe schon längst wieder eingesteckt, trotzdem blickte der Möchtegern-Inselgastronom immer noch so drein, als sei die Pistolenmündung auf lebenswichtige Teile seines Körpers gerichtet. »Was sollte ich denn machen? Schließlich hat er doch angefangen«, verteidigte er sich, so jämmerlich und verstockt wie ein Schüler nach einer Schulhofprügelei.

»Was soll denn das für ein Grund sein, bitteschön«, gab Stahnke zurück. »Und überhaupt, wieso angefangen? Was soll Renko Heidergott Ihnen denn getan haben?«

»Na, er hat mich doch geschlagen! Heute früh, als ich aus dem Klohäuschen beim Wasserturm gekommen bin!«

»Da wissen Sie aber mehr als die Polizei«, sagte der Hauptkommissar trocken. »Haben Sie ihn also doch erkannt? Ihre Aussage lautete anders, wenn ich mich recht entsinne.«

»Nee, das stimmte schon so, erkannt hab ich nicht«, antwortete Grendel mit größter Selbstverständlichkeit. »Aber wer soll es denn sonst gewesen sein? Renko wollte mir doch vom ersten Moment an Knüppel zwischen die Beine werfen, sowie er erfahren hatte, dass ich auf Langeoog ein *McDaisy's* plane! Und dass unser Herr Heidergott nicht zimperlich ist, das weiß hier jeder.«

Statt Knüppel zwischen die Beine gab's dann Knüppel vor die Birne, dachte Stahnke und musste sich ein hämisches Grinsen verbeißen. »Das ist wohl eine plausible Vermutung, aber eine Vermutung ist noch kein Beweis«, belehrte er Heiko Grendel. »Durch Ihr Projekt haben Sie auch andere gegen sich aufgebracht, und es könnte durchaus einer von denen gewesen sein. Nehmen wir doch nur Bea Wulff.«

»Bea?« Grendel schüttelte energisch den Kopf. »Ausgeschlossen. Bea ist doch … eine Frau!«

Stahnke lachte laut auf. »Meine Freundin hätte Ihnen allein dafür liebend gerne eine verpasst«, sagte er – und stellte fest, dass ihre Unterhaltung doch mehr und mehr ins Informelle abglitt. Nun ja, wer mochte wissen, wozu das gut war. »Bea Wulff ist doch eine, nun ja, ziemlich kräftige Frau, nicht? Wenn die so ein Ruder schwingt, würde ich schön in Deckung gehen.«

»Das stimmt schon«, gab Grendel zu. »Aber trotzdem – nee, ihr traue ich das nicht zu. Das war Renko, hundertprozentig! Dafür hat er ja auch die Quittung gekriegt. Aber wenn ich gewusst hätte, was er in der Zwischenzeit mit meinem Haus angestellt hat, dann …«

»Stopp!« Stahnke hob die Handfläche. »Noch so eine Drohung, und ich nehme Sie direkt in Gewahrsam. Letzten Endes komme ich wohl ohnehin nicht drum herum. Sie haben ja bereits zugegeben, dass Sie Herrn Heidergott mit Absicht angefahren und verletzt haben, und das ist eine Straftat, das ist Ihnen ja wohl klar. So war es doch, oder?«

»Jaa …« Heiko Grendel hob die Achseln. »Irgendwie schon.«

»Wie, irgendwie? Haben Sie ihn nun angefahren oder nicht?«

»Also, Renko war da vor mir auf der Straße«, berichtete Grendel stockend. »Ganz deutlich, voll im Scheinwerferlicht, gleich nachdem ich die Dinger angeknipst hatte. Und es hatte gerumst.«

»Demnach haben Sie ihn angefahren«, ging Stahnke ungeduldig dazwischen.

»Angefahren, ja … aber Renko, nee, das glaube ich nicht.« Grendel schüttelte abwesend den Kopf. »Nee, irgendwie passt das nicht. Erst der Rums, dann Renko vor mir … ich war ja auch ziemlich in Panik, da ist mir das nicht gleich klargeworden … aber es passt nicht. Ich meine, die Reihenfolge.« Hilflos schaute er den Hauptkommissar an.

»Die Reihenfolge, ja?« Stahnke Stirn furchte sich. »Erst müsste die Person vor Ihnen auf der Straße sein, dann könnte der Zusammenstoß erfolgen. Logisch. Und Sie meinen, so sei es nicht gewesen?«

»Genau. Also nein. Anders herum.«

»Erst der Zusammenstoß, dann Renko Heidergott vor Ihnen im Scheinwerferlicht?« Der Hauptkommissar sprach mit Grendel wie mit einem kleinen Kind. »Na, die Kollision wird ihn wohl umgeworfen haben, nicht?«

Energisches Kopfschütteln. »Nee, er hat da gestanden, eindeutig …« Grendels Augen rundeten sich. »Womöglich habe ich den anderen erwischt.«

»Welchen anderen?«

»Na ja, den, der aus der Nachbartür gekommen ist … Renko hat sich doch zwei Häuser gekauft, zwei alte Schabracken, und richtet sie jetzt her für Feriengäste.

Überwiegend in Eigenarbeit. Hat wohl Sorge, dass sein Fischrestaurant nicht mehr genug einbringt, wenn mein Burgerladen erst geöffnet hat … Jedenfalls hat er in dem einen Haus gearbeitet, und das andere hat er schon vermietet, obwohl es auch noch längst nicht fertig renoviert ist. Hat wohl ein Angebot bekommen und konnte nicht widerstehen, der alte Geldgeier.«

»Vermietet an einen Mann?«, vergewisserte Stahnke sich. »Und der soll dieser *andere* gewesen sein, den Sie angefahren haben?«

»Sehr gut möglich«, bestätigte Grendel. »Der kam nämlich fast genau in dem Moment aus der Haustür, als Renko nebenan die Tür öffnete. Hab mich noch geärgert, weil ich ja auf Renko gewartet hatte und keinen Zeugen gebrauchen konnte. Aber dann hat der Typ sich hinterm Busch versteckt, als er Renko bemerkt hat. Danach habe ich ihn dann nicht mehr gesehen. Deswegen hab ich die Sache durchgezogen, als Renko auf die Straße gewankt kam. Dachte ich jedenfalls. Aber irgendwie hab ich dann wohl doch den falschen Mann gerammt, als der gerade versuchte, sich davonzumachen.«

»Er hatte sich hinterm Busch versteckt? Weil sein Vermieter aus der Tür kam?«

Grendel nickte und zuckte gleichzeitig die Achseln. »Tja, irgendwie komisch, nicht?«

Ein scheinbar alleinstehender Mann. Mietet ein ganzes Ferienhaus, das gerade renoviert wird … Stahnke rief sich Sinas telefonischen Bericht ins Gedächtnis, glich die Fakten ab.

Verdammt.

Der Hauptkommissar knuffte Heiko Grendel in die

Seite. »Sie fahren. Genau dahin, wo Sie gerade hergekommen sind. Keine Mätzchen, ich hab meine Pistole immer noch! Und ein bisschen plötzlich, wenn ich bitten darf.«

38.

»Los, fester!«, schnauzte Duismann. »Stell dich bloß nicht so mädchenhaft an, blöde Kuh!«

Bea schnaubte. Es ist barbarisch, dachte sie, aber wenn er es unbedingt so will, bitte schön. Sie zog die Wäscheleine fester, die Duismanns lädiertes Bein mit dem Stück Dachlatte verband, das sie im zweiten Kellerraum gefunden hatte, und beobachtete dabei mit wachsender Unruhe, wie das Gesicht des Entführers sich vor Schmerzen verzog und sein Zeigefinger sich um den Abzug der Pistole krampfte. Jetzt ein kräftiger Ruck, dachte sie, dann müsste ihm schwarz vor Augen werden. Ob er dann noch in der Lage wäre, auf mich zu schießen? Und mich zu treffen?

Käme auf den Versuch an, dachte Bea. Und entschied sich dagegen. Der Kerl sah ziemlich entschlossen aus, gut möglich, dass er sie auf den kleinsten Verdacht hin niederschoss. Nein danke.

»Das reicht!«, krächzte Duismann, der auf einem alten Küchenstuhl mehr lag als saß. Er gab Bea einen Wink mit dem Pistolenlauf: »Jetzt das Klebeband. Aber ordentlich viel und auch so fest es geht!«

»Ihr Knie ist kaputt«, raunzte Bea Wulff zurück. »Kreuzband vermutlich und wer weiß was noch alles. Außerdem ist Ihr Wadenbein gebrochen, schätze ich.« Sie tippte an Duismanns Wade, etwas schwungvoller als vorgesehen. Der Entführer schrie auf. Bea duckte sich, aber der befürchtete Schuss blieb aus.

»Willst du wohl aufpassen, du dumme Gans!«, keuchte Duismann. »Ich warne dich!«

Jetzt hat er bald einen Bauernhof zusammengemotzt, dachte Bea, mehr erleichtert als verärgert. Ich muss aufpassen, dass ich nicht auf meiner eigenen Speisekarte lande. Würde sich nicht gut machen im *Veggie-Paradies*. Sie staunte selbst über so viel Galgenhumor.

»Warnen Sie, soviel Sie wollen«, sagte sie laut, als sie die Panzertape-Rolle ansetzte. »Mit diesen Verletzungen kommen Sie jedenfalls nicht weit. Sie gehören ins Krankenhaus. Oder wollen Sie den Rest ihres Lebens im Rollstuhl verbringen?«

»Der Rest meines Lebens geht dich einen feuchten Dreck an«, fauchte Duismann. »Tu gefälligst, was ich dir sage! Außerdem, was weißt du schon von einem Leben im Rollstuhl?« Er stöhnte, als Bea das Tape fest um Wade und Schiene wickelte, und kniff die Augen zusammen, ohne aber die Frau aus der Visierlinie zu verlieren. »Im Rollstuhl, das ist kein Leben. Das ist nichts, was Gott dem Menschen vorbestimmt hätte. Das ist die Hölle auf Erden.«

»Ach, das wissen Sie so genau, ja?« Bea zerrte mehr Klebeband von der Rolle, während sie Duismanns geschientes Bein mit ihrem Oberschenkel abstützte. Für diese heikle Operation hatte sie eindeutig zu wenig Hände. »Sie wissen nicht nur, wie sich Rollstuhlfahrer fühlen, sondern auch, was Gott will. Ist ja toll. Hat er Ihnen das persönlich gesagt?«

»Versündige dich nicht!«, zischte Duismann. »Du könntest eher vor dem Herrn stehen, als du denkst.«

Bea erstarrte. Aus den Augenwinkeln sah sie auf Duismanns Zügen nichts als bitteren Ernst und mitleidlose Selbstgerechtigkeit. Du meine Güte, ein religiöser Fanatiker, durchfuhr es sie. Ein christlicher Fundamentalist. Wenn es einen Beweis dafür gibt, dass Gott nicht existiert, dann sind es diese Typen. Mensch, Mädchen, reiß dich bloß zusammen, sonst schlachtet der Kerl dich ab, ohne mit der Wimper zu zucken. Glaubt auch noch, er würde im Jenseits dafür belohnt werden. Oder ist das die andere Fraktion, glauben das diese Islamisten? Ach, egal, die kleinen Unterschiede sind unerheblich. Im Grunde ist das alles eine Mischpoke.

Stumm arbeitete sie weiter, versuchte sich ganz darauf zu konzentrieren, Duismanns Bein fest und doch so schonend wie möglich zu bandagieren und dabei nicht noch einmal die Beherrschung zu verlieren. Sie hatte zwar keine Lust, sich von einem religiösen Wirrkopf herumkommandieren zu lassen, aber noch weniger Lust hatte sie, hier und jetzt durch eine Kugel zu sterben.

Aber da nebenan, da starben gerade zwei. Vielleicht waren sie auch schon tot; vielleicht auch nicht. Über den Gang hinweg war das gequälte Keuchen kaum zu hören, und das Ratschen des Klebebandes reichte aus, um es völlig zu übertönen. Gut möglich also, dass die beiden Männer noch lebten, obwohl sie nichts von ihnen hörte. Vielleicht konnte man sie noch retten, wenn man etwas unternahm, jetzt sofort.

Und was tat sie? Sie verarztete den Entführer. Den Folterer. Den Mörder.

»Au!« Ein wütender Aufschrei. Einen Moment nur hatte sie nicht aufgepasst, ein paar Zentimeter nur war ihr das Bein verrutscht. Duismann hatte sich aufgerichtet, sein rechter Arm war gerade ausgestreckt, die Waffe in seiner Hand zitterte.

Zeit zu beten, dachte Bea. Obwohl – nein, das jetzt auch nicht mehr. Mit so was will ich nicht in einem Boot sitzen. Wenn Gott so einer gefällt, dann gute Nacht. Das würde *ich* ihm nicht vergeben.

Sie bandagierte das Bein zu Ende, legte es dann vorsichtig auf dem Betonboden ab. »Sie kennen doch sicher das erste Gebot«, sagte sie dann, ohne Duismann anzusehen.

»›Ich bin der Herr, dein Gott. Du sollst keine anderen Götter haben neben mir‹«, zitierte der, ohne zu zögern. »Natürlich tue ich das. Wieso?«

»Ach.« Bea Wulff schüttelte verwirrt den Kopf. »Das meinte ich gar nicht. Dann wohl das zweite, glaube ich.«

»›Du sollst den Namen des Herrn, deines Gottes, nicht missbrauchen.‹ Das vielleicht am meisten gebrochene Gebot, schätze ich. Meintest du das?«

»Welches ist denn das mit dem Töten?«, fragte Bea.

»Das fünfte Gebot. ›Du sollst nicht töten.‹ Tja, das denken viele, dass das das erste Gebot ist.« Duismann lächelte böse. »Als ob es nichts Wichtigeres gäbe! Hätte ich mir denken können, dass du auch zu denen gehörst, die keine Ahnung haben.«

»Ach was, erstes oder fünftes, verboten ist verboten.« Bea Wulff spürte, dass ihr schon wieder der Kragen platzte, und diesmal dachte sie nicht daran, etwas dagegen zu. »Außerdem ist mir Ihre persönliche Werte-Rangliste vollkommen schnurz! Für mich hat Leben erste Priorität, verdammt noch mal, was wäre ich denn sonst für eine Veganerin! Ohne Leben ist alles nichts. Und deswegen werde ich jetzt diesen beiden Männern da drüben helfen, ob es Ihnen passt oder nicht. Mag ja sein, dass es Ihnen nichts ausmacht, zum Mörder zu werden, weil Sie ja glauben, Sie wüssten ganz genau, wie Gott tickt, und dieses komische fünfte Gebot, das sei bloß für die anderen! Aber ich werde mich hier auf keinen Fall mitschuldig machen. Ich habe Sie zusammengeflickt, und glauben Sie mir, ich bereue es schon! So, jetzt gehe ich rüber.«

Der Schuss dröhnte so laut in dem niedrigen Raum, dass sie glaubte, nie im Leben mehr etwas hören zu können. Etwas traf schmerzhaft peitschend ihre Wange. Von wegen Leben, schoss es ihr durch den Kopf. Und: Aber ich habe den Schuss doch gehört. Kann ich trotzdem tot sein? Und: Das ist doch wohl nicht die Kugel gewesen, oder?

Nein, nicht die Pistolenkugel, sondern ein Stückchen Beton, vom Geschoss aus der Decke gerissen, hatte sie an der Wange getroffen. Ein Wunder, dass die Kugel nicht zum Querschläger geworden war und größeren Schaden angerichtet hatte. Duismann schien diese Möglichkeit bewusst in Kauf genommen zu haben. Kerzengerade saß er auf seinem Stuhl, Blick und Waffe fest auf Bea gerichtet. »Du bleibst hier«, sagte er. Seine Stimme drang durch das laute Rauschen und Pfeifen in ihren Ohren nur gedämpft zu ihr. »Du tust, was ich sage, oder du stirbst. Ist das klar?«

Bea stand wie angewurzelt. Sie hasste sich dafür. »Aber die Männer sterben doch!«, stieß sie flehend hervor.

»Das sollen sie«, erwiderte Duismann kalt. »Es dauert nur noch ein bisschen. Sie sollen ja etwas davon haben.«

»Und Sie – Sie nennen sich … Christ?« Bea war in einer lutheranisch geprägten Familie aufgewachsen, beeinflusst von einer kirchenhörigen Großmutter und einem skeptischen Vater. Sie hatte sich letztlich für die Seite ihres Vaters entschieden, den liebevollen Respekt für die Religion aber nie verloren, so wie sie auch ihre Großmutter geliebt und respektiert hatte, solange sie lebte. Jetzt schnürte ihr der Ekel die Kehle zu. Wie konnten sich Menschen in ihrem Bedürfnis nach spiritueller Aufwertung ihrer als armselig empfundenen Existenz so verrennen? Wie konnten sie die Lehren ihres wohlmeinenden Religionsstifters und seiner Vorgänger derart missbrauchen?

Duismann schüttelte nur den Kopf. »Das begreifst du nicht. Leute wie du begreifen nie irgendwas. Außer vielleicht, dass du mir jetzt helfen wirst, oder ich töte dich auf der Stelle. Was ich vorhabe, schaffe ich notfalls auch alleine. Also, was ist?«

Bea spuckte auf den Boden. Den widerlichen Geschmack in ihrem Mund wurde sie dadurch nicht los. »Okay«, presste sie hervor.

»Gut.« Duismann wechselte die Pistole von der rechten in die linke Hand, dann streckte er den rechten Arm aus. »Hilf mir hoch. Und dann die Treppe rauf. Wir müssen etwas holen.«

»Was?« Bea zog Duismann vom Stuhl hoch und ließ es zu, dass er seinen Arm um ihre Schultern legte.

»Frag nicht so blöd. Das siehst du dann.« Er hinkte los, das Gesicht wieder schmerzverzerrt, und Bea musste wohl oder übel Schritt halten. Na schön, dachte sie, soll er sich ruhig auspowern. Vielleicht ergibt sich dann ja eine Gelegenheit. Dann schnapp ich mir seine Knarre.

Noch aber spürte sie die Pistolenmündung überdeutlich an ihren Rippen.

39.

»Da vorne hab ich auf Heidergott gewartet.« Grendel hatte das Tempo reduziert und zeigte auf eine schmale Seitengasse. »Und da hinten auf der anderen Seite sind Renkos Häuser. Also?« Er schaute Stahnke fragend an.

»Parken Sie wieder in dem Seitenweg dort«, wies der Hauptkommissar ihn an. Vermutlich wäre es besser gewesen, schon hundert oder zweihundert Meter eher anzuhalten, aber wenigstens sollte der Elektrokarren nicht direkt vor dem fraglichen Haus stehen.

Vielmehr: den fraglichen Häusern. Welches von beiden es war, wusste er ja noch nicht. Falls es überhaupt eines davon war.

Grendel wendete das Fahrzeug und brachte es an der gewünschten Stelle zum Stehen; er hatte sich in der Zwischenzeit einiges Geschick im Umgang mit Onkel Tjabbes altem Vehikel angeeignet. Er schaltete Motor und Scheinwerfer aus und verschränkte die Arme. »Und was jetzt?«

Stahnke hatte sich während des Wendemanövers umgeschaut. »Dort hinten steht ja noch so ein Ding«, konstatierte er und wies in die Gasse hinein. »Bloß neuer und mit Werbung drauf. Ist das vorhin auch schon hier gewesen?«

Grendel zuckte die Achseln. »Keine Ahnung. Schon möglich.«

Der Hauptkommissar wandte sich den beiden Häusern zu. »Aus welcher der beiden Türen ist Heidergott herausgekommen?«

»Aus der linken.« Grendel zeigte auf die Tür, die im

Dunklen nur schemenhaft zu erkennen war. »Und rechts, dort, wo das Licht brennt, kam dieser andere Typ raus. Dann hat er sich versteckt. Wollte wohl nicht gesehen werden.« Er schüttelte den Kopf. »Da muss er sich natürlich nicht wundern, wenn er auf der Straße angefahren wird.«

»Klar. Weil man ja auf einer autofreien Insel jederzeit davon ausgehen muss, dass ein dusseliger Attentäter mit einem unbeleuchteten Flüsterkarren durch die Nacht gerauscht kommt!« Stahnke funkelte Grendel an. »So nicht, mein Lieber, so nicht! Über diese Sache reden wir noch, das können Sie mir glauben.«

Er öffnete die Beifahrertür. »So. Kann ich davon ausgehen, dass Sie hier auf mich warten werden, oder muss ich Sie ans Lenkrad fesseln, damit Sie nicht noch mehr Blödsinn anstellen?«

»Nein, nein, nicht nötig. Ich warte hier, keine Sorge, ich warte.« Heiko Grendel war wieder in sich zusammengesackt und gab sich schuldbewusst. Tatsächlich aber erinnerte er mehr an ein schmollendes Kind. Stahnke seufzte und schickte sich an, auszusteigen.

Im selben Augenblick hörte er, wie die Fahrertür aufgeklinkt wurde. Der Hauptkommissar rollte die Augen gen Himmel. War das zu fassen? Dann musste er diesen Kindskopf also wohl doch …

Hinter ihm ertönte ein ersticktes Gurgeln. Der Hauptkommissar fuhr herum. Grendel saß da, beide Hände ans Lenkrad geklammert, Augen und Mund weit aufgerissen, die Zunge halb draußen, und schüttelte sich. Vielmehr wurde er geschüttelt, wie Stahnke auf den zweiten Blick erkannte. Zwei kräftige Hände hatten sich um Grendels Hals gekrallt, Hände, die zu einer breiten Gestalt mit struppigem Bart gehörten, die sich von der Fahrerseite unbemerkt angeschlichen hatte.

»Renko, spinnst du?«, gurgelte Heiko Grendel. Dann gurgelte er nur noch, weil sich der Griff verstärkte.

Das gibt es doch nicht, dachte Stahnke, der schon nach seiner Waffe gegriffen hatte. Die ließ er stecken, jumpte stattdessen aus dem Wagen und eilte vorne herum zur anderen Seite. »Stopp, sofort loslassen!«, herrschte er Heidergotts breiten Rücken in gedämpftem Ton an. Verdammt, hatte er nicht unauffällig bleiben wollen? Immerhin hatte er sich den vorgeschriebenen Anruf »Polizei!« geschenkt.

Heidergott dachte gar nicht daran, von Grendel abzulassen. Dessen Gurgeln klang immer verzweifelter. Stahnke nahm Maß, schob beide Arme unter Heidergotts Achseln hindurch, führte seine Hände zum Nacken und verschränkte die Finger. Der gute alte Doppelnelsen, dachte er zufrieden, als Heidergott wütend aufbrüllte, dann aber in eine gebückte Haltung gezwungen wurde und seinen Würgegriff lösen musste. Grendels Keuchen klang erleichtert.

Der Gastwirt sträubte sich immer noch gegen Stahnkes Griff. Der Hauptkommissar verstärkte den Druck; Heidergott knickte weiter ein und stieß mit der Stirn leicht gegen den Türgriff. »Au!« Der Aufschrei kam unverhältnismäßig laut. Trotzdem lockerte Stahnke seinen Griff, und als keine Gegenwehr mehr erfolgte, ließ er ganz los. Heidergott richtete sich auf. Auf seiner Stirn war eine dicke Schwellung zu erkennen, gekrönt von einer schmalen Platzwunde. Das Blut war bereits geronnen. Offenbar hatte sich der Mann schon früher an diesem

Abend geprügelt. Was man sich über seinen Jähzorn und seinen Hang zu Handgreiflichkeiten erzählte, schien also zu stimmen.

»Was soll der Mist, ihr Kindsköpfe!«, schimpfte der Hauptkommissar. Wieder dämpfte er seine Stimme, obwohl zu befürchten stand, dass der Lärm, den sie hier verursachten, längst für unerwünschte Aufmerksamkeit gesorgt hatte. »Wir sind doch nicht auf dem Schulhof! Könnt ihr eure Streitigkeiten nicht wie erwachsene Männer austragen?«

Aus Heidergotts Gesicht sprach pure Verständnislosigkeit: »Wieso? Das tun wir doch gerade!«

Aha, dachte Stahnke, wie *solche* Männer, stimmt ja. Die Jahre mit Sina waren also doch nicht spurlos an ihm vorübergegangen, rein wertetechnisch betrachtet. Inzwischen verstand er unter Männlichkeit etwas anderes. Aber *solche Männer*, die waren wohl noch nicht so weit.

»Der Kerl da hat doch vorhin versucht, mich umzufahren!«, fuhr Heidergott fort. Sein rechter Arm zuckte in Richtung Grendel, und es war unklar, ob er auf ihn zeigen oder nach ihm schlagen wollte. Also packte Stahnke den Arm und bog ihn ohne viel Federlesens zurück in seine Ruhestellung. Heidergott ließ es widerspruchslos geschehen. Ein Männer-Punkt für mich, dache Stahnke.

»Ich hab dich doch gar nicht erwischt!«, schimpfte Grendel aus dem Führerhaus. »Aber du, du hast mir beim Klohaus einen Knüppel vor den Kopf gehauen. Dafür hab ich noch einen gut!«

»Hab ich überhaupt nicht«, motzte Heidergott zurück. »Geb ja zu, das wär ich gerne gewesen, aber ich will mich nicht mit fremden Federn schmücken. Ich war es nicht! Also von wegen ›einen gut haben‹, das kannst du vergessen. Aber du, du wolltest mich wirklich umfahren, hab's genau gesehen, und wenn du nicht so ein lausiger Fahrer wärst, dann hättest du das auch gemacht. Also wer hat hier einen gut, hä? Und außerdem hast du zwar nicht mich, aber meinen Mieter angefahren. Der hat ganz schön gehinkt, als er wieder ins Ferienhaus zurück ist. Also hätte ich eigentlich zwei gut bei dir!« Wieder hatte es den Anschein, als wollte er sich auf Grendel stürzen, aber mit einem Seitenblick auf Stahnke ließ er es sein.

»Ihr Mieter«, hakte der Hauptkommissar ein, »wie heißt denn der?«

»Duismann«, antwortete Heidergott. »Dieter Duismann. Wieso?«

Aus Richtung der Ferienhäuser ertönte ein dumpfer Knall.

Stahnke zog seine Waffe. Die beiden anderen starrten ihn mit offenen Mündern an. »Ihr bleibt hier«, zischte der Hauptkommissar sie an. »Wehe, ich treffe euch nicht genau hier an, wenn ich zurückkomme! Und wehe, ihr macht noch irgendwelche Dummheiten. Dann setzt es was.«

Gebückt eilte er über die Straße und nahm hinter dem niedrigen Gartenmäuerchen Deckung. Als er sich noch einmal umblickte, hatten sich Heidergott und Grendel keinen Millimeter gerührt.

40.

Bea war schweißgebadet. Dieser Duismann war ein ziemlich schwerer Brocken, das sah man ihm gar nicht an; er war zwar breit, aber kein bisschen dick. Seine wuchtigen Muskeln, die sie an Oberkörper und Oberschenkel deutlich fühlen konnte, hatten eine Menge Gewicht. Aber ohne diese Muskeln, das war ihr klar, hätten sie die Treppe nicht geschafft. Zwar war Bea Wulff eine hochgewachsene und kräftige Frau, trotzdem zitterte sie unter der Last, die sich in dem engen Treppenhaus kaum dirigieren ließ. Duismann jedoch hatte kräftig nachgeholfen und seinen verletzten Körper mit ihr zusammen Stufe für Stufe nach oben gestemmt.

Ihre kleine Hoffnung, nämlich die, dass der Entführer nach dem Geländer greifen und dazu zwangsläufig die Pistole aus der Hand legen musste, hatte sich jedoch nicht erfüllt. Duismann hatte sich mit dem Ellbogen aufs Geländer gestützt und seine Hand schön an der Waffe gelassen. Dort, wo der Lauf ihr in die Rippen drückte, würde sie später mit Sicherheit einen gewaltigen blauen Fleck vorfinden.

Falls es überhaupt dazu kam. Denn dass Duismann sie laufen ließ, auch wenn sie alles tat, was er von ihr verlangte, hielt sie für nicht sehr wahrscheinlich. Ganz egal, was der Kerl erzählte. Solche Religionsfanatiker belogen jeden, der nicht ihrer eigenen Glaubensschattierung angehörte, gnadenlos, ohne das irgendwie verwerflich zu finden, davon war sie überzeugt.

Lügen war ja als Sünde sowieso nachrangig. Welches

Gebot war das noch? Kam jedenfalls nach fünf. Überhaupt, Mord erst an fünfter Stelle, das war doch schon eine Frechheit! Die spannen doch, diese …

»Halt!« Duismanns krächzende Stimme holte sie aus ihren Gedanken zurück. Auch er schwitzte und keuchte. Der Mann schien ganz schön geschlaucht zu sein, kein Wunder nach dieser Tortur, verletzt wie er war. Aber der Druck der Pistolenmündung ließ nicht nach. »Warte einen Moment.« Mitten im Flur, zwischen der offenen Küchen- und der Wohnzimmertür, blieb er stehen.

»Und dann? Was machen wir dann?« Druck halten, dachte sie, immer schön den Druck halten. Vielleicht ergibt sich ja doch noch die Chance. Wenn seine Konzentration nachlässt, dann hau ich ihm die Knarre weg.

Sie spürte, wie der Lauf der Waffe über ihren Körper nach oben wanderte. Jetzt lag die Mündung wieder an ihrem Hals. Konnte der Kerl Gedanken lesen?

»Wir gehen jetzt raus«, sagte Duismann. »Den Wagen holen. Hinters Haus. Dann hilfst du mir, die beiden aufzuladen.«

»Aufladen? Wohin willst du sie bringen?«

Sein Lachen klang böse. »Bestimmt nicht ins Krankenhaus, falls du das meinst. Los, mach die Tür auf!«

Die Waffe an ihrem Hals ließ ihr keine Wahl. Sie öffnete die Haustür.

Draußen vor der Schwelle stand ein großer, breiter Mann mit weißblonden, stoppelkurzen Haaren, der sie erstaunt ansah. Sie erkannte ihn sofort. Der Polizist vom Festland! Das bedeutete Hilfe, das bedeutete, dass vielleicht noch alles gut wurde. Er hatte seine Waffe in der Hand, das war gut, auch wenn die Mündung noch nach unten zeigte. Wenn dieser Polizist sie jetzt befreite, wenn er Duismann entwaffnete, wenn sie ihm die beiden Sterbenden im Keller zeigte, dann kamen sie vielleicht noch rechtzeitig, dann konnten sie Hilfe holen, dann konnten sie die beiden retten, dann …

Beas Gedanken rasten. Nein, nichts davon wird passieren, denn der Entführer hat eine Geisel, nämlich mich, dachte sie. Ich muss etwas tun, ich muss hier weg, damit der Kerl sich nicht hinter mir verstecken kann, damit dieser Stahnke freies Schussfeld hat. Jetzt, sofort, sonst ist es zu spät.

Und wenn Duismann schießt? Mir in den Hals, aus nächster Nähe?

Diesmal zögerte sie nicht. Sie duckte sich weg, warf sich zur Seite, so schnell und kraftvoll sie konnte. Sekundenbruchteile später knallte ein Schuss. Das Krachen empfand sie nicht so intensiv wie unten im Keller, vielleicht, weil die Haustür offen stand, vielleicht, weil sie das jetzt schon kannte. Es schien ewig zu dauern, bis ihr Körper auf den Dielenbrettern aufschlug. Sie rollte sich herum.

Da stand Duismann, da stand der Polizist, beide mit erhobener Waffe, beide bewegungslos.

Dann kippte der Polizist lautlos nach vorn und landete dröhnend neben ihr auf dem Boden.

Auch Duismann bewegte sich jetzt. Er drehte den Kopf, schaute sie an, richtete seine Pistole auf sie. »Drecksau«, sagte er. »Verfluchte Drecksau.«

Die kreisrunde Pistolenmündung zog ihren Blick wie magisch an, trotzdem sah Bea zu dem Liegenden hinüber. Er lag auf dem Gesicht, zeigte keine Regung. Die einzige Bewegung kam von der kleinen, roten Lache, die unter seiner linken Brustseite hervorquoll und sich stetig ausbreitete.

Über das Stadium der Angst war Bea Wulff längst hinaus. »Mörder!«, zischte sie Duismann an. »Ich wünsche mir, dass es wirklich eine Hölle gibt. Dann wirst du nämlich darin braten, und zwar für immer und ewig!« Sie starrte den Entführer an, völlig überzeugt, dass der sie jetzt erschießen würde. Sie wollte ihm dabei in die Augen sehen. Warum auch immer.

Duismann reagierte nicht auf ihre Worte. Stattdessen winkte er knapp mit der Waffe. »Los, zieh ihn rein«, befahl er. »Aufstehen, anfassen. Zieh den Kerl ins Haus und mach die Tür zu.«

»Warum sollte ich das tun?«, schnaubte Bea.

»Du kannst es auch lassen«, sagte Duismann ganz ruhig. »Dann stirbst du jetzt gleich. Glaubst du, darauf käme es mir noch an?« Seine Waffe zeigte wieder genau auf Beas Kopf. Sie zitterte nicht.

Bea war im Zwiespalt. Alles in ihr sträubte sich dagegen, auch nur noch einen einzigen Befehl dieses Monsters zu befolgen. Andererseits wollte sie sich zu gern davon überzeugen, dass der Polizist dort am Boden noch lebte, was sie so sehr hoffte, woran sie aber kaum glauben mochte angesichts der Blutpfütze, die immer größer wurde.

Sie erhob sich, langsam und nicht ohne Duismann einen hasserfüllten Blick zugeworfen zu haben. Ihre Hände tasteten über Stahnkes Nacken. Gab es noch ein Lebenszeichen, ein Zucken, ein Pochen, irgendetwas?

»Lass die Zicken«, herrschte der Entführer ihn an. »Los, fass ihn an der Jacke, und dann ziehen! Ich will die blöde Tür geschlossen haben.«

Bea fasste zu, zog, zerrte. Dieser Mann war noch schwerer als Duismann, stellte sie fest. Nur zentimeterweise bekam sie ihn voran. Der sichtbare Teil der Blutlache wanderte achteraus. Sie stellte sich vor, wie sich unterhalb des Körpers eine breite, rote Schmierspur bildete. Nur mit großer Mühe konnte sie ihre aufsteigende Übelkeit unterdrücken.

»Genug!«, schnauzte Duismann. »Tür zu jetzt!«

Wieder gehorchte sie wie ferngesteuert. Hatte dieser rüpelhafte Befehlston etwa Macht über sie? Hatte dieser Mann sie gebrochen?

Das durfte nicht sein. Ihr musste jetzt irgendetwas einfallen, sie musste etwas tun, gleich, sofort. Bald würde es zu spät sein.

Aber was?

Sie schloss die Tür.

»Abschließen!«, rief Duismann.

Sie tat es. Dann wandte sie sich wieder dem Entführer zu.

»Gut«, sagte der. »Plan geändert. Nichts mit freiem Himmel. Dazu bleibt mir nicht mehr genügend Zeit, jetzt, nach dem Lärm. Ist sowieso Luxus, freier Himmel, völlig überflüssig. Konzentration auf das Wesentliche ist angesagt. Ich erledige die beiden gleich da unten, wo sie liegen.«

Bea schnappte nach Luft. War die Zeit schon so knapp?

»Und dich«, sagte Duismann, »dich brauche ich nicht mehr.«

Die Zeit war um.

Duismann hob die Pistole. Ein Schuss krachte. Bea Wulff fiel kraftlos zu Boden.

Scherben klirrten.

Wieso klirren Scherben, dachte Bea. Zwischen ihm und mir war doch überhaupt kein Glas.

Sie spürte keinen Schmerz; von diesem Phänomen hatte sie schon gehört. Der Schmerz kam später, zunächst spürte man nur einen Schlag.

Sie hatte auch keinen Schlag gespürt.

Duismann kippte stumm zur Seite. Die Dielenbretter bebten, als er aufschlug.

Hinter ihm erschien Lüppo Buss, die Waffe noch erhoben. Seine linke Hand, mit der er durch die zerschossene Scheibe gegriffen und das Küchenfenster geöffnet hatte, blutete. Hinter ihm tauchten weitere Männer auf, anscheinend ebenfalls Polizisten.

Er schaute zu Stahnke. Bea sah, wie Lüppo Buss leicht einknickte, als hätte er einen Schlag auf seine Bauchmuskeln empfangen. Statt aber zu seinem Kollegen zu stürzen, wie sie erwartet hatte, gab Lüppo Buss nur einem der hinter ihm in den Flur quellenden Männer einen Wink. Dann schaute er Bea an. »Wo sind sie?«, fragte er.

Bea zeigte stumm auf die Kellertür.

41.

Wie das Rollen eines Schiffes in bewegter See ... wie das Schwingen einer Schiffschaukel, diese Beschleunigung, dieses Fallen, dieses Rauschen in den Ohren, dieser Druck und die Schwere am tiefsten Punkt ... dann wieder empor, mit Macht, dieses unwiderstehliche Steigen, diese erwartungsvolle Anspannung, dieser unbeschreibliche Moment der Schwerelosigkeit am höchsten Punkt, diese Lust ...

Dann wieder Schmerzen, Schmerzen zum Davonlaufen, aber das geht nicht. Also abtauchen, tief unter die Oberfläche, weit nach unten, wo es kühl und still und dunkel ist. Ruhe, Lautlosigkeit, Schmerzlosigkeit. Schlaf. Mehr als Schlaf, viel mehr als Schlaf, das ist kein Schlaf, das ist ...

Stille.

Irgendwann der Gedanke: Was denn nun, hinauf oder hinab? Oben, das ist bekannt, das ist Lärm und grelles Licht und Schmerz. Und unten? Ist unten das Absolute? Die absolute Ruhe, der absolute Schlaf?

Er fällt keine Entscheidung. Er kämpft sich nach oben, das ist klar, das ist so selbstverständlich, er tut es einfach.

Licht, grelles Licht. Er kneift die kaum geöffneten Augen zusammen, aber es schmerzt trotzdem. »Aua!« Jetzt schmerzen auch seine aufgesprungenen Lippen.

»Du Armer, hast wieder Schmerzen.« Eine weiche Hand streichelte seinen Arm, seine Wange, seinen Hals. Das war schön, das war wunderschön. Manchmal, manchmal erschien einem auch die absolute Ruhe als etwas Erstrebenswertes, aber dies, dies war einfach viel schöner.

Zwei verschwommene Ovale schwebten über ihm, zerflattert vom faserigen Vorhang seiner Wimpern. Vielleicht, wenn er sich sehr, sehr anstrengte, konnte er es schaffen, seine Augen ganz zu öffnen. Aber warum? So war es doch schön, dieser Zwischenzustand, dieses Schweben zwischen den Dimensionen … und dabei gestreichelt werden …

Irgendwann, zwei oder drei Tauchgänge später, stellte er fest, dass das Streicheln aufgehört hatte. Er zwinkerte; es war immer noch hell, sehr hell, aber das Licht tat seinen Augen nicht mehr ganz so weh. Zwei verschwommene Ovale schwebten über ihm. »Mach doch weiter, meine Liebste, es war so schön«, murmelte er zwischen rissigen Lippen. »Ich habe dich doch so lieb.«

Eine Hand legte sich auf seinen Unterarm. Eine große, kräftige, raue Hand. Er riss die Augen weit auf.

»Aber ja, Stahnke, ich hab dich doch auch lieb«, sagte Lüppo Buss und grinste breit. Breit und immer breiter, bis sein Gesicht wieder zu einem konturenlosen Oval verschwamm.

Beim nächsten Mal war das Streicheln wieder da, und das einzige Oval über ihm war Sinas Gesicht. »He, mein Lieber«, sagte sie und lächelte warm. »Da bist du ja wieder. Wie passend!«

»Wieso?« Eigentlich war es nur ein Krächzer; der Zustand seines Mundes war nicht besser geworden, und durch ein Grundgefühl gedämpfter Euphorie hindurch drängten sich leise Schmerzen, die nach Beachtung verlangten. Irgendwer spielt da mit meiner Dosis, dachte Stahnke. Bloß: »Warum?«

»Du bist angeschossen worden«, sagte Sina ebenso sanft wie sachlich. »Du hast viel Blut verloren. Viel hätte nicht gefehlt, und wir hätten auch dich verloren, nämlich ganz. Aber Fredermann hat gleich gesagt, dass du nicht sterben würdest. Dazu wärst du viel zu stur. Von wegen Unkraut vergeht nicht und so.«

Eine Träne glitzerte auf ihrem Gesicht, rollte mitten durch ihr Lächeln hindurch. »Trotzdem, es war knapp«, berichtete sie weiter. »War schon ein Glück, dass unsere Klinik so gut ausgestattet ist. Sechsunddreißig Stunden hat es gedauert, aber jetzt scheinst du ja endlich von den Halbtoten auferstanden zu sein.« Sie wischte die Träne weg: »Es ist Ostersonntag. Das meinte ich mit passend.«

»Halbtot, ja?« Er verzog das Gesicht, mit einer Geste bat er um etwas Wasser; seine Kehle war wie ein Reibeisen. Er fühlte Kanülen und Schläuche. Seine Handbewegung brachte mehrere Beutel an einem Metallständer zum Pendeln. Als Sina ihm ein Glas reichte, konnte er kaum den Kopf heben, um zu trinken. Seine linke Schulter signalisierte schmerzhaften Protest. Er schielte hinüber, sah einen dicken Verband und eine unappetitliche Dränage.

Schnell wandte er seinen Blick wieder Sina zu. »Er hat auf mich geschossen«, sagte er. Die Situation stand ihm jetzt wieder klar vor Augen. »Die Frau, Bea Wulff, hat sich weggeduckt. War gut gemeint, sie wollte ihm nicht als Schutzschild dienen. Aber als sie das Schussfeld freigemacht hat, hatte er seine Knarre schon oben. Ich nicht.« Er schloss die Augen, wartete auf weitere Bilder, die nicht kamen. »Dann war ich wohl weg«, schlussfolgerte er.

Sina nickte. »Total weg. Aber zum Glück hattest du mir ja am Telefon gesagt, ich sollte Lüppo Buss informieren. Der wusste natürlich sofort, von welchen Häusern die Rede war, und ist los, mit ein paar von den Beamten, die als Verstärkung vom Festland gekommen waren. Dass sie unterwegs Dr. Fredermann trafen, war reiner Zufall; er war auf dem Heimweg von seiner Skatrunde, zum Glück noch einigermaßen nüchtern.«

»Das macht bei dem keinen großen Unterschied«, krächzte Stahnke.

Sina lachte. »Na, dir scheint es ja schon wieder halbwegs zu gehen, dass du so über deinen Lebensretter spottest! Zwischen deiner schweren Verletzung und Lüppos Schuss durchs Fenster auf Duismann sind immerhin ein paar Minuten vergangen, und in der Zeit hast du geblutet wie …« Sie stockte, denn alle bildhaften Vergleiche, die ihr einfielen, hatten mit Fässern, Tieren und Schlachthöfen zu tun. »Jedenfalls war es ganz schön wichtig, dass ein Fachmann zur Stelle war, der die Blutung schnell gestoppt hat.«

»Durchs Fenster geschossen? Du meinst, durch die Scheibe?«

Sina nickte. »Er sagt selbst, das sei ziemlich riskant gewesen.«

»Riskant? Das ist Wahnsinn! Die Splitter alleine. Und wegen der Lichtbrechung durch das Glas kann er gar nicht genau wissen, wo sein Schuss hingeht.« Stahnkes Stimme versagte. Bunte Flecken tanzten vor seinen Augen; er schloss die Lider und ließ den Kopf zurück ins Kissen sinken.

Sina füllte das Wasserglas auf und half ihm beim Trinken. »Ich glaube, das war Lüppo ziemlich egal«, sagte sie leise, während sie Stahnkes Mund abtupfte. »Er sah dich reglos am Boden, daneben Bea Wulff. Der Entführer hatte die Waffe erhoben, war schussbereit. Ich glaube, da hat er Duismanns Tod einfach billigend in Kauf genommen.«

Wer will es ihm verdenken, dachte Stahnke und fragte: »Und? Ist er tot?«

Sina schüttelte den Kopf. »Es sieht aber nicht gut aus für ihn«, sagte sie. »Lüppos Schuss hat seine Wirbelsäule verletzt. Gut möglich, dass er den Rest seines Lebens im Rollstuhl verbringen muss.«

Was hoffentlich nicht die einzige Einschränkung seiner Bewegungsfreiheit bleibt, dachte der Hauptkommissar. Trotzdem registrierte er Spuren von Mitleid. Ist schon ungerecht, dass sich gerade solche Halunken immer auf die Menschlichkeit anderer verlassen können, dachte er. Verrückt, aber so sind Menschen eben. Jedenfalls richtige Menschen.

Dann riss er die Augen wieder auf. »Was ist eigentlich mit den beiden Entführten? Waren die wirklich dort im Keller gefangen?«

»Ja, waren sie.« Sina schluckte, schien mit sich zu ringen. Dann fügte sie hinzu: »Duismann hat sie gefoltert, den Dr. Lichterfeld schon tagelang. Aus Rache, weil er sie für den Zustand seiner kranken Frau verantwortlich macht. Was vermutlich auch stimmt.«

»Gefoltert?« Stahnke guckte ungläubig.

Sina nickte. »Er hat ihnen die Muskeln gelähmt, die man zum Atmen benötigt. Mit Spritzen. So hat er ihnen stundenlange Todesqualen bereitet.« Sie schüttelte sich. »Seiner Frau Mareike muss es bei ihrer OP ähnlich ergangen sein. Trotzdem, sich auf diese Art zu rächen – unmenschlich.«

Stahnke grunzte zustimmend. Er horchte in sich hinein; von Mitleid keine Spur mehr. »Haben sie's denn überlebt?«, fragte er heiser.

»Ja. Fredermann hat dafür gesorgt, dass sie sofort künstlich beatmet wurden. Per Hubschrauber sind sie dann aufs Festland gebracht worden, ins Krankenhaus Sanderbusch. Inzwischen sind sie beide über den Berg. Körperlich jedenfalls.«

Sie schwiegen eine Weile; nur ihre Atemgeräusche waren zu hören. Atmen, dachte Stahnke, Luft holen, Sauerstoff tanken. Wie schön das ist. Und wie selten denkt man darüber nach. Wie kommen Menschen nur dazu, einander das Lebensnotwendige streitig zu machen? Was fällt ihnen ein, Gott spielen zu wollen? Und dann auch noch einen dermaßen monströsen Gott. Was für perverse Denkmodelle bringen sie dazu?

»Du musst dich unbedingt ausruhen.« Sinas Hand war auf seiner Stirn. War er etwa schon wieder weggetreten gewesen? Höchstens ein paar Minuten lang. Aber sie hatte schon recht, er fühlte sich sehr schwach.

»Aber das kannst du ja auch«, fuhr Sina fort. »Dein Fall ist gelöst, der Täter ist gefasst, die Opfer sind befreit, die Unschuldigen sind entlastet. Alle Arbeit ist getan. Da kannst du dich doch guten Gewissens …«

»Fast«, unterbrach Stahnke. Er hatte im Kopf mitrekapituliert. »Fast. Eine Sache bleibt noch. Genau genommen zwei.«

»Was denn? Es ist doch alles aufgeklärt.«

»Der Angriff auf Heiko Grendel«, widersprach Stahnke. »Und die Sabotage an seinem geerbten Haus. Wer das war, wissen wir immer noch nicht. Vielleicht ein Täter, vielleicht zwei verschiedene. Aber jedenfalls nicht dieser Duismann.«

Sina machte eine wegwerfende Handbewegung. »Wen

interessiert das? Ich meine, vergleichsweise. Soll sich Lüppo drum kümmern, das ist doch eine Insulaner-Angelegenheit. Vermutlich war es sowieso dieser Renko Heidergott, weil der ein *McDaisy's* auf Langeoog als Gefährdung seiner Existenz ansieht. Immer noch.«

Stahnke schüttelte vorsichtig den Kopf. »Glaube ich nicht. Ein bisschen Menschenkenntnis habe ich ja, und ich habe ihm in die Augen gesehen, als er es abgestritten hat. Er war es nicht. Also wer dann?«

Sina streichelte ihm die Wange; es fühlte sich an wie ein Abschiedstätscheln. »Lass Lüppo sich drum kümmern. Du musst jetzt schlafen. Morgen sieht die Welt wieder besser aus, glaube mir.«

Der Hauptkommissar rang sich ein Lächeln ab. »Eine Frage hätte ich aber noch«, sagte er. »Du sagst, Duismann hätte die Muskulatur seiner Opfer durch Spritzen gelähmt. Mit was für einem Medikament denn? Und wie ist er da rangekommen?«

»Ein Medikamenten-Cocktail, genau genommen«, antwortete Sina. »Hauptbestandteil war Botox. Die Modedroge der Reichen und … na, eben der Reichen. Duismann hat einen größeren Vorrat davon gestohlen. Und zwar aus van der Werfts und Lichterfelds eigener Tagesklinik in Leer. Die hatten doch kurz zuvor einen plastischen Chirurgen mit ins Boot genommen, weil sie sich davon Profitmaximierung versprachen. Der Diebstahl wurde von ihnen bewusst heruntergespielt, um negative Publicity zu vermeiden. Dumm gelaufen, was?«

Das kann man wohl sagen, dachte Stahnke. Da hockte sein Bewusstsein schon wieder im Fahrstuhl. Abwärts.

42.

Ostersonntagnachmittag, die Mittagessensschlachten waren geschlagen, die Touristenströme hatten sich in die Cafés und Teestuben verlagert. Zeit für den *Seestern*, dachte Lüppo Buss. Zeit, die losen Enden zu verknüpfen. Auch ihm ließen die letzten unbeantworteten Fragen keine Ruhe. Wäre doch gelacht, sagte er sich, wenn ich Renko Heidergott nicht zum Reden bringen könnte!

Das schien gar nicht nötig zu sein, jedenfalls nicht im wörtlichen Sinne, denn als er die Tür zum Restaurant aufstieß, empfing ihn schon Heidergotts Gebrüll. Irgendetwas war offensichtlich so richtig schiefgegangen, und der Gastwirt war nicht geneigt, irgendjemand auf der gesamten Insel darüber im Unklaren zu lassen, wen er dafür verantwortlich machte.

Der Adressat seiner wütenden Verbalattacken blieb stumm. Er schaute Heidergott nur an. Besser gesagt, er blinzelte ihn durch flaschenbodendicke Brillengläser an. Lüppo Buss betrachtete die fast zahnlose, halbblinde Gestalt in fleckigem Hemd und Ziehharmonikahose erstaunt. Was machte der denn hier?

»Moin, Renko«, grüßte er betont unschuldig in eine von Heidergotts Eruptionspausen hinein. »Und moin, Harm. Na, alles klar bei euch?«

»Klar? Bei uns alles klar? Mann, was redest du!« Heidergotts nächster Ausbruch richtete sich gegen den Inselpolizisten. Der alte Harm Bengen trat einen Schritt nach hinten, wo die Wand seinen taktischen Rückzug stoppte.

»Immer mit der Ruhe, Renko, dein Laden steht doch

noch«, sagte Lüppo Buss in beschwichtigendem Tonfall, wohl wissend, dass er damit bei Heidergott das Gegenteil bewirken würde. Und er lag richtig.

»Ja, noch, noch! Betonung auf noch!«, schrie der Gastwirt. »Kannst du mir erklären, wie man erfolgreich ein Restaurant führen soll, wenn einem dauernd die Elektrik um die Ohren fliegt? Licht an, Licht aus, neue Birnen rein, Birnen knallen durch – so schnell kannst du gar nicht gucken, geschwiege denn bezahlen! Und alles nur, weil dieser ... dieser Mensch hier nicht weiß, wie man den Nullleiter richtig anschließt!« Heidergott schoss einen vernichtenden Blick auf Harm Bengen ab, der inzwischen versuchte, sich im Krebsgang aus der Gefahrenzone zu schleichen.

»Kiek mal an«, sagte Lüppo Buss. »Harm, du machst hier also die Elektrik? Das ist ja interessant, wusste gar nicht, dass du ausgebildeter Elektriker bist.«

»Bin ich auch nicht«, erwiderte der Alte trotzig. »Hab mir aber zeigen lassen, wie es geht. Und anderswo hab ich es auch schon gemacht. Da hat alles geklappt.« Er blickte Heidergott durch seine dicken Gläser herausfordernd an. Die Anwesenheit des Inselpolizisten schien seinen Mut zu steigern.

»Was? Kein Elektriker? Mir hast du doch erzählt ...« Heidergott wurde erneut laut. Drohend hob er die Hand.

»Stopp.« Lüppo Buss ging dazwischen, innerlich hochzufrieden. So einfach war es, Renko Heidergott zu provozieren, genau wie vermutet. »Harm, geh du mal wieder an deine Arbeit, ja? Und du, Renko, beruhigst dich jetzt mal. Wir beide haben noch ein ernstes Wörtchen miteinander zu reden.«

»Watt denn nu noch?«, grummelte Heidergott, aber er fügte sich und setzte sich auf den Stuhl, den der Inselpolizist ihm anwies.

»Das weißt du genau«, sagte Lüppo Buss, während er Renko gegenüber Platz nahm. »Die Sache mit Heiko Grendel. Und mit Tjabbes altem Haus. Es kommt doch kein anderer dafür in Frage als du! Hast doch gerade eben erst wieder gezeigt, wie schlecht du dich im Griff hast. Wenn du wütend wirst, dann brennen bei dir die Sicherungen durch, das wissen inzwischen alle. Und Heikos Pläne haben dich wütend gemacht. Du bist es ja immer noch. Los, mach deinem Herzen endlich Luft! Sag mir, was du getan hast. Vielleicht kommst du dann etwas glimpflicher davon.«

Renko Heidergott stemmte beide Ellbogen auf den Tisch und fuhr sich mit den Fingern durch seinen struppigen Bart. Der Ausbruch, auf den sich der Oberkommissar vorbereitet hatte, blieb aus. »Lüppo, du hast ja recht«, sagte der Gastwirt ganz ruhig. »Ich bin jähzornig und unbeherrscht, das stimmt. Damit hab ich mich schon oft in Schwierigkeiten gebracht. Aber ich werde das ändern, das habe ich mir vorgenommen. Ich werde an mir arbeiten, und Bea wird mir dabei helfen. Weil das nicht so weitergehen kann.«

Lüppo Buss staunte nicht schlecht. Seine borstigen Augenbrauen erklommen ungeahnte Höhen und schoben seine Stirnhaut zu einem Waschbrett zusammen.

»Nee, echt, kannste mir glauben!«, versicherte Heidergott. »Und glauben kannst du mir auch noch eins, Lüppo. Der Schlag auf Heikos Rübe, das war ich nicht. Und ich habe auch sein Haus nicht unter Wasser gesetzt. Das war jemand anderes. Ehrenwort!«

Lüppo Buss holte tief Luft. Er war sich so sicher gewesen! Aber da saß sein einzig verbliebener Verdächtiger und schaute ihm offen in die Augen. Konnte es sein, dass Renko ihn derart dreist belog?

Klar konnte das sein. Aber dann bräche für ihn die ganze halbwegs heile Inselwelt zusammen.

Nur, wer war es dann, wenn Heidergott und Bea Wulff es nicht waren?

Mit lautem Knall zerplatzte ein paar Tische weiter eine Glühbirne. Erschrocken fuhren Gastwirt und Inselpolizist herum. Harm Bengen stand da wie ein Häufchen Unglück. »'tschuldigung!«, nuschelte der Alte.

Im Hintergrund registrierte Lüppo Buss die maritime Wanddeko. Mitten drin die Halterung, in der sich jetzt wieder ein einzelner Dinghy-Riemen befand.

»Renko, sag mal, macht Harm regelmäßig Elektroarbeiten bei dir?«, fragte der Inselpolizist.

»Ja.« Heidergott nickte.

»Auch wenn du nicht da bist? Hat er freien Zugang hier?«

»Ja.«

»Also auch einen Briefkastenschlüssel, um an den Hauptschlüssel zu kommen?«

»Ja.«

»Und er ist Beas Opa, richtig?«

»Ja.« Jetzt waren es Heidergotts Augenbrauen, die sich hoben, wenn auch nicht so eindrucksvoll wie zuvor die von Lüppo Buss. »Du meinst …«

»Harm, komm mal bitte«, sagte der Inselpolizist, ohne die Stimme zu heben.

Der Alte schlich herbei wie ein geprügelter Hund. »Es

war nur wegen Bea«, jammerte er. »Meine Kleine gibt sich doch so viel Mühe mit ihrem Laden. Wenn der pleitegeht, dann bricht ihr das Herz! Und der Heiko, der wollte darauf einfach keine Rücksicht nehmen.«

»Ach so.« Lüppo Buss wies auf einen freien Stuhl. Harm Bengen sackte darauf zusammen. »Und da hast du gedacht, dann soll lieber Heikos dicker Schädel brechen als Beas kleines Herz?«

»Von wegen brechen!«, erwiderte Harm Bengen empört. »So hart hab ich doch gar nicht zugeschlagen, ich meine, das war doch weiches Holz!« Er breitete die Arme aus: »Der Heiko soll sich mal nicht so anstellen.«

Der Inselpolizist spürte ein völlig unpassendes Lachen seine Kehle hochsteigen. Zur Vorbeugung setzte er eine besonders grimmige Miene auf. »Und Tjabbes Haus?«, fragte er streng. »Der Wasserschaden? Und dass du meinen Kollegen im Keller eingesperrt und ihm das Licht abgedreht hast?«

»Was?« Harm Bengens Augen schienen die Brillengläser zu sprengen. »Da war noch einer drin? Ich wollte doch bloß ... das Wasser sollte nicht so schnell in den Keller durchlaufen, damit oben alles richtig schön nass wird. Und falls unten ein Pumpensumpf mit automatischer Wasserpumpe sein sollte, um den Keller trocken zu halten, hab ich den Strom abgedreht. Verdammich noch eins!«

Renko Heidergott platzte als Erster heraus. Er lachte, bis sein kräftiger Körper Stuhl und Tisch zum Beben brachte und ihm die Tränen übers Gesicht liefen. Da konnte auch Lüppo Buss nicht mehr an sich halten.

Harm Bengen blickte verständnislos von einem zum anderen. Sein Kopf wackelte auf seinem dürren Hals.

»Seid ihr noch bei Trost?«, fragte er. »Seid ihr noch zurechnungsfähig?«

Daraufhin ging das Gelächter erst richtig los.

43.

Heiko Grendel hatte sich fein gemacht. Extra einen neuen Dreiteiler gekauft, Anzug mit Weste, alles tiefdunkelblau mit dünnen weißen Streifen. Bisschen mafiamäßig, aber egal, er fand sich chic im Spiegel. Das war auch angemessen, denn heute war sein großer Tag.

Für die Fahrt nach Leer hatte er sich extra einen Wagen gemietet. Zwar war das nicht billig, und er hätte auch den Bus nehmen können, aber irgendwie fand er es angemessen, in eigener Regie anzureisen. Denn ab heute würde er sein eigener Herr sein. Ab heute würde endlich, endlich keiner mehr schlecht von ihm reden, die Nase über ihn rümpfen oder gar über ihn lachen. Das war jetzt vorbei.

Leider hatte er vergessen, sich das eingebaute Navigationsgerät erklären zu lassen. So musste er in Leer die Hafenstraße auf eigene Faust suchen. Kein Problem, hatte er gedacht, die Hafenstraße ist doch bestimmt am Hafen, so sicher wie die Bahnhofstraße am Bahnhof, und den Hafen, den findet man doch leicht. Das war auch so weit richtig gedacht, nur lenkte ihn seine Hafen-Suche direkt in die Leeraner Altstadt, die gespickt war mit fremdenfeindlichen Einbahnstraßen und zudem noch auf der falschen Seite des Hafens lag. Jedenfalls, wenn man in die Hafenstraße wollte.

Als er endlich die Rathausbrücke überquert, die Hafenstraße auf der Halbinsel Nesse erreicht, die richtige Hausnummer erspäht und einen Parkplatz in der Nähe ergattert hatte, war die halbe Stunde Reservezeit, die er eingeplant hatte, bereits verbraucht, und er kam buchstäblich in letzter Sekunde und reichlich aufgelöst und außer Atem in der Notariatskanzlei an. Trotzdem bat man ihn zunächst ins Wartezimmer, in dem noch ein weiterer Klient saß, der ihm freundlich zunickte. Ist wohl Prinzip, dass die einen warten lassen, dachte er, während er auf einem knallbunten, harten Designerstuhl Platz nahm. Damit nur ja keiner glaubt, wer er ist. Aber egal, ihm sollte es recht sein, so kam er wenigstens wieder zu Atem.

Die letzten Tage waren aufregend genug gewesen. Erst diese unglaublichen Anfeindungen, nachdem sein *McDaisy's*-Plan publik geworden. Bis hin zu tätlichen Angriffen und Sachbeschädigung! Na gut, er hatte sich selbst auch daran beteiligt, und er hatte ziemlich danebengelegen in seiner Vermutung, wer der Urheber der Angriffe auf ihn war. Aber was hätte er denn machen sollen? Etwa alles wehrlos über sich ergehen lassen? Das wäre ja auf keinen Fall gegangen! So hatte er wenigstens eine entschiedene Reaktion gezeigt, so was war wichtig, gerade im Geschäftsleben. Mochte seine Schlussfolgerung – nämlich dass Renko Heidergott der Schuldige war – auch falsch gewesen sein, so war sein Gegenschlag doch beherzt gewesen. Gut, er war danebengegangen, aber schließlich war es die Absicht, die zählte. Oder etwa nicht?

Richtig peinlich war es erst geworden, als sich herausstellte, dass es der alte Harm Bengen, Beas Opa, gewesen war, der ihn ausgeknockt und sein Haus unter Wasser gesetzt hatte. Ausgerechnet dieses Klappergestell, dem man kaum zutraute, auch nur einen Arm anzuheben, ohne sich dabei zu verletzen! Und so, wie die Dinge lagen, würde er wohl nicht einmal wirklich dafür bestraft werden, galt er doch als weder verhandlungs- noch voll zurechnungsfähig. Dafür sorgte schon Doktor Fredermann, der olle Insel-Medizinmann, mit seinen Attesten.

Der fand das auch noch witzig!

Na ja, noch viel schlimmer waren ja diesen anderen Verbrechen gewesen, die Entführungen, die mit ihm gar nichts zu tun gehabt hatten, in die er aber doch irgendwie mit hineingezogen worden war. Immerhin waren die Opfer seine beiden Geldgeber gewesen, die Herren Doktoren van der Werft und Lichterfeld. Da hatte er, Heiko Grendel, einen gehörigen Schreck bekommen, als es so aussah, als stünde er plötzlich ohne Finanziers da!

Und dann noch die schiefen Blicke, als die Nachricht von Onkel Tjabbes Ableben die Runde gemacht hatte! Die Leute sollten bloß nicht glauben, er hätte die nicht bemerkt. Getraut aber hatte sich keiner, ihn zu beschuldigen, er hätte dabei nachgeholfen, hätte den alten Onkel womöglich selbst ins Jenseits befördert, um endlich an sein Erbe zu kommen! Na, die hätten mal wagen sollen, das laut zu sagen! Er hatte das beste Alibi, das man sich vorstellen konnte – er hatte seinen Onkel doch seit Monaten nicht im Hospiz in Leer besucht! Bitte, was wollt ihr, hätte er jedem entgegengeschleudert, der ihn verdächtigt hätte. Eigentlich schade, dass niemand das gewagt hatte.

Zum Glück hatten sich ja die anderen Sachen allesamt aufgeklärt, und der Täter, dieser Fanatiker Duismann, war gefasst, das hatte Lüppo Buss wirklich gut gemacht. Van der Werft und Lichterfeld waren gerettet worden; inzwischen waren sie, so hieß es, gesundheitlich wieder halbwegs auf der Höhe. Gut so. Dann würden sie sich sicher bald bei ihm melden, um die Gespräche über die

Projektfinanzierung wieder aufzunehmen. Er hatte eigentlich schon in den letzten Tagen damit gerechnet.

Aber okay, gut Ding will Weile haben, dachte er. Dafür werde ich dann, wenn sie sich endlich melden, eine richtig gute Nachricht für sie haben.

»Herr Grendel? Und Herr Wilken? Wenn Sie mir bitte folgen würden. Hier entlang, bitte.« Endlich, die ersehnte Aufforderung! Heiko Grendel schnellte förmlich von seinem Stuhl hoch und eilte zum Ausgang, um der eleganten, wenn auch deutlich überschminkten jungen Notariatsgehilfin zu folgen. Der andere Herr, der sich gleichfalls erhoben hatte, ließ ihm höflich den Vortritt. Heiko Grendel nickte ihm dankend zu und vergaß ihn im selben Moment.

Das Zimmer des Notars hatte er sich ganz anders vorgestellt. Statt vor einem ehrfurchtgebietenden, gigantischen verschnörkelten Schreibtisch fand er sich an einem langen Refektoriumstisch wieder, als sollte es hier und jetzt etwas zu essen geben anstatt der Eröffnung von Onkel Tjabbes Testament. Aber wie auch immer, auch dieser Tisch war alt, groß, aus dunklem Edelholz und sicher sehr teuer gewesen, und das Ambiente wirkte höchst edel. Also war er hier bestimmt richtig.

Der Notar saß, wie es sich gehörte, am Kopf der Tafel, Heiko hatte man an der Längsseite platziert. Ihm gegenüber saß dieser andere Mann, Herr Wilken, wenn er sich recht erinnerte. Warum das denn? Der war doch überhaupt kein Verwandter.

Die Eingangslitanei des Notars verfolgte Heiko Grendel mit größter Ungeduld. Das meiste verstand er sowieso nicht, für den Rest war er viel zu hibbelig. Nun komm schon zur Sache, dachte er, los, komm schon! Das Haus, was ist mit meinem Haus?

Da, endlich, das Haus! Heiko Grendel spitzte die Ohren.

Und glaubte, sich verhört zu haben. »Was? Wie bitte? Wer bekommt das Haus auf Langeoog?«

»Das habe ich doch gerade vorgelesen!« Der Notar blickte ihn streng über halbe Brillengläser hinweg an. »Das Haus geht an das Leeraner Hospiz, vertreten durch Herrn Wilken hier, als Dank für die hervorragende Fürsorge, die der Verblichene in den letzten Monaten seines Lebens genossen hat.« Er schnalzte mit den Fingerrücken an das Dokument: »Hier steht es, schwarz auf weiß. Glasklar und unanfechtbar formuliert. Was haben Sie denn daran nicht verstanden?«

»Ja, aber ... ich? Was ist mit mir? Gehe ich denn leer aus? Warum bin ich denn dann ...«

»Nun warten Sie es doch ab! Sie kommen schon noch dran.« Der Notar schüttelte den Kopf. »Hier, da steht Ihr Name. Also passen Sie auf.«

Heiko Grendel setzte sich in Positur wie ein gescholtener Konfirmand. Der Notar las vor: »Meinem Neffen Heiko Grendel, der in seinem bisherigen Leben leider noch nicht den nötigen Einsatz und das richtige Durchhaltevermögen gezeigt hat, weshalb es ihm auch nicht möglich war, irgendeinen beruflichen Fortschritt oder gar Erfolg zu erzielen, vermache ich meinen Elektrokarren. Er ist alt, aber stabil und funktionstüchtig. Möge Heiko ihn als Anreiz und als ersten Baustein zur Gründung einer eigenen Existenz ansehen. Sofern der Einsatz vorhanden ist, lässt sich auch mit geringen Mitteln etwas Nachhaltiges aufbauen. Die geringen Mittel hat Heiko nunmehr – jetzt soll er Einsatz zeigen.«

Der Notar verstummte. Er und Herr Wilken blickten Heiko unsicher an. Wie würde der Mann die schlechte Nachricht aufnehmen? Würde er einen Tobsuchtsanfall erleiden, würde er ausrasten, mussten sie vielleicht sogar die Polizei rufen?

Heiko Grendel aber saß ganz ruhig und in sich versunken da. Onkel Tjabbe hat ganz recht, dachte er. Elektrokarren fahren macht Spaß. Man ist viel draußen, so gut wie an der frischen Luft, und hat doch ein Dach über dem Kopf. Gibt es etwas Besseres? Und man kann Sachen transportieren. Das ist nützlich, so hat das Fahren Sinn, und man bekommt Geld dafür. Eigentlich ideal.

Plan geändert, dachte er. Wer braucht schon Burger?

44.

Bea Wulffs Restaurant *Veggie-Paradies* war zwar nicht annähernd so groß wie Heidergotts *Seestern*, aber es verfügte über einen separaten Clubraum. Dorthin hatte sie eingeladen – zur besten Abendessenszeit. Zwar war es ein Wochentag, und zwei Wochen nach Ostern war der Besucheransturm auf Langeoog deutlich abgeflaut, trotzdem würde sie eine private Feier im eigenen Lokal doch einiges an Umsatz kosten. Einwände aber hatte sie nicht gelten lassen. Es gäbe etwas zu feiern, hatte sie nur gesagt und dabei geheimnisvoll gelächelt.

»Bin mal gespannt, was nun wirklich der Anlass ist«, sagte Stahnke, der seine Vorspeise in Rekordzeit vertilgt hatte. Vegane Zwiebelsuppe mit Blätterteighaube – das war ihm unverfänglich erschienen und hatte sich als sehr lecker entpuppt. »Weißt du irgendwas?«

»Nee«, antwortete Sina, die noch genüsslich ihre Suppe schlürfte. Sie hatte sich für eine Kartoffelsuppe mit frittierten Räuchertofu-Streifen entschieden, die weitaus schmackhafter zu sein schien, als ihr Name klang. »Aber ich habe so eine Ahnung«, fügte Sina hinzu.

»Nämlich?«

»Vielleicht eine Verlobung.«

Stahnke verschluckte sich an seinem Rotwein. Ein guter Spanier, dieser Candidato, aber durch die Nase nicht zu empfehlen. »Wie kommst du denn darauf?«, fragte er, nachdem Sina ihm ausgiebig den Rücken massiert hatte.

»Guck doch selbst, du hast doch Augen im Kopf!« Sie deutete zur Schiebetür.

Tatsächlich eilte Bea gerade in Richtung Küche, Renko Heidergott kam wohl eben vom Klo zurück. Im Durchgang trafen sie sich, umarmten und küssten sich herzhaft. Renko streichelte Beas Arm – alles noch nichts Außergewöhnliches, fand der Hauptkommissar. Aber die Art und Weise, wie Bea Renkos strammen Po knetete, sprach doch Bände.

»Hast recht, da läuft was«, sagte Stahnke anerkennend und angelte nach dem Brotkorb. Von dem veganen Zwiebelschmalz, das es ihm angetan hatte, weil man es von echtem absolut nicht unterscheiden konnte, war noch etwas da; ein unhaltbarer Zustand. Sina half ihm beim Schmieren. Sein linker Arm steckte immer noch in einem modern anmutenden Kunststoff-Schoner, die Wunde fühlte sich aber schon sehr viel besser an.

»Ich find's schön«, sagte Sina und winkte den beiden zu. »Irgendwie hatte ich in dieser Episode schon ein bisschen die Erotik vermisst.«

»Hey, Moment mal, ja?«, erhob Stahnke Einspruch. »Schon vergessen, dass wir beide direkt aus dem Bett hier hergekommen sind? Jedenfalls fast, wenn man von der Dusche mal absieht?«

Sina boxte ihn in die Seite. »Psst! Willst du hier wohl nicht so rumtönen! Ich hab sowieso schon Angst, dass jeder es mir ansehen kann.«

Damit war Stahnke wieder versöhnt. »Meinst du denn, das kann gutgehen, das mit unserer Walküre da und dem alten Zottelbär?«

»Was heißt denn hier Walküre! Ich finde, Bea sieht toll aus.«

»Klar sieht sie gut aus«, beeilte sich Stahnke zu versichern. »Wenn man auf viel steht. Ich meine, viel von … na, von den guten Sachen eben. So richtig viel.«

Sina starrte Stahnke ungläubig an, dann schaute sie an sich selbst herunter. »Viel von den guten Sachen? Du meinst also, mehr als ich Gutes zu bieten habe? Demnach findest du also Bea besser als mich? Bloß weil sie mehr als ein Dirndl ausfüllen kann? Also ehrlich, das … das hätte ich von dir nicht erwartet!«

Das fehlte noch! Stahnke fragte sich, wie er wohl auf dieses dünne Eis geraten war – und, vor allem, wie er wohl wieder herunter fand. Erst griff er sich an den Kopf, dann legte er seinen gesunden Arm um Sina. »Schau, Schatz, das verstehst du völlig falsch. Wenn ich einer wäre, dem es um Quantität geht, dann, dann … aber so einer bin ich ja nicht!«

»So das heißen, viel Verstand hätte ich auch nicht?«

Jetzt war nicht nur das Eis dünn, jetzt wurde auch das Wasser darunter immer tiefer! Stahnke holte schon Luft zu weiteren verzweifelten Erklärungen, da ging ihm endlich ein Licht auf. »Du vergackeierst mich, oder?«

Sinas spitzbübisches Grinsen gehörte zu den vielen Dingen, die er an ihr liebte. »Ach, mein Guter, es dauert ja doch immer eine Weile, bis du etwas merkst, aber wenn es dann so weit ist … immer wieder schön!« Sie hob ihr Glas und prostete ihm zu. »Auf die Sexismusdebatte! Möge sie noch lange und segensreich die Männer verunsichern.«

»Chauvi, weiblicher!«, knurrte der Hauptkommissar. Diesmal erreichte der Candidato seine Kehle.

Sina giggelte. »Trink, Brüderle, trink!«

Neben ihr saß Mareike Duismann. Schon seit einer Woche musste sie keinen Rollstuhl mehr benutzen; ihr

Bodymass-Index entwickelte sich stetig aufwärts. Heute brauchte sie erstmals seit Monaten nicht mehr an den gemeinsamen Mahlzeiten in der Klinik teilzunehmen. Zwar hatte Sina der Ernährungsberaterin Christina in die Hand versprechen müssen, streng darauf zu achten, dass ihre gemeinsame Patientin auch ausreichend Kalorien zu sich nahm. Diese Aufgabe jedoch erwies sich als leicht lösbar. Mareike Duismann widmete sich ihrer Suppe mit Hingabe. Gerade hielt sie sogar den Teller schräg, um auch den letzten Rest noch auf den Löffel zu bekommen. Sie schluckte genießerisch und anscheinend ohne Probleme.

»Ist was?«, fragte sie mit einem Seitenblick. »Zählt ihr mir etwa die Löffel in den Mund?«

»Nein, ach wo, keine Spur«, erwiderten Sina und Stahnke gleichzeitig und durcheinander. Mareike Duismann grinste. Sie schien ihre Lebensfreude zurückgewonnen zu haben.

Vor zwei Wochen hatte das noch anders ausgesehen. Die Nachricht von den Verbrechen ihres Mannes, mehr noch die Tatsache, dass sie selbst, dass ihr Leidensweg nach dem beinahe fatalen Kunstfehler der Herren van der Werft und Lichterfeld angeblich der Grund dafür sein sollte, hatten Mareike Duismann buchstäblich umgehauen. Die Ärzte in der Klinik *Waterkant* befürchteten das Schlimmste. Dabei hatte man ihr das letzte Detail, nämlich dass ihr Mann geplant hatte, zum Abschluss auch sie umzubringen, sogar vorenthalten.

Innerhalb von achtundvierzig Stunden hatte sich der Zustand der Patientin jedoch grundlegend gewandelt. Über die Ursachen konnte man nur Mutmaßungen anstellen; Mareike Duismann selbst tat das auch. Falls sie sich darüber im Klaren war, warum sie sich plötzlich entschlossen hatte, sich mit aller Macht ins Leben zurück zu kämpfen, alle Blockaden zu überwinden und in jedweder Hinsicht auf die eigenen Füße zu kommen, dann behielt sie das eisern für sich.

Sina hatte ihre eigenen Vermutungen darüber. Der mehrfache Loyalitätskonflikt, der ihre Patientin beinahe zerbrochen hatte, war ausgestanden. Ihrem Mann war sie nichts mehr schuldig; ihrem Mann, der außer seinem und ihrem auch noch zwei weitere Leben – wenn man Stahnke und Bea Wulff mitzählte, sogar vier Leben – beinahe zerstört hätte. Ihrem Arzt, Dr. Dietz Lichterfeld, der sich billig aus der Verantwortung für seinen Kunstfehler hatte stehlen wollen, ebenso wenig. Und einer Religion, deren Lehren einen labilen Menschen zum Monstrum hatten werden lassen, schon gar nicht. Mareike Duismann war endlich wieder ein freier Mensch. Und ein Leben in Freiheit war einfach zu schön, um es wegzuwerfen.

Ganz ohne Absicherung durch Indizien war Sinas Vermutung nicht – darin unterschied sie sich von denen der Klinikärzte. Sie hatte mitbekommen, dass Mareike Duismann die Scheidung eingereicht hatte. Schriftlich.

Bis ihr Noch-Ehemann vor Gericht kam, würde eine Weile vergehen. Seine Religionsgemeinschaft, so hörte man, hatte einen bekannten und teuren Rechtsanwalt mit seiner Verteidigung beauftragt, und der würde alle Register ziehen, um den Prozess zu verschleppen, denn an der Sache selbst gab es ja wohl nichts zu deuteln.

Oder etwa doch? Würde dieser Anwalt womöglich auf Unzurechnungsfähigkeit plädieren? Auf Unzurechnungsfähigkeit wegen religiösen Wahns? Das freilich konnte für seine Auftraggeber unerwünschte Folgen haben, denn wenn religiöser Fanatismus mit geistiger Umnachtung gleichgesetzt wurde … nein, das konnten die nicht wollen. Sina stellte sich die Verhandlung vor: »Dieser *Gott*, von dem Sie immer sprechen – können Sie ihn sehen? Ist er jetzt gerade in diesem Raum anwesend?« Und dann vielsagende Blicke und Zeigefinger, die an Stirnen tippen …

»Du scheinst dich ja köstlich zu amüsieren.« Stahnke stieß die kichernde Sina mit dem Knie an.

»Mit dir doch immer.«

»Dürfte ich mal für einen Moment um Gehör bitten!« Bea Wulff klopfte an ihr Glas. »Leiht ihr mir mal alle euer Ohr? Ihr kriegt es auch bestimmt zurück!«

Freundliches Lachen aus der Runde; eine gewisse Spannung war deutlich zu spüren. Freunde, Kollegen und Familienmitglieder setzten sich in Lauschpositur, neugierig zu erfahren, warum Bea sie zusammengerufen hatte. Sina blickte sich unauffällig um. Allerhand Gastronomen, die sie von ihren Restaurantbesuchen her kannte, waren anwesend. Heiko Grendel allerdings konnte sie nirgends entdecken. Und auch Harm Bengen glänzte durch Abwesenheit. Dabei hätte Sina schwören können, seine dicken Brillengläser bei ihrer Ankunft noch entdeckt zu haben. Möglich, dass der Alte sich verdrückt hatte, als Stahnke und Lüppo Buss den Raum betraten.

»Wie ihr sicher alle wisst, haben wir in den letzten Wochen allerhand Aufregendes erlebt«, begann Bea. Kopfnicken und einzelne zustimmende Rufe; Sina fühlte sich an eine Zeltmission erinnert. »Aber dank unserem Lüppo hier und seinem Kollegen vom Festland hat die Sache ja ein gutes Ende gefunden.«

»Auch für dich, Bea«, ließ sich Renko Heidergotts Stimme vernehmen. »Vor allem für dich.« Womit er einen kräftigen Applaus auslöste. Lüppo Buss erhob sich und deutete Verbeugungen nach allen Seiten an. Stahnke blieb eisern sitzen, aber Sina konnte die Röte seinen Nacken hochsteigen sehen. Ist er nicht süß, dachte sie.

»Viel Aufregung gebracht hat auch Heiko Grendels Plan, hier auf Langeoog ein Burger-Schnellrestaurant aufzumachen«, fuhr Bea Wulff fort. »Ich glaube, ich spreche für viele hier im Raum, wenn ich sage, dass uns das ganz schön die Petersilie verhagelt hätte.« Wieder allgemeine Zustimmung, hier und da schadenfrohes Lachen; die meisten wussten wohl schon, wie es Grendel beim Notar ergangen war. »Nun ist auch dieser Plan vom Tisch, da Heiko das Haus seines Onkels Tjabbe, das er umbauen lassen und nutzen wollte, wider Erwarten doch nicht geerbt hat. Ich habe mit dem neuen Besitzer, einem gemeinnützigen Verein, gesprochen. Noch weiß man nicht, ob man das Haus renovieren oder abreißen und neu bauen, ob man dort ein Hospiz oder ein Erholungsheim einrichten will. Eins aber ist sicher: Ein Restaurant wird es nicht, schon gar kein *McDaisy's*!«

Großes Gelächter, donnernder Applaus. Dann wurde Stimmengewirr laut. Anscheinend glaubte man, Beas Ansprache sei endlich beendet, und freute sich schon auf den nächsten Gang.

Bea jedoch hob noch einmal beide Hände. »Weil uns aber nun dieser Burger-Schreck doch ziemlich in die Glieder gefahren war und wir gemerkt haben, wie leicht unsere wirtschaftliche Existenz hier ins Wanken gebracht werden kann, dachte ich mir, dass Heiko Grendel vielleicht der Erste gewesen sein mag, der so etwas auf Langeoog versuchen wollte, aber vielleicht nicht der Letzte. Und weiter habe ich mir gedacht, dass es doch ziemlich blöd wäre, einfach nur dazusitzen und zu warten, bis der Nächste kommt. Also bin ich hergegangen, habe an diesen *McDaisy's*-Konzern geschrieben und mich selbst als Partner für eine Schnellimbiss-Ketten-Kooperation auf unserer Insel angeboten.«

»Waas?!« Ein allgemeiner Aufschrei, gefolgt von Tumult. Fäuste wurden gereckt, Gesichter verzerrten und röteten sich. »Schweinerei!« – »Unglaublich!« – »Verräter!« – die Rufe waren laut und aggressiv. Renko Heidergott sprang auf und wollte sich schützend vor Bea stellen. Die aber winkte ihn beiseite und hob erneut die Hände.

»Natürlich nur zum Schein«, sagte sie, kaum dass halbwegs Ruhe eingetreten war.

»Ach sooo!« Erleichterung machte sich breit, gepaart mit Scham. Wer hätte der guten Bea so was auch zugetraut?

Einer rief laut: »Und?«

»Und«, sagte Bea, »gestern kam die Antwort.« Sie zog ein Schreiben hervor, dessen bunten Briefkopf das bekannte Firmenlogo mit der goldenen Möwe zierte. »Vielen Dank für Ihr Interesse, heißt es da, verlockende Idee, reizvolles Ambiente, bla bla bla. Aber leider – und jetzt kommt's! – leider können wir Ihr Projekt nicht unterstützen, da die zentrale und genau getaktete Versorgung unserer Filialen und Franchise-Partner Grundlage unserer Unternehmensphilosophie ist. Auch unsere Preisgestaltung lässt sich nur realisieren, wenn jedes einzelne Restaurant exakt und ohne Mehraufwand in bestehende Lieferpläne per Lkw eingefügt werden kann. Außerdem müssen wir von einer ganzjährig gleichbleibenden Absatzlage ausgehen, was in Ihrem Fall aber nur für je acht Monate als gewährleistet angesehen werden kann. Daher tut es uns leid – laber Rhabarber, mit freundlichen Grüßen, Unterschrift unleserlich mit geltungssüchtigem Schmirakel.«

Unsicheres Gemurmel. Dann wieder der Rufer: »Äh – watt?«

Bea ließ den Brief sinken. »Da steht, dass wir eine Insel sind! Dass jede Fracht mit der Fähre rübergebracht werden muss und dass unsere Saison zwar lang ist, aber nicht das ganze Jahr dauert. Jedenfalls noch nicht. Also ist denen ein *McDaisy's* hier nicht profitabel genug. Ende im Gelände, versteht ihr? Heiko und seine Geldgeber wären auf jeden Fall auf die Schnauze gefallen, selbst wenn er das Haus geerbt hätte. Was er aber nicht hat. Capito?«

Diesmal wollten Beifall und Gejohle kein Ende nehmen. Der Lärm verebbte erst, als der Hauptgang aufgetragen wurde, und ging in aufgeregtes Geplauder über. Die Stimmung entsprach der nach einer gewonnenen Meisterschaft; jeder fühlte sich als Sieger.

Dass Bea und Renko sich innig küssten, entging den meisten. Nur Sina nicht. Dabei hätte das doch auch gut die Nachricht des Abends sein können, dachte sie. Aber so, wie es war, fand sie es auch gut. Die innige Beziehung der beiden Restaurantbesitzer war ja noch für viele weitere Feste gut.

»Ob das gut geht, die Veganerin und der Fischbräter?«, unkte Stahnke. Auch ihm war nicht entgangen, was sich da am Scheitelpunkt der Sitzrunde tat.

»Warum nicht?« Sina fuhr mit den Fingern durch seine

Nackenstoppeln. »Wenn man will, geht alles. Außerdem sorgen Gegensätze dafür, dass es nie langweilig wird. Guck uns an.«

Stahnke legte seine Gabel weg. Sekunden später waren Bea und Renko nicht mehr das einzige knutschende Paar.

Als sie ihre Arme wieder entflochten hatten, schaute Sina zu Mareike Duismann und lächelte entschuldigend. Die lächelte zurück. »Nur zu, wenn euch danach ist«, sagte sie. »Das werde ich in Zukunft auch wieder öfter tun. Nämlich das, wonach mir ist.« Sie beugte sich über ihren soeben servierten Teller und sog genüsslich den Duft des Hauptgangs ein. Maroni-Gnocchi mit gerösteten Rosenkohl und Haselnüssen; Sina lief das Wasser im Mund zusammen. Wie wohl erst die gefüllten Feigen auf algerische Art, die als Nachtisch angekündigt waren, duften würden?

Ihr Blick fiel auf Mareike Duismanns Nacken. Irgendwas fehlte … richtig, das goldene Kettchen. »Trägt du deinen Anhänger mit der goldenen Möwe nicht mehr?«, fragte sie.

Mareike Duismann schüttelte den Kopf. »Da hängt zu viel dran«, sagte sie. »Das Ding wird mich immer an dieses grausige Erlebnis bei der Operation erinnern, und das ist das Letzte, was ich will. An Dietz Lichterfeld, der mir das Schmuckstück vermutlich nur geschenkt hat, damit ich ihn nicht verklage, möchte ich auch nicht erinnert werden. Und daran, was mein Mann deswegen alles angerichtet hat, schon gar nicht. Nein, nein, für mich ist das Ding verflucht.«

Sie nahm ihre Handtasche von der Stuhllehne, öffnete

sie und fischte in einer kleinen Seitentasche herum. Einen Moment später hielt sie die goldene Möwe am Kettchen hoch. »Hübsch ist sie ja«, musste sie zugeben. »Aber trotzdem, das Ding kommt weg. Am besten werfe ich es morgen früh in die Nordsee! Oder gleich heute Nacht noch. Oh ja, was wäre doch was! Kommst du mit?«

Katharsis, dachte Sina. Rituelle Reinigung, vorgenommen durch ein dargebrachtes Opfer. Keine schlechte Idee, jedenfalls für Menschen, deren Denken entweder der Religion oder der Antike verhaftet war. »Warum nicht«, antwortete sie.

Aber ihr Gesicht sprach eine andere Sprache.

Mareike Duismann verstand sofort. »Oder du nimmst sie für mich in Verwahrung«, schlug sie diplomatisch vor. »Dann bin ich sie los, weiß aber, dass sie in guten Händen ist. Was hältst du davon? Das wäre doch auch eine gute Lösung.«

»Meinst du wirklich?« Sina strahlte. Das goldene Schmuckstück gefiel ihr wirklich. Dass es vermutlich teurer war als alles, was Stahnke ihr je geschenkt hatte, kam noch hinzu.

»Es sei denn, du möchtest es nicht, weil ein Fluch daran hängt«, sagte Mareike Duismann. »Damit möchte ich dich natürlich nicht belasten. In dem Fall wäre die See doch das Beste.«

»Och nö, ich glaube nicht, dass das ein Problem ist.« Schnell hakte Sina das Kettchen auf und legte es sich um den Hals. Den Anhänger ließ sie im Halsausschnitt verschwinden, mit Rücksicht auf die Spenderin. »Weißt du«, sagte sie zu Mareike Duismann. »ich zahle schon seit

Jahren keine Kirchensteuer mehr. Deshalb können mir solche Flüche auch gar nichts anhaben. Also, danke schön!«

»Und Amen«, raunte Stahnke ihr ins Ohr.

ENDE

Peter Gerdes

geboren 1955 in Emden; Studium der Germanistik und Anglistik, anschließend als Redakteur und Lehrer tätig. Literarische Anfänge Ende der 70er Jahre; schreibt seit 1995 vor allem Kriminalliteratur. Mitglied im *Verband deutscher Schriftsteller (VS)* und im *Syndikat*, seit 1999 Leiter der *Ostfriesischen Krimitage*. Zahlreiche Anthologieherausgaben und Kurzgeschichten. Im Leda-Verlag erschienen unter anderem *Ein anderes Blatt* und *Thors Hammer* als Doppelband, *Ebbe und Blut, Der Tod läuft mit, Fürchte die Dunkelheit, Solo für Sopran* (auch als Hörbuch erhältlich), *Sand und Asche, Wut und Wellen, Zorn und Zärtlichkeit* sowie *Der siebte Schlüssel*, dem die Jury des Literaturpreises *Das neue Buch* das Prädikat »Bemerkenswertes Buch« zuerkannte. Außerdem sind die Kurzgeschichtensammlungen *Stahnke und der Spökenkieker* und *Kurz und schmerzlos* lieferbar.

Peter Gerdes
Solo für Sopran
Inselkrimi – Langeoog
978-3-939689-63-8

Peter Gerdes
Sand und Asche
Inselkrimi – Langeoog
978-3-939689-15-7

Peter Gerdes
Wut und Wellen
Inselkrimi – Langeoog
978-3-939689-34-8

Peter Gerdes
Zorn und Zärtlichkeit
Kriminalroman
978-3-939689-64-5

Peter Gerdes
Fürchte die Dunkelheit
Kriminalroman
978-3-934927-60-5

Peter Gerdes
Ein anderes Blatt Thors Hammer
2 Kriminalromane
978-3-939689-11-9

Peter Gerdes
Der siebte Schlüssel
Kriminalroman
978-3-934927-99-5

Peter Gerdes
Ebbe und Blut
Kriminalroman
978-3-934927-56-8

Peter Gerdes
Der Tod läuft mit
Kriminalroman
978-3-934927-86-5

Tatjana Kruse
Pizza, Pasta,
Sanddorngrog
Inselkrimi – Juist
978-3-86412-001-5

Tatjana Kruse
Wie klaut man
eine Insel?
Inselkrimi – Borkum
978-3-934927-96-4

Regula Venske
Juist
married
Inselkrimi
978-934927-85-8

Regula Venske
Bankraub mit
Möwenschiss
Inselkrimi – Juist
978-939689-18-8

Sandra Lüpkes
Die Sanddornkönigin
Der Brombeerpirat
Juist, Norderney
978-3-939689-06-5

Regine Kölpin
Muschelgrab
Inselkrimi
Wangerooge
978-3-939689-59-1

Barbara Wendelken
Tod an der
Blauen Balje
Wangerooge
978-3-939689-78-2

Regine Kölpin
Otternbiss
Inselkrimi
Wangerooge
978-3-939689-35-5

Monika Detering
Langeooger
Liebestöter
Inselkrimi
978-3-86412-002-2

Monika Detering
Witwenlust auf Spiekeroog
Inselkrimi
978-3-86412-015-2

Ulrike Barow
Baltrumer Bitter
Inselkrimi
978-3-86412-000-5

Ulrike Barow
Baltrumer Bescherung
Inselkrimi
978-3-86412-014-5

Thomas Breuer
Leander und der tiefe Frieden
Inselkrimi – Föhr
978-3-86412-006-0

Thomas Breuer
Leander und die Stille der Koje
Inselkrimi – Föhr
978-3-939689-82-9

Dietrich Petersen
Strandraub
Inselkrimi
Fehmarn
978-3-934927-96-4